자연과 나란히
숨차도록 달리고
함께 멈추어
궁구해 간다면
굳 기쁨일 것입니다.

설자은, 불꽃을 좇다

설자은
시리즈
◆ 2 ◆

설자은,

불꽃을 쫓다

정세랑
장편소설

문학동네

이 이야기는 680년대 후반 통일신라를 배경으로

기록과 유물의 빈틈을 파고들어

완전히 꾸며낸 이야기입니다.

없었던 사람들의 없었던 사건들입니다.

화마의 고삐

처음에 설자은은 매가 새겨진 검이 상징인 줄로만 알았다. 하늘에서 땅으로, 어느 한 점을 향해 맹렬히 몸을 던진 칼자루의 매 형상은 보면 볼수록 작품이었기 때문이다. 흰 매는 살아 있는 것만 같았고, 저만의 의지가 있는 것 같았다. 그런데 그 검을 제대로 쓰는 법을 가르치라는 명을 받았다며 시위부에서 사람이 사흘마다 한 번씩 오기 시작해, 그저 들여다보라고 준 물건이 아니란 것을 알 수 있었다.

어린 시절 목검을 들고 배운 것과는 완전히 달랐다. 왜 사흘 간격으로 가르치러 오는지 처음에는 궁금했으나, 하루 배우면 이틀 누워 있어야 해서 사흘임을 깨우쳤다. 큰물을 두 번 건너며 상할 대로 상한 몸은 뜀박질부터 다시 배워야 했다. 자은은 뛰고 뛰고 또 뛰었고 멍과 물집으로 너덜너덜해진 채 앓았다. 앓을 정도로 수련한다고 특별히 강해지는 것 같지는 않았는데, 자은을 번갈아 가르치러 오는 시위부의 서넛도 그 점을 알았다.

"무장한 자와 마주치면 떨치고 도망가는 걸 우선으로 삼으시지요. 준족까지는 아니시지만 몸은 가벼운 편이시니."

칭찬을 하도 못 들어서 그 정도도 칭찬으로 들렸다.

"대사님이 맡은 일이 무엇인지는 자세히 알려주시지 않더군요. 먼 성을 지키러 가시는 일은 아닌 듯하니, 금성의 그림자 진 곳에서 유용할 기술들을 알려드리지요."

배움의 마지막에 다다라서야 쓸 만한 기술을 몇 익힐 수 있었다. 한두 사람은 자은에 대해 살짝 떠보려 했다. 스스로의 궁금증인지 누가 시킨 것인지는 알 수 없었다. 자은으로서는 별다른 대꾸를 하기 어려웠는데, 자은 역시 자신의 자리와 할 일을 가늠하는 중이라서였다.

"어찌되었든 험한 일은 되도록 부하들에게 맡기시는 게 좋을 겁니다."

"부하들요?"

언질을 듣고 얼마 안 있어, 근처 공터에 자은이 부릴 병사들이 머물 초소에 가까운 집이 몇 채 급히 올라갔다. 오가는 얼굴들은 순번이 있는지 종종 바뀌었지만, 머물며 통솔하는 세 사람은 항상 같았다.

"걸마지, 걸마형, 걸마달입니다."

걸마지가 대표로 소개했다. 얼마 전까지 흑금서당 소속이었다고 했다. 팔서당 중 말갈인들로 이루어진 흑금서당에서 인원이 차출된 것에 특별한 이유가 있을지 궁금해졌다. 왕이 직접 골랐다. 자은을 위해, 말갈인들을…… 자은의 머릿속이 바빠졌다. 직접 물었다가는 얕음을 들킬 뿐이니 스스로 알아내야 할 것이었다.

"자네들은 얼굴이 찍어낸 듯 같군."

"삼생아입니다."

"어머니가 고생하셨겠어."

쌍생아도 힘든데 삼생아라니, 머리를 흔들 뻔했다.

"저희를 낳느라 돌아가셨습니다."

"아……"

모르는 얘기도 아닌데 말실수를 했다 싶었다. 걸마지 세쌍둥이는 서로 똑 닮은데다 건장한 무인들임에도 묘하게 울상이라는 점이 특이했다. 부적절할 정도로 웃는 얼굴인 목인곤과 함께 있을 때는 울상이 더 두드러졌다. 어투에는 말갈인 특유의 억양이 있긴 했지만 모르고 지나칠 수도 있을 수준이었다. 신라에 몸을 맡긴 말갈인들 중엔 예 출신도 많고 대다수는 구려인들과 함께하던 이들이었으므로 자연스러운 일이었다.

"자네에게는 나 하나만 있으면 되지, 저 덩치들이 대체 왜 필요한가? 데리고 다니면 온 금성 사람들이 쳐다보며 경계하겠어. 인파가 장창으로 가르듯 갈라질 게 뻔하군."

목인곤은 불만을 숨기지 않았다. 아닌 게 아니라 은밀하게 움직이기에 맞춤한 부하들이라고 하기는 어려웠다.

"그래도 저들이 있으면 인곤, 자네가 어디 부러지거나 하는 일은 덜 겪지 않겠나?"

자은이 달래자 인곤은 그사이 잘 붙은 팔로 팔짱을 낀 채 상황을 받아들였다. 인곤만 걸마지 삼형제를 견제할 뿐, 걸마지 삼형제 쪽은 전혀 신경쓰지 않는 듯했다.

왕은 병사들만 내려준 게 아니라 그들이 먹고 쓸 것들도 부족하지 않게 내려주었으므로 설호은의 경우는 얼굴이 닦은 거울처럼 훤해졌다. 발걸음이 활기차서 한 발짝마다 뛰어오르는 듯했다.

"죽은 형들에게 부끄럽지 않겠어. 네 덕분이다, 자은아. 내게는 오래 궁리해놓은 계획들이 있는데 드디어 펼쳐볼 테다. 열한 명이 다섯 명이 되어버렸지만 이제 줄어들고 움츠러드는 일은 끝이야."

호은의 계획이란 언제나 상대를 뜨악하게 만들기 마련인지라, 자은은 자꾸 털어놓고 나누려 하는 호은을 피해 다녔다. 한껏 무관하고 싶었다.

"나는 아무것도 아끼지 않을 거야. 저이들을 먹이고 입히라고 내려온 것은 우리집 것과 섞지 않아."

들뜬 호은에게 선언한 것은 도은이었다. 도은은 뱉은 말 그대로 행해서 병사들은 자은에게 바칠 충성을 도은에게 바치는 것 아닌가 싶게 도은만 지나가면 깊이 절하곤 했다.

"함부로 굴지는 않는 것 같네만…… 도은이뿐 아니라 경은이도 있는데 사내들이 너무 많아. 지나치게 많아. 버글버글하고 부숭부숭하잖아."

"자네 여동생들에게 손끝 하나 잘못 대는 놈은 베어버리면 되지. 베라고 하사받은 검 아닌가?"

걱정이 많은 자은에게 인곤이 말했다. 자은은 검을 옷 주름 사이에 숨겨 잘 보이지 않게 차고 다녔다. 보이게 차고 다니면 자신이 왕의 매라고 선언하는 꼴이 될 것 같아 아직 자신이 없었다. 정말로 무엇을 베어야 할까? 좀도둑이나 베라는 갖춤은 아니었다.

보름이 벌써 여러 번 지났다. 시위부 사람을 따라 불려가는 곳도 계속 달랐다. 안내자가 빙글빙글 도는 길로 자은을 왕에게 데려가곤 했다. 자은은 왕과 마주앉을 때마다 묻고 싶었다. 자은에게 맡겨진 검도 병사도 낭비인 것이 아니냐고. 왕은 즉위하자마자 마땅히 해야 할 일을 하지 않은 이들의 목을 가차 없이 벤 적이 있었다. 자은이 주어진 몫을 하지 못하면 마찬가지로 베어버릴지도 몰랐다. 그래서 봄비가 내린 후엔 치수가 필요할 것 같은 곳을 짚어 가기도 했고, 떠도는 공연패가 새로운 극을 지으면 내용을 요약해 가기도 했다.

"무엇을 읽고 있느냐?"

한번은 왕이 물었다.

"유가를 많이 읽지만 도가나 묵가도 읽습니다."

"잡가도 읽는다고?"

특별히 화를 내는 기색은 없이 재차 물어왔다.

"군자 됨에 있어 여러 길을 살피는 것은 해될 것이 없다고 여겼습니다."

"군자가 되고자 한다?"

하필 천장이 높은 전각이라 왕의 흩어지는 목소리가 한층 더 갈래갈래 나뉘었다. 자은은 제 목소리를 가다듬었다.

"읽는 이 중에 군자가 되고 싶지 않은 이가 있겠습니까? 읽음은 결국 어짊에 다다르기 위한 것이지요."

"누구나 군자가 되려 한다……"

위험한 말을 해버린 것인지, 자은은 가슴께가 조여들었다. 기왕 위험해진 김에 속내를 뚜렷이 내비쳐보기로 했다.

"선현들에 대해 읽으니 깨달음을 얻기 위해 초야에 묻혀 재상의 자리도 피한 이들이 많았더이다. 제게 주어진 것이 재상의 자리는 아니나, 제 그릇을 모르고 덜컥 일을 맡아 무엇도 베지 못하고 있음이 부끄럽사옵니다."

납작 엎드렸다. 금성에 돌아오기로 한 후, 엎드리는 일에는 이골이 났다.

"만약 네가 베지 말아야 할 것을 급히 베며 칼날을 매일 피로 적셨다면, 오히려 거두었을 것이다."

왕이 말했고 거둔다는 것이 검이나 관직이기를, 자은의 목숨은 아니기를 바랄 뿐이었다.

"너는 무엇을 베어야 할지 보는 순간 알 것이다. 아직 보지 못했기에 베지 못했음이야."

그 말은 틀리지 않아서 자은은 처음 검을 그 소용대로 휘둘렀을 때, 일말의 망설임도 느끼지 않았다.

소리가 먼저였다. 일부러 삐그덕대는 소리가 나게 유지중인 대문이 급히 열렸고, 육중한 발소리가 자은의 방으로 곧장 가까워졌다. 얕게 들었던 잠이 날듯이 달아났다. 방 밖의 사람이 자은을 부르기 전에 자은은 일어나 옷을 입기 시작했다.

"설대사님!"

방문을 열었다.

"무슨 일인가, 걸마지?"

"걸마형입니다!"

착각해 미안하다고 말하려다 급한 상황인 것 같아 관두었다. 점이라도 달리 났으면 구분이 쉬웠을 텐데.

"불이 났습니다! 바로 근처입니다!"

그제야 코끝에 타는 냄새가 스쳤다. 밖으로 나가 고개를 들었으나 한밤중이라 규모가 바로 파악되지는 않았다.

"병사들로 부족하면 일꾼들도 다 데려가게. 누구보다도 인곤을 깨워 재빨리 데려가게."

인곤이라면 늘 쓸모가 있었으므로 그렇게 말하긴 했지만, 자은은 달려가다가 걸마형이 인곤을 어깨에 메고 쫓아오는 모습에 당황하고 말았다. 깨우는 데 실패했던 것인지, 평소에 사이가 데면데면했던 탓인지, 자은이 명령을 한층 정확하게 했어야 했는지 혼란스러웠다. 인곤은 무척 화가 났을 테지만 자은이 돌아보았을 때는 흔들리는 궁둥이밖에 보이지 않아 모르는 척하기로 마음먹었다.

불타는 집에 다다르자, 먼저 온 걸마지가 사람들을 이끌고 불길을 잡으려 애쓰고 있었으나 우물에서 떠온 물로는 역부족이었다.

"대사님, 불길이 거셉니다."

걸마지가 말했고, 자은은 커다란 나무통을 들고 달음박질칠 준비를 하고 있는 걸마달을 불러세웠다.

"물이 아니라 마른 모래를 퍼 오게. 이 집을 포기한다. 그러나 더 번지게 두지는 않는다. 바람이 심하지는 않으니 전소할 때까지 지켜보기로 하지. 튀어 옮는 불꽃이 있나 주의하여 살피도록."

자은의 수하들도, 잠에서 깨 뛰쳐나온 금성 사람들도 자은의 말에 무거운 침묵으로 답했다. 불타는 집 안의 사람들이 살아날 방도는 이미 없었지만 그것을 공연히 인정하지는 못하고 있었던 모양이었다. 걸마형의 어깨에서 내려온 인곤이 자은의 등을 짧게 두드렸다.

"사람을 들여보냈으면 그들도 다쳤을 것이야. 다급한 중에도 맞는 답을 골랐군."

자은은 고개를 끄덕였다. 속옷 차림에 맨발인 인곤은 발이 시린지 발가락을 오므렸다. 세쌍둥이 중 가장 발이 빠른 걸마달이 인곤의 옷과 신발을 가지러 뛰어갔다. 그리 크지 않은 집이었는데도 한참이나 더 탄 다음에야 불이 사그라들었다. 미련을 보이듯 미적거리며 타는 부분은 자은의 병사들이 눌러 껐다.

나란히 누운 네 구의 시신이 나왔다. 시신의 훼손이 극히 심해, 그나마 타지 않은 머리와 가슴통으로 수를 셀 수 있었다. 센 불길에도 몸의 굵은 부분은 남았고, 누운 모습으로 보아 일어나 나가려던 것 같지 않은 게 다행인지 아닌지 착잡해졌다.

"넷 중 한 사람이라도 깨어났으면 다른 이들을 깨울 수 있었을 텐데."

"숨이 먼저 막혀버리는 일이 잦지."

남자 노인과 젊은 여자, 어린아이 둘이 사는 집이라고 했다. 시신의 크기로는 틀리지 않아 보였다.

"아이들의 머리통 모양이 특이하군. 이마가 가파르고 정수리가 뾰족한 두상이야. 불에 타서 이렇게 된 건가?"

자은이 작은 시신들 위로 무릎을 굽히며 물었다.

"아니, 그런 것 같지는 않아."

인곤이 함께 들여다보며 답했다.

"여인이 아이들의 어미라면, 어미를 닮지는 않았나보군."

"노인 쪽은?"

"노인 쪽도 평범한 두상인데."

"아비를 닮은 걸까?"

자은은 같은 방坊에 사는 이들을 불러 그 집에 살던 이들이 확실한지 확인하게 했다. 함께 화마를 입을 뻔했던 이웃들은 질린 얼굴로 들여다보면서도 확언하지 못했다.

"여기 없는 다른 식구는 없고? 넷뿐이었나?"

"예, 넷 말고는 본 적 없습니다. 게다가 우리 방의 모서리 집 아닙니까? 모서리로 드나드는 것은 다른 집에서 알기 힘들지요."

그 말대로 집이 도로를 둘이나 낀 모서리에 위치해 그나마 피해가 덜했다.

"설대사, 이리 와 냄새 좀 맡아보게."

인곤이 갸웃거리며 자은을 불렀다. 자은이 발길을 옮겼다. 인곤은 불타 내려앉은 벽에 코를 대다시피 하고 킁킁거렸다.

"불이 이쪽에서 시작된 것 같은데…… 묘한 고기 냄새가 나."

듣고 보니 자은도 느낄 수 있었다.

"이상하군."

"어떻게 보아도 이 정도 고기 냄새를 남길 만큼 풍족한 형편으로는 보이지 않지?"

"고기 기름인가? 기름을 써 일부러 저지른 짓이었다고?"

자은이 다시금 시신들 쪽으로 가 고개를 숙였다. 가혹하게 탄 어린아이들의 목 근처를 만져보았다. 졸랐나? 베었나? 가는 장작처럼 부스러져 알 수가 없었다.

"불을 냈다면, 불을 내기 전에 미리 죽였을 수도 있겠군."

"먼저 죽였든 아니든 무도한 자로군. 이런 어린것들을 죽이다니, 보통 무도한 자가 아니야."

"왜 등잔 기름을 쓰지 않았을까? 구하고 모으기 훨씬 쉬웠을 텐데."

자은이 걸마형을 불렀다.

"옆집을 잠시 빌려 쓴다고 하게. 삯을 충분히 치른다 하고. 근처 사는 이들을 불러 수상한 자를 보지 못하였나 따로 물어야겠네."

잠깐 머뭇했다가 덧붙이기로 했다.

"겁주지 않게 조심하게."

걸마형이 그 말에 놀란 얼굴을 했다.

"그럴 뜻은 전혀 없었습니다."

"아니, 내 말은 이미 불 때문에 놀랐을 테니까……"

"예에."

평소보다도 어두워진 얼굴로 걸마형이 물러갔다. 자은은 삼형제의 우락부락함이 과하지 않은지 신경쓰고 있던 속마음을 들킨 것 같아 난처했다.

"사람 부리기가 쉽지 않지?"

인곤이 웃다가 잔기침을 했다.

"금성으로 흘러든 지 얼마 안 된 사람들이었을 겁니다."

옆집 남자가 확언했다.

"그것을 어찌 아는가?"

"제가 금성에서 나고 자랐으니 알지요. 지금처럼 시절이 좋을 때가 또 없기에 금성 사람들은 모두 신나 밖에 나갑니다. 돌아다니며 여기저기 손만 조금 빌려줘도 눈앞에 식구를 먹이고 입힐 것들이 떨어지는걸요. 그런데 그 집 사람들은 좀처럼 나가지 않았습니다. 뭔가 숨길 게 있는 것처럼요."

"숨길 게 있었다?"

"말을 시켜도 늘 피하려 하고, 우리집 애들이 그 집 애들이랑 노는 것도 못마땅한지 결국 못 놀게 하더군요. 노인은 거의 누워 있었는데 그 집 여자가 무슨 수로 식구들을 건사했는지 모르겠네요."

"드나드는 사람은 없었나? 꼭 그 집에 드나들지 않더라도 근처에서 못 보던 이를 보지 못하였나?"

"일통삼한이 이뤄진 후로 밤거리에도 발소리가 끊이지 않고 온통 못 보던 이들뿐입니다. 제 어릴 적보다 금성이 배는 커진 것 같은걸요."

그렇게 말하면서도 남자는 뭔가 알게 되면 꼭 자은에게 고하겠노라 약조했다. 금성 토박이는 나라에 충성심이 있었다. 따로 시신들을 거둘 자가 없어 보여, 자은이 맡기로 했다. 혹 뒤늦게 누가 찾아오면 자은에게 보내도록 옆집 남자에게 명했다. 자은의 집을 어찌 찾을 수 있는지 상세히 알려주고, 남자가 다시 읊는 걸 확인한 후 보냈다.

뒷집 아이는 얼마 전 수상한 자를 보았다고 했다.

"지귀일 거예요. 저는 지귀를 봤어요."

"그냥 지나가는 부랑자래도. 얘가 괜한 말을……"

아이 엄마가 입을 막으려 했다. 죽은 아이들보다는 조금 큰 아이였다. 아주 흰소리는 아닐 수 있었다.

"머리가 연기처럼 곤두서 흩날리는 남자가 지귀가 돌아올 거라 했어요. 더러운 금성을 불로 깨끗이 정화시킬 거라고요."

"그자가 자신이 지귀라 그랬니, 지귀가 돌아올 거라고 그랬니?"

자은이 묻자 아이의 눈에 혼란스러운 기색이 스쳤다. 기억이 불분명한 듯했다.

"지귀가 뭔데? 도깨비 같은 것인가?"

내내 곁에 앉아 함께 듣던 인곤이, 뒷집 사람들이 물러나자 물었다.

"불귀신이라 해야 하나? 선덕여왕 시절에 영묘사와 그 인근을 홀랑 태워먹을 뻔한 자가 있었네. 연달아 불을 내고는 여왕을 사모하여 그랬다고 했지. 불에 홀려 저질러놓고 별 망령된 핑계를 댔건만 떠들기 좋은 핑계인지라 입에서 입으로 옮겨졌어. 덕분에 지난 수십 년간 그 유사한 짓거리를 몇 명이 시도했는지 몰라. 툭하면 지귀에 씌었다 외치며……"

자은이 설명해주자 인곤이 아아, 하고 알았다는 듯 목소리를 냈다.

"불을 다루다보면 불에 홀려버리곤 하지. 숯이나 철을 가까이하다가 그렇게 되어버리는 자들을 가끔 본 적이 있네."

"나오고 또 나오지. 지겨울 정도로."

"이번에도 그런 경우라 보는가?"

인곤의 물음에 자은은 바로 대답하지 않았다.

"불에 매혹된 자는 잡아 묶기 전에는 그 짓을 멈추지 못하지 않나? 불이 또 나는지 살피면 알 수 있겠지."

"그런 자라고 해도 이렇게 사방이 지켜보는 눈들인 금성에서? 한동안은 숨죽이지 않을까?"

자은은 인곤의 말이 맞기를 바랐지만 아니었다. 그날로부터 나흘도 지나지 않아 두번째 불이 났다.

두번째 불은 제법 떨어진 곳에서 났기에 자은과 자은의 사람들이 달려갔을 때는 이미 진화가 시작된 지 한참이었다.

"이게 누구신가? 설대사가 납셨네."

도울 생각 없이 구경을 나왔는지 비단옷을 느슨히 걸친 진오룡이 떨어져 서 있다가, 자은이 도착한 것을 보고는 말을 걸어왔다. 자은은 달리다가 흐트러진 머리와 옷을 매만진 후 고개를 숙였다.

"오랜만에 인사 올립니다."

진오룡이 말발굽으로 자은을 밟으려 했던 것은 잊으려야 잊을 수 없었다.

"불귀신보다도 재수 없는 면상이로고."

인곤이 뒤에서 작게 중얼거렸다. 자은이 얼른 날리는 재에 목을 고르는 척, 말소리를 덮었다. 인곤의 뼈가 또 부러지는 꼴은 보고 싶지 않았다.

"왕께서 따로 쓰신다 들었지만, 그래도 집사부에 얼굴을 너무 비추지 않는 게 아닌가?"

"지엄하신 왕께서 저를 그늘에서 그늘로 움직이시기에……"

왕을 거스르지 말고 내버려둬달라는 뜻을 숨기지 않고 흘렸다. 물론 진오룡은 자은을 그대로 보내줄 사람이 아니었다.

"이러면 어떠한가? 집사부 사람들이 자네를 알고 싶어하니 궁금증도 풀어줄 겸, 자네의 환영식을 내가 베푼다면?"

진오룡은 '베풀다'의 뜻을 잘못 알고 있는 것이 분명했다. 자은은 오룡이 무슨 속셈일지 고개를 들어 살폈다. 탄력 있는 붓으로 그린 듯한 오룡의 얼굴에 붉은빛이 일렁였다.

"그리 귀한 자리를 만들어주신다면 백골이 되어서도 감사할 것입니다."

불러다가 백골로 만들 셈이냐, 묻고 싶은 마음을 담아 답했다. 진오룡은 자은이 거절할 줄 알았는지, 수락의 말을 듣자 환하게 웃었다. 지나치게 환해서 무서울 정도였다. 자은은 산아가 이 남자의 진면목을 알고 있을지 심려되었다. 산아에게만이라도 좋은 지아비라면 자신이 오며가며 당하는 일쯤은 참을 수 있었다.

"그런데 새벽부터 불구경을 하러 그리 뛰어왔는가?"

"애써 격자 모양으로 낸 방리도로가 불이 쉬이 번지지 않도

26

록 막는 데 얼마나 도움이 되는지 알아오라 하셔서……"

자은은 거짓말을 했다. 오룡에게는 아무것도 들키고 싶지
않았다. 무엇을 살피고 있는지, 쫓고 있는지 들키지 말라는 명
까지는 없었지만 괜히 저어되었다. 오룡은 왕의 명령이 대수
롭지 않은 것인 게 만족스러웠는지 고개를 끄덕였다. 자은 따
위를 따로 써보았자 흙길을 다지는 일 정도구나, 하는 인상을
주고 싶었고 목적을 이룬 듯했다.

"이 집, 말갈인 추장의 집이었다는군."

오룡이 선심 쓰듯 알려주었다.

"추장……"

자은에게는 낯선 호칭이었다. 오룡이 그럴 줄 알았다는 듯
웃었다.

"자네, 북쪽의 말갈인들을 직접 본 적이 없지? 구려가 달래어
가며 부릴 때가 나았는지도 몰라. 어찌나 거친지 요즘도 북쪽에
선 약탈에 방화에…… 조만간 하슬라 너머로 새 성을 쌓아야
할 테지. 이젠 금성 한가운데에서도 불을 지르고 다니는군."

뒤에 서 있는 걸마지와 그 형제들이 신경 쓰였다. 그들이 말
갈인이라는 걸 오룡이 알고 말하는지 모르고 말하는지 짐작하
기 어려웠다. 오룡이라면 양쪽 다 가능했다.

"말갈인의 집에 말갈인이 불을 질렀단 말씀입니까?"

"자기들끼리 뭔가 분쟁이 있었겠지. 성미가 불같은 족속들

이니. 괜히 얽히지 않게 조심하게. 자네 같은 약골은 상대할 수 있을 리 없어."

그 말을 끝으로 오룡은 모자란 잠을 채우려는 듯 기지개를 켜며 자리를 떴다.

"따라가 몰래 뒤통수를 때리고 와도 우리는 모르는 척하겠네. 우리도 저이를 싫어해."

인곤이 걸마지 형제에게 말했다. 농담조였지만 진담도 섞여 있었을 것이다. 걸마지와 형제들은 대꾸하지 않았다. 불쾌한 기색조차 내비치지 않아 자은은 그들이 금성에 단련될 대로 단련된 상태가 아닐까 짐작했다.

구석진 집이 아니어서 진화에 큰 어려움은 없었다. 잔 불씨만 남았을 때 보초를 세우고, 안쪽으로 헤치고 들어갔다. 무너질 위험이 있는 부분들은 걸마지 형제들이 도끼로 미리 부수었다. 집안에는 여섯 명이 죽어 있었다. 이번에는 남자 넷에 여자 둘이었다. 불에 탄 정도가 전보다는 덜해, 그중 두 구에는 목이 베인 흔적이 분명했다.

"혹시 아는 이가 있나?"

자은이 걸마지 삼형제에게 물었다.

"이런 상태로는 알아보기 힘들지요."

걸마지가 대답했다.

"하지만 물어물어 누구였는지 알아올 수 있습니다."

걸마형이 말했다.

"모르는 집인 걸로 보아 저희와 같은 부락 출신은 아닐 것 같습니다만…… 흑금서당에 몸담았을 때 알았던 이들일지 모르겠습니다."

걸마달도 보탰다. 자은은 고개를 끄덕였다.

"날이 좀 흐린데, 자칫하다가는 시신들이 비를 맞겠어."

인곤이 중얼거렸다. 죽은 몸들에 여전히 남아 있는 열기를 거둘 수 있다면 거두어주고 싶지만, 그렇다고 비에 상하게 둘 수는 없지 않느냐며.

"거둘 이들이 올 때까지 적당한 지붕 아래로 시신들을 옮겨 두게."

자은의 명에 걸마형이 곧바로 옮길 채비를 시작했다.

"한 가지 더, 지난번 그 집 사람들도 말갈인지 알아볼 수 있겠나?"

"네, 알아보겠습니다."

세 형제는 자은과 인곤이 이야기를 나눌 수 있게 뒤로 물러나주었다. 표현이 많지 않지만 눈치는 있는 편이라고 자은은 생각했다. 세 사람이 각자 누구인지 곧바로 알 수 있게 옷이라도 달리 입힐까 고민되었다. 뒤통수의 가마까지 같은 위치에 있어 일별로는 도저히 구분할 수 없었고, 가까운 가족들도 헤맸을 성싶었다. 이름을 잘못 부를까 아예 부르지 않고 있는 걸 들키기도 싫었다.

"지난번에는 싸울 만한 이가 없었지. 하지만 이 집에는 넷이나 있었어."

인곤이 이곳저곳에 적지 않게 널린 날붙이들을 발로 뒤적이다 뜨거웠는지 얼른 그만두며 짚었다.

"불에 홀린 외톨이가 아니야. 여럿이 벌인 일이야."

자은이 한숨과 함께 말했다. 지귀를 자처하는 광인이라면 훨씬 다루기 나을 것이었다. 길을 훌쩍 벗어나 걷는 자는 눈에 잘 띄는데다 자신의 흔적을 애써 지우지도 않을 텐데, 아무래도 그 경우가 아닌 듯했다.

"같은 생각이네."

"그런데 지난번 집도, 이번 집도 수레가 다닐 만한 큰 길들을 끼고 있네. 이상하지 않은가?"

자은의 물음에 인곤도 끄덕였다.

"일부러 불을 지르고 다니는 거라면, 불이 번지기 쉽게 큰 길과 먼 안쪽의 집을 태우는 게 낫겠지."

왕경의 도로들은 훤할 정도로 폭이 넓었고, 수레가 지나가도 상하지 않도록 자갈과 점토를 다져 만들어서 불길을 끊는 데도 효과적이었다. 그뿐 아니라 도로 양옆의 배수로에는 물이 고여 있을 때가 그렇지 않을 때보다 많았다.

"아무데나 지른 게 아니라, 이 집 사람들을 꼭 죽였어야 했던 것일까?"

"이 집 사람들을 죽이면서 다른 데로는 불이 크게 번지지 않도록 해야 했을 수도 있고. 한층 심각해져버렸군그래. 내일이 그믐 아닌가? 왕께 고할 일이 생겨 덜 민망하겠어, 자네."

어두운 밤에 어두운 소식을 전하는 것이 그리 기껍지는 않았다.

"왕경에 불을 지르고 다니는 자들이 있습니다."

왕에게 불려갔을 때 자은이 고했다. 왕은 자은이 더 말하기를 기다리는 듯했다.

"그자들을 베려고 합니다."

뜻을 밝혔다. 그러면서도 정말로 제 손으로 여럿을 베게 될 날이 올지 의심스러웠다. 그 의심을 들키지 말아야 했다.

"왕경의 새로 손댈 수 없이 오래된 부분은 바위에 칡 같은 형세지. 불이 번지면 걷잡을 수 없을 터."

좀처럼 가팔라지지 않는 왕의 목소리에서 근심을 읽어낼 수 있을 만큼은 독대의 자리가 익숙해져 있었다.

"아직 두 번에 지나지 않으나 모두가 잠든 시간을 노린다는 점과 당한 이들이 나란히 누운 채 발견된다는 점, 기름을 써 불을 지른다는 점이 같았습니다."

"두 번이 끝이 아닐 거라 여기는가?"

"나흘 만에 불을 다시 지른 자들이 멈출 것 같지는 않습니다."

"어떤 자들일 거라 보는가?"

말갈인들이 관련되어 있을지 모른다고 말해야 할지 망설여졌다. 왕이 자은에게 준 삼형제가 말갈인인 것은 혹 왕이 이 사태에 대해 자은보다 알고 있는 것이 많아서가 아닐까? 예기했기 때문에 준 것이라면? 자은은 틀린 답을 말하기 싫었다. 확실해지고 나서 고해도 늦지 않으리라.

"이빨을 숨기지 않는 자들이리라 봅니다. 허허벌판에서야 잔혹함을 드러내는 데 망설임이 있겠습니까? 그런데 지척의 수백 수천이 휘말릴 수 있는 금성에서 이런 짓을 벌인다는 것은 도리를 완전히 버린 자들의 표식이겠지요."

"도리를 버린 자는 벨 수 있다?"

자은은 왕의 말에서 웃음기를 느끼고 고개를 들었다. 다문 입을 잠깐 바라보았다.

"예."

"베게 되거든 내 앞에서 베거라. 네가 베는 것을 나도 보고 싶으니."

목뒤가 서늘해졌지만, 자은은 결연히 그러겠다고 답했다.

"아무래도 개가 필요해."

인곤이 아침을 먹다가 수저를 멈추고는 말했다.

"코가 좋고 똑똑한 놈들로."

자은은 잠이 덜 깬 상태였으나, 인곤의 말을 귀담아들으려 노력하기로 했다.

"개들이 왜 필요한데?"

"남은 기름 냄새가 묘하게 달라. 두 집의 타고 남은 벽과 기둥을 조각내 가져왔거든. 내 코에도 다르니 개 코라면 더 잘 구별하겠지. 정확히 어떤 기름들이 쓰였는지 알고 싶은데 사냥개들을 부리면 판명할 수 있지 않겠나?"

그럴듯한 생각이라고 자은이 고개를 끄덕이기 전, 도은이 숟가락을 상에 세게 내려놓았다.

"키울 생각 말고 빌려오시지요."

"엥? 아니, 이번 말고도 한 번 길들여두면 계속 쓸모가 있을 겁니다. 개들이 얼마나 영특한지 모르십니까? 사람 부하들보다도 활약할지 모릅니다."

인곤이 도은을 설득하려 했지만 도은에겐 바늘도 들어갈 틈이 없어 보였다.

"개를 키우려면 남는 음식이 있어야 할 터인데, 지금 이 집에 밥 남기는 사람이 누구 있긴 있나요? 매 끼니 그릇들이 닦은 것처럼 빕니다. 개들을 데려다 뭘 먹이게요? 그런 것도 따지지 않고 일을 벌인 다음 나 몰라라 할 셈인가요?"

뻐끔뻐끔하며 인곤이 편 들어달라는 듯 자은을 쳐다보았지만 자은은 고개를 저었다. 곳간 주인의 말을 들으시게, 하고. 요새는 자은도 식욕이 올라서 음식을 남기지 않았다. 확실히 개를 여러 마리 키우는 것은 분수에 맞지 않는 일일 수 있었다. 형편이 좀 피었다고 바로 여유를 부렸다가는…… 그때까지 오가는 말들이 들리지 않는 듯 젓가락을 바삐 놀리던 호은이 입을 열었다.

　"나에게 영민한 개들을 키우는 형님이 있지. 내가 이것저것에 관심이 많은 걸 아시고는 몇 번 자랑하신 적이 있어. 말을 잘하면 너희에게 흔쾌히 빌려주실지 몰라."

　호은의 호의에 더 뻐끔거리는 인곤을 두고, 자은이 대신 감사를 표했다.

　"소개해주신다면 제가 직접 부탁드리러 가지요. 어떤 분이십니까?"

　"비파곡의 까마귀라고 들어봤느냐?"

　"아뇨."

　자은의 대답에 호은이 답답해했다.

　"너는 그런 유명한 별명도 못 들어봤느냐? 왕께서 직접 부리시는 자가 되었으면 응당 널리 퍼진 소문쯤은 모조리 알아야 할 터."

　그렇게 말하는 호은도 소문의 중심이 되어 손해보는 일이 잦은 주제에 남의 일처럼 굴었다.

"김노길보 형님은 진흥왕의 이름을 밝힐 수 없는 형제의 핏줄을 이어받은 분이시다."

"예? 근데 제가 왜 모르죠?"

호은의 얼굴에 가벼운 멋쩍음이 스쳤다.

"서자의 서자의 서자라서지."

"아이고, 그거 복잡하네요."

"우리집 핏줄에 병기病氣가 흐르는 것처럼 그 집안은……"

"바람기가 흐르는군요."

자은이 호은이 흐린 말을 이었다.

"그렇게 말할 수 있겠지. 노길보 형님 앞에서 핏줄과 연관된 이야기는 되도록 꺼내지 않는 게 좋을 게야. 개를 빌리고 싶다면."

"그런 민감한 이야기가 나올 리 있겠습니까?"

"관직 이야기도 피하여라."

"그건 왜지요?"

"일부러 관직에 나아가지 않으셨다. 평생을 은둔중이셔. 그리고 언제나 검은 옷을 입고 다니시지."

"그래서 까마귀인 거로군요."

자은은 거기까지 듣다 문득 궁금해졌다.

"아니, 관직을 택하지 않은 은둔자를 어디서 만나신 겁니까?"

　호은은 대답하기 싫다는 듯 잠시 입술을 일자로 만들었다가 쯧, 하고 입소리를 내며 털어놓았다.

　"노름판에서 만났다."

　"예에? 형님이 언제 노름판에 드나들었는데요?"

　"다 예전 일이다. 짧게 빠져들었다가 또 금방 빠져나왔다."

　자은이 도은을 홱 쳐다보았다.

　"너도 알고 있었어?"

　"끝내는 알았지……"

　도은이 자은의 눈을 피하며 웅얼거렸다.

　"내 방 벼루 깨진 것 보았느냐? 노름판에 드나드는 것을 들켰을 때 도은이가 내 머리 위로 집어던진 것이다."

　호은이 말하자, 자은은 그 벼루에 붙인 흔적이 있었던 것을 기억해냈다. 깔끔하게도 두 동강을 냈었구나 싶었다. 자은이 감탄하며 쳐다보자 도은의 귀가 빨개졌다.

　"일부러 붙여 쓰며 늘 경계하고 있다."

　호은이 자세를 바로 했다.

　"저를 바다 건너까지 보내놓고 그사이에 노름판도 기웃거리셨군요. 노름 밑천 따위 긁어도 나올 게 없는 집구석에서."

　자은은 한마디를 참을 수 없었다.

　"그때의 인연으로 지금 네게 도움을 주겠다지 않느냐?"

이제 그만 이야기하라는 듯 호은이 손을 크게 저었다. 그래도 자은과 도은의 눈빛이 싸늘하자, 당장 서신을 써 김노길보에게 보내고 함께 찾아가주겠다고도 약조했다.

자은이 시킨 일을 하느라 자리를 비웠던 걸마지 삼형제가 돌아온 것은 그날 오후였다. 셋이 나란히 앉자 자은의 방이 비좁게 느껴졌다.

"죽은 말갈인들의 친족을 찾아냈습니다. 이쪽에서 찾고 있다 하니 곧 말이 닿아 추장의 조카가 추장과 그 부하들, 여인들의 시신을 거두어 갔습니다. 조카 쪽도 흑금서당의 대척大尺이더군요."

걸마지가 고했다.

"침통해 보이던가?"

자은이 물었다.

"그보다는 황망해하는 것 같았습니다. 그렇게 쉬이 갈 이가 절대 아니라고 했습니다. 말등 위에 살다 내려온 지 얼마 되지 않았고, 젊은 자기가 덤벼도 지지 않았을 거라 하더라고요. 원래 흑금서당에서도 물러날 계획이 없었는데, 버릇없이 키운 추장의 손자가 사고를 쳐 책임을 지기 위해 일찍 물러났을 뿐이라고 털어놓던데요. 얼마 전만 해도 장난삼아 팔씨름을 했다가 졌다니, 부풀린 말은 아닌 것 같았습니다."

"그런 이가 부하도 데리고 살았는데 당했다……"

인곤은 팔씨름에 끼지 못할 자기 팔을 주무르며 생각에 빠져 있었다.

"불귀신에게 당한 게 아니면 받아들일 수 없다 했습니다."

또 귀신이 언급되었지만, 자은은 지금의 융성한 금성이라면 귀신조차 소리 없이 다니지는 못할 것이라 여겼다.

"그러면 그 첫번째 불에 당한 집은? 그 집 사람들이 두번째 불에 당한 사람들과 닿은 구석은 없던가?"

"말갈인이라 해서 다른 말갈인의 사정 전부를 알 수는 없지만, 갑자기 큰일을 당했다거나 장례를 준비한다는 이들을 또 찾아내지는 못했습니다."

걸마달이 대답했다. 그러면 걸마형은 뭘 했지?

"저는 내내 시신들을 지켰습니다."

머릿속을 읽은 듯한 걸마형의 대답에 자은은 민망해졌다.

"시신 여섯 구를 제때 보낸 것은 다행인데, 네 구는 이제 재로 갈무리해야 하겠구먼."

인곤이 혀를 차며 정리했다. 자은이 더 늦출 수 없음을 깨닫고는 첫 불에 죽은 이들의 시신을 화장하도록 했다.

김노길보에게서 초대의 서신이 오자마자 호은과 자은, 인곤은 비파곡을 찾아갔다. 금성의 번화함에서 멀리 떨어져, 마지막 인가에서도 한참을 더 올라가자 가파른 지형을 그대로 이용해 계단 형태로 지은 집이 나왔다. 개들을 키운다더니 정말로 열댓 마리가 짖으며 뛰어나왔다. 짖는 소리만 클 뿐 물거나 하는 개는 다행히 없었다. 개들에 둘러싸여 있자 김노길보가 걸어나왔다.

"호은, 오랜만일세."

김노길보는 검은 옷을 몇 겹 걸친 차림새였고 대단한 곱슬머리였다. 을乙 자로 굽이쳐내려오는 머리가 어깨에 닿을 듯 말 듯했다. 시원하게 커다란 입 옆으로 주름이 몇 개 생겼는데 보다보니 그중 하나는 베인 자국이었다. 흉터가 있어도 험한 인상이 아니라는 점이 신기했다. 자은은 호은의 다른 지인들에게 느껴본 적 없는 호감을 김노길보에게 느꼈다.

"왕경이 번성하고 있는데 이런 산기슭에서 대체 뭘 하고 계시는 겁니까?"

호은이 가지고 온 선물들을 내려놓으며 말했다. 도은이 머리를 짜내 과하지 않으면서 위신이 설 만한 것들로 꾸려준 것이었다.

"숨쉴 구석이 없어서 올라와버렸지. 이쪽이 그 똑똑하다던 동생?"

"인사 올립니다."

노길보가 자은에게 고개를 끄덕이곤 인곤에게 눈을 돌렸다.

"눌러앉았다는 식객?"

"하하, 네. 그 식객입니다."

노길보가 지내는 방으로 들자, 한때 귀했을 물건들이 관리되지 않은 채 방치되어 있었다. 나무로 짠 것들은 다시 맞추어야 할 만큼 비스듬했고 금속으로 된 것들도 광을 내지 않은 지오래인 듯했다. 사람을 쓰지 못할 만큼 형편이 기울었나 싶었지만 따라주는 차가 상품 중의 상품이어서 사람을 두기 싫어하는 성품 탓이려니 결론 내릴 수 있었다.

"개들을 빌려달라고? 왜?"

"기름을 구분하고자 합니다."

"기름?"

"얼마 전에 연달아 불이 났던 것을 알고 계십니까?"

자은과 인곤이 서로의 말을 받고 이으며 알려주었다. 노길보는 전혀 몰랐던 모양이었다. 듣고 나서도 그다지 더 알고 싶어하지 않았다.

"그런 일들이 있었던가? 알았네. 네댓 마리 골라주기로 하지. 필요할 때까지 데리고 있다가 돌려줘도 좋아."

창밖에 매달아둔 토끼와 꿩들을 보며 호은이 물었다.

"요새는 주사위 놀이 대신 사냥에 빠지신 겁니까?"

"개들을 먹여야 할 게 아닌가?"

"어쩌다 이렇게 많은 개를 키우게 되신 겁니까?"

인곤도 궁금해했다.

"잔인한 내기에 쓰이기에 말도 안 되게 후한 값을 치르고 몇 마리를 빼내어 왔는데, 계속 새끼를 치더군. 하룻밤의 결정 덕분에 산에 살게 되었지. 개들은 뛰어다닐 데가 있어 좋고 나는 누가 다가오면 바로 알 수 있어 좋고."

"집을 지키기엔 순해 보이던데요. 이를 드러내는 녀석도 없고요."

"멧돼지는 몇 번 쫓은 적 있는데……"

자은이 짚자 노길보가 민망해하며 개들 대신 변명했다. 차 말고는 딱히 대접할 게 없었던 듯, 곧 자리에서 일어나 다섯 마리를 골라주었다. 점박이, 귀가 큰 개, 귀가 작은 개, 털이 짧은 개, 털이 곱슬곱슬한 개였다. 곱슬곱슬한 개는 주인을 꽤 닮은 모습이어서 자은은 웃음을 꾹 눌렀다.

"내 판단으로 영리한 놈들을 골라보았는데 도움이 되길 바라네."

노길보가 인곤에게 개들의 목을 죄지 않으며 쉬이 풀리지도 않는 매듭법을 알려주었다. 개들은 싫은 내색 없이 이끄는 대로 따라왔다. 호은이 두 마리, 인곤이 두 마리, 자은이 한 마리를 끌고 돌아오는 길에 힘이 넘치는 녀석들 때문에 호은이 진창에 넘어지고 말았다.

"아이고, 옷을 다 버렸네. 일부러 좋은 옷을 입고 왔건만. 노름판에 드나들었던 업보려니 해야지."

"아시니 다행입니다."

이번에는 웃음을 참을 필요가 없었다.

개들을 채 제대로 훈련시키기도 전에, 세번째 불이 났다. 첫 번째 집에서 그리 멀지 않은 곳이었다. 연이은 화재로 사람들이 작은 소리에도 깰 만큼 얕은 잠에 들었던지, 이번에는 불길이 집 전체를 태우지는 않았다. 전과 마찬가지로 꽤 폭이 넓은 길을 낀 집이었던 것도 도움이 되었을 터였다. 근처에 물으니 혼자 사는 여자의 집이라 했는데 희생자는 두 사람이었다. 그 집에 산다는 여자와 그의 연인으로밖에 볼 수 없는 젊은 남자였다. 둘 모두 목이 베어 죽었는데, 불이 시신에 닿지 않아 칼자국이 그대로였다. 첫번째 집과 같이 낯선 고기 기름 냄새가 진하게 남아 있기도 했다.

"첫번째 불에서는 시신들이 알아볼 수 없이 탔었는데, 두번째 집에서는 덜했고, 이번엔 탄 흔적이 없이 깨끗하군. 죽이는 수도 늘어나나 싶었지만 줄었어. 흉포함이 심해지는 게 아니라 그 반대다? 이상하지 않나?"

남자에게는 반항한 흔적이 있었고 여자는 그러지 못하고 바로 당한 것으로 보였다.

"남자 쪽엔 희한한 흉터가 있어."

인곤이 고개를 갸웃거렸다.

"흉터라면 상처가 아문 것이니 이 일과는 상관이 없지 않을까?"

자은이 말했다.

"그야 그런데…… 무엇이 이런 흉터를 만들었는지 도무지 모르겠군."

아닌 게 아니라 남자의 등과 배에는 일정한 간격으로 찔린 상흔이 있었다. 찔린 곳이 작고 얕은 걸로 보아 흔한 무기가 남긴 것으로는 보이지 않았다. 작고 얕은데도 쉽사리 아물지 않았기에 흉터로 남은 것일 터였다. 결론을 내리지 못하고 남자의 옷을 여며주던 인곤이 문득 굳은 듯 멈추었다.

"이건, 눈에 익은 물건인데."

인곤이 중얼거렸다. 죽은 남자의 허리띠를 들어올린 채였다. 인곤은 허리띠에서 작은 청동 꾸미개를 떼어내 손바닥에 두고는 눈을 떼지 못했다.

"그게 무엇인가?"

자은이 다가가 함께 들여다보았다. 뒷면에 버드나무가 새겨진 청동 거울이었다. 엄지 두 개쯤을 붙인 크기라 실제 거울로 쓰기보다는 악한 귀신을 쫓아주길 바라는 장신구에 가까웠다.

"자네에게 비슷한 물건이 있지 않나?"

자은은 인곤이 언제부턴가 비슷한 것을 매달고 다니기에 금성에 와 산 물건인 줄 알았었다.

"으응."

대충 대답하며 얼떨떨해하는 인곤의 허리띠를, 자은이 대신 살폈다. 거의 같은 물건이 부싯돌 주머니 옆에 달려 있었다.

"나란히 두고 견주어보게."

인곤이 자신의 꾸미개를 풀어 자은에게 내밀었다. 자은이 거울 두 개를 비교해보았다.

"같은 사람이 같은 때 만들었다고밖에는……"

자은이 의견을 듣기 위해 재촉하자, 인곤이 멍하게 입을 열었다.

"뒷면의 버드나무 문양은 목씨 집안 아이들이 어디에서든 잘 뿌리내리길 바라는 마음에서 새겨진 것이네. 나도 바다를 건너기 전에 하나 받았지. 저 죽은 남자는 아무래도 내 친척인 모양이야."

자은은 놀라 소리를 낼 뻔했지만 꾹 삼켰다. 처음 만났을 때 인곤은 옷이 투명해질 정도로 사정이 좋지 않았는데, 그 와중에도 팔지 않고 간직한 물건인 줄은 몰랐다. 놀람을 숨기고는 죽은 이의 얼굴을 재차 들여다보았다. 인곤과 닮았나? 닮은 듯도 했지만 그 대단치 않은 닮음도 닮음으로 인정해버린다면 신라에서 서로 닮지 않은 사람은 없을 듯했다. 이어 남자의 벗 어둔 옷을 들어올렸다. 반월성을 본뜬 반달무늬 표식이 붙어 있는 군복이었다.

"군복에다가 옷깃은 청백색. 청금서당에 속해 있는 자인가 보군. 백제 잔민에 목씨인 것까지 더하면 이자에 대해 알아보는 것은 어렵지 않겠어. 지난번 공격을 받은 것은 흑금서당이었던 자들인데, 이번에는 청금서당이라…… 불을 지르는 자가 왕경을 지키는 군인들을 공격하고 있는 걸까? 그렇다면 첫 번째 집 사람들도 군인의 가족이었을까? 그 집에 군인으로 보이는 자는 없었지만 가족일 수는 있지 않나?"

"백제 잔민이었다면, 숨기고 싶었을지도."

인곤의 말에 자은은 끄덕였다.

"일찍이 신라에 몸을 맡긴 백제인과, 끝까지 다시 백제를 일으키고자 했던 이들 사이에는 구분이 있지. 후자가 더 경계받는 것은 어찌할 수 없어."

"재밌지 않나?"

"무엇이?"

"일전에 우리가 소판 댁에 갔었잖아. 구려의 왕족은 진골로 받아들여졌고, 유민들도 높게는 육두품까지의 관등을 받았지. 그런데 백제의 왕족 중에 그런 대우를 받은 자는 없어. 포섭된 자들도 높아보았자 오두품이고."

"대우가 같을 리 없지. 신라와 백제는 지긋지긋한 사이이니까. 의자왕이 무열왕의 딸을 죽이지 않았더라면 지금보다는 나았을까? 심상하게 포로로 잡았다 돌려줬으면 되었을 일을 왜 그렇게까지 돌이킬 수 없게 만든 건지······"

자은이 턱을 짚으며 탄식했다.

"신라인들은 신라의 원한만 기억하는군. 그러지 않아도 될 일을 그렇게까지 해버린 건 신라도 마찬가지야. 성왕의 머리를 베어다가 월성의 계단 밑에 묻어버린 건 떠오르지 않나? 그것도 아주 자주 쓰는 계단이라지? 눈을 부릅뜬 머리가 둥둥 떠다닌다는 소문은 없는지 궁금하군."

인곤이 지적했다. 맞네, 그 계단, 하고 자은이 무릎을 쳤다. 자은도 종종 지나는 계단이었다.

"신라와 백제는 끝없이 치고받았지. 가벼이 메우지 못할 만큼 골이 깊어. 구려의 상대는 사실 우리 아래쪽이 아니라 수, 당이었기에 이야기가 다르고."

자은은 이제 없이는 지내지 못할 것 같은 식객을 유심히 살폈다.

"백제인들이 받은 신분을 따지고 있었다니, 자네도 관직에 나아가고 싶은가? 마음에 차지 않는 자리라도 받아들일 수 있다면 자네 재주에 어렵지 않은 일일 거야."

인곤은 그 말에 고개를 저었다.

"그리 매이고 싶지 않네. 목간을 목에 두른 항아리 꼴은 피할 테야. 구분되어 표가 붙기 전까지는 내가 안쪽에 귀한 것을 품고 있는지 삭힌 물고기나 품고 있는지 아무도 모르는 이 상태가 좋아."

자은은 물을까 말까 하다가 마저 물었다.

"이 일에 백제인들이 깊이 연루되어 있다면, 자네도 편치 못할 것 같은가? 머릿속이 흐려질 것 같으냐 이 말일세. 그렇다면 돕지 않아도 좋네. 당분간 다른 일에 골몰해도 괜찮아."

인곤이 고개를 털듯 흔들었다.

"설대사, 이제 부하가 많다고 내가 필요하지 않나? 나의 쓸모를 제대로 보여주어야겠군."

그렇게 말하며 웃는 인곤이 평소의 모습과 같아 자은은 안도했다. 자은은 죽은 목씨와 여인의 시신이 방치되지 않도록 특별히 집으로 옮겼다.

"재미있지 않나?"

"또 뭐가?"

"백제와 신라의 골이 그토록 깊은데, 이 남녀는 함께 밤을 보내다 죽었다는 게. 어떤 이들에게는 나라와 나라의 골 따위 아무것도 아니지."

"죽은 사람들을 재밌어하다니 자네는 늘 웃고 있지만 성정이 차."

자은이 고개를 내둘렀다.

"그에 반해 자네는 웃지 않지만 차지 않지. 사람들이 우리 둘의 성정을 거꾸로 판단하는 게 가끔 재밌네."

"그만 재밌어하게. 앞으로 며칠은 재밌다는 말, 꺼내지도 말게."

그렇게 타이르면서도 자은은 인곤이 말버릇을 버릴 수 있으리라 기대하지 않았다.

"내 창고에 시신이 있어."

도은이 자은의 방문을 벌컥 열며 말했다. 햇빛이 눈을 찔러 자은은 이불을 끌어올렸다.

"어, 그래. 내가 두 구 옮겨왔다. 곧 누가 찾으러 올 것이야."

"경은이와 서은이는 겁에 질렸고, 개들은 흥분해 날뛰고 있다고."

도은이 이불을 확 잡아당겼다. 개들이 짖는 소리에 더 자긴 어려울 듯했다.

"꼭 여기로 옮겨와야 했어? 병사들이 있는 집으로 보냈어도 됐잖아."

"남자 쪽이 인곤의 친척인지라……"

그 말에 도은은 멈칫했다.

"그래도 미리 말 좀 해주면 안 될까? 아침에 일어나 시신들을 맞닥뜨리고 싶지는 않아. 곡식 옆에 같이 둔 것도 싫어."

"멀찍이 떨어뜨려놓느라 노력은 했는데, 미안하다. 마당에 덩그러니 둘 수는 없었어. 그건 그렇고 여자 쪽에 대해 더 알아보아야 하니 네가 도와줬으면 한다."

"내가?"

도은의 화가 순식간에 누그러지는 것이 느껴졌다.

"남자를 노린 것이고 여자는 엮여든 듯하지만, 확실히 알아야 할 터. 근처의 여자들이 입을 열지 않는 게 고민이다. 네가 열어볼 수 있겠어?"

"낯선 건 내가 가도 마찬가지일 텐데……"

"방책은 있다. 네가 베를 잘 짜는 것은 아는데, 자수도 뛰어나던가?"

"내 입으로 뛰어나다고 하긴 쑥스럽지만 제법 하지."

잘한다니 반가운 소식이었다. 자은은 동생에게 일렀다.

"옷을 갈아입어라. 돌아다니며 자수를 놔주는 여자처럼 입어. 노상에서 바람을 많이 맞은 것처럼 얼굴을 좀 거칠게 하고 가렴. 불이 난 집 근처로, 이를테면 우물가 같은 데 자리잡은 후 그 여자가 누구였는지, 어떤 여자였는지 알아와줘. 멀찍이 너를 보호하는 이들을 세워둘 테니 눈 마주치지 않게 조심하고."

"그거라면 할 수 있지."

의욕을 보이며 일어서는 동생은 이제 창고의 시신들을 잠시 잊을 수 있을 것이었다.

시신들을 찾으러 곧 올 줄 알았는데 의외로 늦어졌다. 자은은 인곤이 개들을 훈련시키는 모습을 지켜보며 낮시간을 보냈다. 인곤은 한 쌍의 나무토막에 같은 기름을 묻혀 하나는 짚풀 속에 숨겨두고 다른 하나는 개들에게 냄새를 맡게 했다. 순서대로 기름을 바꿔가며 숨겨둔 나무토막을 맞게 찾아오는 개에게 먹이를 주는 일을 지겨워하지 않고 반복했다. 인곤의 끈질김과는 별개로, 다섯 마리 중 나무토막 훈련을 이해하고 관심 있어하는 것은 두 마리뿐이었다. 나머지 세 마리는 몇 번 하는 척하다가 경은과 서은이 배를 긁어주니 좋아라 하며 발랑 누웠다.

　"일이 끝나면 꼭 돌려보내야 하는 거예요?"

　"그냥 우리가 키우면 안 돼요?"

　"근데 자은 오라버니한테 물어봐야 소용없어. 도은 언니에게 물어야지."

　경은이 서은에게 말했다.

　"하지만 도은 누나는 말린 콩처럼 단단한걸."

　조르던 두 동생이 실세를 파악하고 있다는 걸 알게 되어 자은은 기가 막혔다.

　"그럼 나는 삶은 콩처럼 물렁하고?"

　헤헤, 하고 어린 둘이 탈락한 개들을 끌고 자리를 피했다.

　"잘될 것 같은가?"

자은이 인곤에게 물었다.

"더 멀리 찾고 더 숨겨진 걸 찾고 더 교묘한 걸 찾기까지는 얼마간 걸리겠지만……"

골몰해 있는 상태에서는 웃음기가 없는 인곤이었다.

청금서당이 목씨의 시신을 찾으러 먼저 움직이리라는 예상과는 달리, 여자의 시신을 찾으러 온 쪽이 빨랐다. 그런데 둘씩 나뉘어 네 사람이 왔다는 것이 문제였다. 자은의 집 앞에서 싸움이 붙어 안으로 들였을 땐 양쪽이 다 피를 본 상태였다. 자은은 성이 난 자들을 진정시킬 겸 마당에 무릎 꿇렸다. 인곤이 하던 훈련을 중단하고, 개들을 발치에 둔 채 곁에 앉았다.

"흉한 일로 흉한 싸움을 한 연유를 고하라."

짐짓 화난 척을 하며 윽박질렀지만 양쪽 다 대답이 없었다. 네 사람의 뒤를 지키고 서 있던 걸마달이 뒤통수 한 대씩을 때렸다. 시키지 않은 짓이긴 해도 도움은 되었다.

"가족입니다. 데려다 묻게 해주십시오."

그걸 막고 싶은 것은 아니었다.

"내 죽은 자를 엉뚱한 쪽에 넘기면 밤에 잠이 오겠는가? 왜 붙어 싸웠는지부터 들어보아야 정할 수 있을 것이다."

타당한 요구에도 또 둘씩 서로를 노려볼 뿐이었다. 자은은 그 정도의 침묵에 질 생각이 없었다. 세상 모든 시간을 다 가진 것처럼 느긋하게 한 다리를 올리고 그 위에 팔을 괴었다.

"오늘 꼭 해야 하는 일이 있던가?"

사실 많았지만 일부러 말끝을 늘리자 인곤도 얼른 받아주었다.

"이렇게 다 같이 앉아 해질 때까지 있어보는 것도 색다르겠어."

결국 아까 입 벌리지 않은 쪽이 입을 열었다.

"한미한 것들의 집안일일 뿐입니다. 대사님 같은 분이 굳이 아실 필요 없습니다."

편은 갈렸는데 사정을 밝히지 않겠다는 뜻은 희한하게 일치하는 모양이었다. 자은은 올렸던 다리를 탁 소리나게 내렸다.

"불을 지르고 다닌 게 너희들인가?"

자은이 세게 던지자 넷 모두 당황해했다.

"당치도 않으십니다!"

"누이가 불에 당했는데 저희를 의심하시다니요?"

"난데없는 말씀 하지 마십시오!"

"장작가리도 아슬아슬한데, 웬 불을요?"

넷이 동시에 말하는 게 정신없어 인상을 찌푸리고 말았다.

"그러지 않아도 뒤숭숭한 죽음들이 이어지고 있는데, 지금 너희가 수상함을 더하고 있지 않은가?"

엉뚱한 일을 덮어쓸 것이 두려웠던지, 넷 중 하나가 벌떡 일어났다.

"못 믿으시겠다면 어젯밤 함께 있던 이들을 데려오겠습니다."

"가까운 자들을 구슬려 거짓말을 시키면 간파하기 어렵지. 아예 너희들이 돌아갈 때 내 사람 몇을 함께 보내겠어. 불을 질렀는지 지르지 않았는지 확실히 하고 나서, 왜 내 집 앞에서 싸움을 벌였는지도 밝혀낼 테야. 만사가 명명백백해지지 않으면 죽은 여인의 장례는 내가 치를 것이다."

그 말에는 나머지 셋도 불뚝대며 자리에서 일어났다.

"대사님, 유학을 공부하셨다는 분이 어찌 이러십니까?"

"이런 경우는 듣도 보도 못했습니다!"

"장례를 가로채시겠다니 무도하십니다!"

무도하다는 말은 새로웠다. 태어나서 듣게 될 줄 몰랐던 평가였다.

"혀를 자를까요?"

단 아래 떨어져 서 있던 걸마지가 칼집에서 칼을 반쯤 꺼내며 물어왔다. 아직 걸마지의 얼굴을 읽는 게 익숙지 않아 진심인지 아닌지 간파하기 어려웠다.

"한번 더 삿된 말을 하면 잘라버리게."

걸마지와 눈이 마주친 여자의 친척들이 불만스레 입을 닫았다. 그들이 물러날 때 걸마지의 수하들을 붙이게 했다. 정말 불과 관련이 있다면 댓바람에 자은을 찾아오지야 않았겠지만 확인해서 나쁠 것은 없을 듯했다. 우르르 사람들이 빠져나가고 나니 마당이 휑했다. 휑함을 이기고 자은이 몸을 일으켰다.

"청금서당 사람들이 곧 올 것 같지는 않으니, 나는 병부에 다녀오겠다. 그사이 그들이 오면 목씨의 시신을 바로 내어주지 말고 내가 올 때까지 기다리라고 해라."

한 사람을 콕 집지 않고 걸마지 삼형제에게 당부했다.

"청금서당 놈들이 말을 듣지 않으면 어떡할까요?"

걸마형이 물어왔다. 자은은 떠올리지 못한 경우였다.

"왜 그럴 거라 생각하지?"

"대사님의 말씀이야 듣겠지요. 그러나 대사님이 안 계실 때 저희 말을 들을지는 모르겠습니다."

따지고 보니 충분히 있을 수 있는 일이었다.

"힘으로 막아설까요?"

셋 중에 가장 성격이 급한 것은 걸마형일지도 모르겠다고 자은은 속으로 새겼다.

"아니, 괜히 피를 볼 필요는 없어. 내 쪽에서 찾아가면 될 일이니."

똑같은 세 얼굴에 동시에 옅은 실망감이 스쳤다. 명분이 있으면 한번 부딪쳐보고 싶었던 것이었나, 자은은 눈썹 끝을 내려뜨리고 말았다.

"병부에 같이 갈까? 간만에 내가 수행하지."

인곤이 함께 따라나서려 했다.

"아니, 아까 하던 일을 계속하게. 중한 일로 보이니."

자은은 인곤 다리께의 개들을 힐끔 보며 거절했다. 식객은 아쉬움을 숨기지 않았다.

병부에 들어서는 데는 난항이 있었다. 더디게 몇 관문을 거쳐서야 텅 비다시피 한 방으로 안내받았다. 전쟁이 끝났다지만 북쪽의 작은 성들은 약탈에 노출되어 있었고, 부쩍 길어진 해안은 해적들이 제집처럼 드나들었다. 자잘한 세력이 큰 골칫거리가 되기 전에 뿌리 뽑는 일은 중차대한 임무일 터였다. 민감한 문서가 많을 공간에 외부인을 쉬이 들일 수 없는 사정을 충분히 짐작하면서도 한편으로는 일종의 냉대가 아닐지 싶었다. 자은은 당나라에서 공부한 몸, 전쟁이 극에 치달았을 때 자은과 비슷한 존재들이 당의 길잡이가 되거나 금성 한복판에서도 다른 뜻을 품었다가 발각된 일이 아직 잊히지 않았기 때문이리라.

자은을 한참 기다리게 한 후 나온 이는 제감弟監 한 사람이었다. 병부령 아래 대감, 대감 아래 제감이니 자은의 벼슬을 따져 맞춤하게 내보낸 것이 분명했다. 이런 사소한 일에도 급을 따지는 일을 게을리하지 않으니 다들 머릿속이 복작거리고 날카로운 것일 테지, 쓴웃음을 지을 수밖에 없었다.

"병부에는 무슨 일로……?"

말끝을 흐리며 제감이 물어왔다.

"근래 금성에서 일어난 화재들이 금성을 지키는 군을 해하려던 것이 아닐지 우려되어 찾아뵈었습니다. 지금까지 청금서당과 흑금서당에 연관된 자들이 당했는데, 혹 이들을 노릴 만한 이들이 있습니까? 아시는 게 있으면 일러주시지요."

자은의 요청에 병부의 제감은 의자 뒤로 기대 앉아 팔꿈치를 두드리며 고민하더니 짧게 말했다.

"재가를 받아 오시오. 사정부도 아니고 집사부에서 묻는다고 다 말할 수는 없소."

사정부司正府는 감찰을 맡은 관부였다. 그 부를 언급하다니 무슨 일이 있긴 있었구나, 자은은 알아차렸지만 모르는 척 물었다.

"바로 말하기 난처한 일들이 있었습니까?"

"어디까지 말해도 좋을지 모르겠으니 재가를 받아 오시라니까. 집사부면 재가가 빨리 떨어질 테니……"

자은은 그 자리에서 붓과 종이를 빌려 왕에게 올릴 내용을 쓰고는, 병부의 심부름꾼에게 주어 달리게 했다. 심부름꾼의 발이 빨라 보였지만 금성이 자리가 부족하다보니 필요할 때마다 지은 궁들이 서로 떨어져 있고 그 사이를 사가들이 메워버린 곳도 적지 않아 내처 달리지는 못할 것이었다.

"그럼 심부름꾼이 돌아오기 전에 지금 청금서당이 어디 있는지만 좀 알려주시면 어떻겠습니까?"

제감이 당황해했다.

"그 정도는 저 혼자서도 알아낼 수 있습니다만, 번거로움을 줄이고자 함입니다."

서당마다 옷깃 색이 다 다르니, 길목의 사람들을 붙잡고 물어도 대충은 알아낼 수 있을 것이었다. 제감도 같은 결론에 이른 듯했다.

"서형산성에 올라 있습니다."

그래서 시신을 찾으러 오는 데 시간이 걸리는 모양이었다. 자은이 감사의 뜻을 담아 짧게 고개를 숙였다. 명활산성, 북형산성, 서형산성, 남산신성이 왕경을 둘러싸고 지키는 성들이었다. 전쟁을 거치며 남산신성 쪽이 가장 중해졌고 나머지 성들의 역할이 다소간 덜해졌다고 들은 적 있었다.

"한 번 주둔하면 길게 주둔합니까?"

"얼마나 길게 있는지, 언제 교대하는지 그런 건 재가가 있어야……"

"병사들은 쉬는 날을 맞으면 왕경에 내려옵니까?"

"그 역시 몇 명이 어떤 주기로 내려오는지는 말해줄 수가……"

자은은 파고들려 하고 제감은 막아내려 해서 대화가 어디로도 가지 않았다.

"그러고 보니 흑금서당에 있던 몇이 설대사에게 가지 않았던가? 병사들도 이리저리 끌어갔지요?"

안 된다는 대답만 하는 게 뭣했던지 제감 쪽이 물어왔다.

"예, 어쩌다보니 그렇게 쓰고 있습니다만."

"설대사는 사병이 없소? 고만고만한 일에는 사병을 좀 쓰시지."

사병을 마음껏 데리고 있을 만한 집안이었으면 겪지 않아도 되었을 일이 참으로 많았을 것이었다.

"말갈인들, 말을 잘 듣던가?"

제감은 정말로 궁금한 듯했다. 시큰둥했던 얼굴에 고약한 종류의 호기심이 두드러졌다. 자은은 더불어 고약해지기 싫어, 얼떨결에 얻은 부하들에 대해 뭐라 평해야 할지 말을 골랐다.

"어디로 보아도 저는 무인이 아니니, 따르기 싫을 법도 했을 텐데 내색 없이 따라주고 있습니다. 덕분에 등뒤를 돌아볼 일이 적어졌지요."

진실만을 말했다는 느낌이었다. 비슷한 질문을 걸마지 삼형제가 들으면 뭐라 답할지 궁금해졌다. 꼬챙이 같은 설씨 아래에서 일하는 게 어때, 라고 몇은 묻지 않았으려나?

심부름꾼이 돌아온 것은 해가 질 때쯤이었다. 숨을 몰아쉬고 있어 미안해졌다. 왕의 재가는 단순했다. 무엇이든 답하라는 명은 다음 명이 있을 때까지 유효하다, 라는 한 문장이었다. 다음 명이 없다면 산이 무너지고 바다가 마를 때까지 유효하다는 뜻도 되었다. 자은은 왕의 권위를 투명한 옷처럼 입고 있었다. 투명하지만 결코 가볍지 않은 옷처럼…… 병부의 제감이 입술을 살짝 비틀고 나선, 묻고 싶은 걸 물으라는 듯 턱짓을 했다.

"앞서 여쭌 것처럼, 청금서당과 흑금서당에 이례적인 일이 없었습니까?"

"기간을 얼마로 잡고?"

"일 년이라 합시다."

"얼마 전 청금서당 주도로 농한기에 진 짜기 훈련을 하다가, 훈련에 참가한 백성들과 분쟁이 있었다오."

"크게 번진 분쟁이었습니까?"

"죽은 사람은 없고 주먹다짐 정도였나? 뼈는 몇 부러졌을 게요. 누워 있다 죽은 누가 있다면 그것까진 모르겠고. 늘 하는 훈련이지만 신라 군인이 시키는 것과 백제 출신이 시키는 건 받아들이기 달랐을 테니, 언젠가 한 번은 일어났을 만한 일 아니겠소? 또 일어나지 않을 거란 보장도 없고."

"진 짜기 훈련을 하다가 치고받았다? 징계는 어찌 났습니까?"

"청금서당의 병사 몇이 옥에 갇히는 걸로 끝이 났지."

"예? 청금서당 쪽이 먼저 쳤습니까?"

"아니, 맞은 쪽이오. 농민들과 치고받았다 하여 갇힌 것은 아니고, 와중에 심하게 다친 병사 하나 때문에 그 처우를 두고 상관에게 항의하다 멱살잡이가 있었다던데? 불만이 많은 자들은 목을 베어야지, 약한 처분이다 싶었지만 관여하진 않았소."

자은은 대략의 그림을 그려보았다. 청금서당이 삐걱거리며 돌아가고 있으리라 가늠되었다. 품은 문제들이 밖으로 터져나오지 않은 것이 신기할 정도였다. 제감은 손가락으로 수염을 꼬며 말을 이었다.

"보자…… 흑금서당 쪽은, 아아, 지난해 늦봄이었나 초여름이었나? 탈영이 있었지."

"탈영요?"

"두 명이 도망쳤다가 니하泥河에 못 미쳐 잡혔소. 그래도 꽤 멀리 달아난 편이지. 말갈 사람들, 말 하나는 잘 타니까."

"그 둘은 어떻게 되었습니까?"

"쫓아간 이들이 죽였지. 아무리 전쟁이 끝나고 군인들이 물러졌다 해도 죽이지 않을 리가 있나?"

이례적인 일로 분류해야 할지 말아야 할지 듣는 것만으로는 판단이 되지 않았다. 제감은 이야기꾼으로 치면 축약만 할 줄 아는 바닥 중의 바닥 같았으므로, 사건의 앞뒤를 살피고 뻗은 뿌리를 확인하려 놓친 것이 없나 이리저리 들쑤셔보았지만 더 돌아오는 것은 없었다. 그만큼이라도 들은 게 다행일지 몰랐다.

"여쭐 것이 생기면 다시 오겠습니다."

"오는 것은 막지 않을 테지만, 병부는 지금 바쁘기가 이를 데 없으니 기다림은 각오하시오."

관복을 입고 종종거리는 것은 이쪽이나 그쪽이나 마찬가지일 텐데, 끝까지 기 싸움을 걸어오는 제감이었다.

자은이 기력이 다해 모로 누워 있을 때, 도은이 더욱 지친 몰골로 귀가했다. 흙먼지로 변색된 치마는 고생한 흔적을 그대로 보여주었다.

"끼니는?"

"떡을 얻어먹었어. 괜찮아."

음식을 챙기려는 자은에게 도은이 손을 저었다. 인곤이 때맞춰 세숫물을 받아왔다. 재빠른 아부였다.

"그래, 혼자 살았던 여자는 어떤 이였는지 들었어?"

도은이 수건으로 얼굴을 훔치며 고개를 끄덕였다.

"이름은 나리향. 과부였다고 해."

"젊어 보였는데 과부였다니……"

인곤이 시신을 뉜 창고 쪽을 바라보며 중얼거렸다.

"서라벌 토박이로, 어린 시절부터 같이 자란 남자와 혼인했으나 혼인하자마자 남자가 죽어버렸대. 농기구에 발등이 찍혔는데, 며칠 몸이 부어오르다 그대로."

"별것 아닌 상처를 입어도 가끔 그렇게 되는 이가 있지."

없는 일은 아니라고 자은이 고개를 주억거렸다.

"왜 그럴까? 왜 어떤 상처는 그토록 덧나버릴까?"

인곤의 궁금증이 순간 깊어지는 것 같아, 일단 도은에게 집중하라는 뜻으로 인곤의 무릎을 가벼이 쳤다. 도은은 세숫물을 물리고는 말을 이었다.

"나리향은 근데 수완이 좋았나봐. 남편과 함께 일구던 밭을 혼자서도 꽤 잘 일군 모양이야. 쉬운 일이 아니었을 텐데."

그러고 보니 타다 남은 집이 꽤 윤택해 보였던 듯도 했다.

"몇 년 부지런히 지내다가 청금서당의 그이와 만난 이야기도 들었는데……"

도은이 갑자기 얼굴을 붉혔다. 자은과 인곤은 둘 다 더 잘 듣기 위해 몸을 기울였다.

"다리를 걷고 일하다가 그만 풀숲의 뱀에 물렸는데, 마침 근처를 지나던 청금서당의 병사가 달려와 허리띠를 풀어 다리를 묶고 입으로 독을 빨아주었다네?"

셋 다 머릿속으로 푸르른 들판에서 일어났을 그 강렬한 첫 만남을 그리고 말았다. 튼튼한 다리 위를 젊은 입술이…… 생

사가 오가는 순간이었겠지만 호감이 일어나지 않기가 어려웠
을 것이었다.

"나리향이 후에 이웃 여인들에게 털어놓기를, 뱀을 보자마
자 독사가 아닌 걸 알았는데 상대가 워낙 진지하게 임하기에
하는 대로 두었대. 잘생기기도 했고 해서."

"뭐라?"

자은마저 얼굴이 빨개졌다. 생사가 오간 것은 아니었구나.

"나라면 하지 않았을 실수로군. 독사와 독사 아닌 것을 항
시 구분할 수 있어야지, 쯧쯧."

인곤은 약간 빗나간 감상을 내놓았다.

"과부 된 지 오래라, 도리도 그만하면 다한 듯하고 끌리는
마음을 어쩔 수 없어 집까지 업어달라고 했다네. 자연스레 집
을 가르쳐주고 또 찾아와달라 한 거지. 남자 쪽도 싫지 않았는
지 여러 계절 오가며 운우지정을 나누게 되었대."

"요즘 세상에 나쁘지 않은 한 쌍이었는데 어찌 그리 끝나게
된 걸까."

도은이 알아온 사정이 애틋할수록, 만사가 다른 방향으로
흘러 두 사람과 두 사람의 이야기를 영영 몰랐어도 좋았을 성
싶었다. 끝을 알고 거슬러올라가려니 속이 상했다.

"백제 남자라도 괜찮았던 건가?"

인곤이 갸웃해하며 혼잣말을 했다. 도은이 인곤의 말에 코

웃음을 쳤다.

"금성에 와서 너무 윗물들만 만났나봅니다? 윗물들이나 이
것저것 따져가며 답답하게 살지, 복잡한 것에 얽매이지 않는
여자들은 활개를 치고 다녀요. 집과 밭이 있는 나리향 같은 여
자가 뭐 그리 남의 눈을 신경썼을라고요."

거기까지 말하던 도은이 멈칫하곤 자은을 바라보았다.

"어쩌면 그 집과 밭이 두 사람의 발목을 잡았을지도 몰라.
나리향에게 남자가 생겼다는 소문을 듣고 나리향의 형제들은
물론 죽은 남편의 가족들까지 달려와 성화였다 했어. 독이 깨
지고 그릇이 날아다닌 게 여러 번이었대."

자은이 손뼉을 마주쳤다.

"아까 그자들이로군!"

"그자들?"

자리에 없었던 도은이 되물었다.

"네가 집을 나서고 여럿이 와 우리집 대문 앞에서 서로 주
먹질을 했단다."

설명을 듣고는 도은이 조그만 양손으로 치마를 꽉 쥐었다.

"무도한 것들 같으니라고!"

저도 모르게 자은의 복수를 해주는 여동생이었다.

"재산 문제였구나. 언제나 결국은 재산 문제야. 시신을 장
례 치르는 쪽이 재산도 가져가는 흐름이 될 테니…… 자식이

없는 여자가 죽었을 때 까마귀떼처럼 덤비는 모습이 볼썽사납기도 하지."

자은이 넌더리를 내며 말했다.

"응, 다들 나리향이 백제인과 혼인해 아이라도 낳으면 집과 밭이 넘어갈 걸 두고 볼 수 없었던 게 아닐까, 쉬쉬하면서도 말하더라고. 나리향의 형제들일지 죽은 남편의 형제들일지 의견은 갈렸지만."

"혼인하기 전에 죽이면 재산은 도로 가족들에게 돌아오니까."

그렇다면 마지막 화재는 앞선 화재들과 별개의 건일까? 금성 여기저기서 원인 모를 불이 나고 있으니 그 탓을 하며 두 사람을 해치운 것일 수도 있었다. 별개의 건이 끼어들었다면 쫓는 쪽에서는 머리가 더 아파질 수밖에 없고 말이다.

"자네가 잘해야 해."

자은이 인곤에게 당부했다.

"내가?"

얻어맞기라도 한 듯 눈을 동그랗게 뜨는 인곤이었다.

"그 묘하게 고기 냄새가 나는 기름에 대해 알아내는 게 무척 중요할 것 같아."

"뭐, 너무 나에게만 의지하지 말고. 사실 중요할 때 중요한 것을 떠올리는 쪽은 항상 설공자 쪽이지."

인곤이 곤혹스러운지 자은을 추켜세웠다. 사람들의 얘기에 지친 개들은 배를 하늘로 하고 편히 자고 있었다. 자은은 개들을 깨워 인곤에게 한 것과 같은 당부를 하고팠다. 그러나 개들은 인곤만 따르고 자은은 따르지 않아 당부 같은 것은 전해지지 않을 성싶었다.

긴 하루를 보내고도 기운이 완전히 닳지는 않았는지, 도은이 손을 털고 일어서 창고를 향해 갔다.

"도은아, 왜 그러느냐?"

도은은 부르는 자은을 돌아보지도 않고 죽은 자들이 누운 창고로 씩씩하게 들어갔다. 자은과 인곤이 놀라 따라가니, 죽은 자들의 머리맡에 선 도은의 눈엔 두려움은 없고 연민만 짙었다. 자은은 동생이 점점 담대해져간다고 느꼈다.

"함께 묻어주면 안 될까? 함께이고 싶을 거야."

"모르는 시신일 때는 싫더니, 이제는 마음이 심히 쓰이는 것이냐?"

도은이 자수가 놓인 천 두 장을 시신들의 얼굴에 덮었다. 낮에 길거리에서 놓은 자수일 것이었다. 바늘을 쥐기 편한 상황이 아니었을 텐데 내다 팔아도 좋을 만큼 완성되어 있었다.

"설공이 최선을 다하겠지만, 혹 일이 그리 풀리지 않는다 해도 몸을 버린 세계에서 둘은 함께이지 않겠습니까?"

인곤은 도은이 실망할까 미리 달래두는 듯했다.

"오늘 들어보니, 나리향은 세상이 사납게 굴어도 제가 택할 수 있는 일에는 싱그러운 사람이었더이다. 금성은 나리향 같은 이의 생기로 융성하고 있는 게 아닌가 해요. 여차하면 고이기 쉬운 죽음의 기운을 푸성귀로 쓱쓱 닦아내던 이였을 거예요. 오래 복을 누렸어야 했는데, 어떤 더러운 도랑에 누워 썩을 자가…… 그러니 나리향의 생을 기리기 위해 우리라도 제대로 갈무리해줘야지. 택한 상대와 묻어주는 일은 가벼운 일이 아니야. 중한 일이야."

도은이 인곤을 보았다가 자은을 보며 설득했다.

"이 나라를 움직이는 것은 핏줄이지. 핏줄이 닿지 않은 우리가 어디까지 할 수 있을지는 모르겠지만, 한번 해보는 데까지는 해보마."

여동생에게는 한없이 약한 자은이었다.

청금서당에서 사람들이 온 것은 그다음날의 일이었다. 여덟 명이 왔는데 군복이 깨끗했고, 시신을 옮기기 좋도록 키가 비슷한 이들을 고른 것을 한눈에 알 수 있었다. 그중 우두머리로 보이는 자가 자은에게 인사를 올렸다.

"청금서당 보기당주 해홍주입니다. 제 부하의 시신을 맡아주셨다 하여 거두러 찾아뵙게 되었습니다."

나머지 일곱은 보기감 한 사람과 일반 병사들이었다. 보기

당주와 보기감은 자은이 기대했던 것보다 다소 낮은 직책이었다. 장군이나 대관대감, 대대감이 직접 오리라 여긴 것은 아니었지만 그들의 아랫사람들 정도는 올 줄 알았기에 의아했다. 청금서당 상부에서는 살인과 방화로 병사가 죽은 것을 심각히 여기지 않는 것일까? 백제 잔민으로 이루어진 청금서당도 결국 높은 데 이르면 신라인들이 이끌고 있기에, 위아래의 조화가 영 이루어지지 않고 있는 게 아닐까 의심이 들었다. 사태를 파악하지 못한 것인지, 아니면 알면서도 애써 작은 일로 치부하려는 것인지 궁금했고 어느 쪽이든 문제였다.

해홍주는 호전적이지는 않으면서도 빈틈없는 자세로 서 있었는데, 검을 들고 몇 달 굴렀다고 자은은 이제 나름 자세를 알아볼 수 있었다. 해홍주는 의식해서 단단히 선 것도 아닌 것 같았다. 숨쉬듯 몸에 익어 보였고 자은은 부러운 마음이 들었다. 잠깐 마주했지만 쉽게 이야기를 끌어낼 수 있는 인물로는 보이지 않았다.

"괜찮으시다면, 우리집의 식객에게 죽은 목씨에 대해 좀 들려주시지 않겠습니까? 마침 같은 목씨여서."

자은은 목소리를 간곡하고 부드럽게 하여 인곤을 팔았다. 인곤은 곁에서 흠칫하는 듯하더니 얼른 자은의 장단에 맞추었다.

"고향을 떠난 지 오래되어 어디에도 뿌리내리지 못한 풀씨

같은 삶을 살고 있었는데, 며칠 전 불탄 집에서 저와 같은 표
식을 가진 죽은 친족을 보았습니다. 어찌나 한탄스럽던지요.
금성에서 맞닥뜨리게 될 줄 몰랐던 친족과 말 한마디 나누지
못했으니 말입니다. 조금만 일찍 닿았어도……"

더 두면 눈물이라도 흘릴 기세여서, 자은은 인곤의 등을 안
아 두드려주는 척 뒤로 돌아서게 했다. 과장 속에 어느 정도
진심도 들어 있었을 것이었다.

"그러면 잠시……"

인정에 약한 편인지 해홍주가 머뭇거리면서도 자은이 안내
하는 방으로 들었다. 자은은 다른 청금서당 병사들에게도 따
로 편한 자리를 마련하게 지시했다. 빈틈없는 자의 어느 구석
을 파고들어야 할지 자은의 안쪽 찬물 같기도 하고 두드린 쇠
같기도 한 부분이 움직이기 시작했다.

자은이 양보한 두툼한 방석 위에서도 홍주는 불편한 기색이
었다. 딱 좋은 온도의 차도 들지 않고 그냥 두었다.

"보여드리지 그래?"

인곤은 자은이 권하자, 조심스러운 손길로 자신이 어릴 때
부터 지녀온 허리띠 꾸미개 거울과 이번에 죽은 목씨의 것을
나란히 탁자에 올렸다.

"아아, 래업이 허리띠에 이런 것을 달고 다녔던 게 기억이
나네요."

홍주가 두 개의 거울을 집어들고 살펴보더니 제 것이 아닌 물건을 길게 만지기도 저어되었는지 얼른 다시 탁자로 돌려두었다.

"목래업입니까, 죽은 이의 이름은?"

자은이 물었다.

"그렇습니다."

"가족이 있었습니까?"

"아니오. 혈혈단신이었습니다."

대답을 하며 홍주는 인곤이 안되었다는 듯 힐끔거렸다.

"혹시 어릴 때 본 기억은 없어?"

자은이 묻자, 인곤은 죽은 이의 얼굴을 떠올려보는 듯했다. 눈감은 이의 눈뜬 모습을 그리기는 쉽지 않을 터였다.

"글쎄, 이후에 겪은 일이 많다보니 어린 시절 기억이 온전하지가 않군. 그러다가 내팽개친 그림처럼 이어지지 않고 부분부분만 있어. 좋은 시절이었기에 가깝고 먼 집안사람들이 모이면 아이가 많았던 것은 확실해. 한데 엉켜 놀아도 그날만 즐거워하고 다음에 보면 또 서로가 누구인지 재차 일러야 했지."

더 이야기해보라고 인곤에게 작게 신호를 주었다. 홍주의 동정심을 자극하면 빗장이 풀릴지 몰랐다.

"그런 모임 날 중 하루 허리띠 꾸미개를 받았지요. 같은 물건 수십 개를 여럿에게 나눴으니 받은 것이 바뀔까 꼭 쥐었던 기억은 납니다. 누구 것이 보다 잘 만들어졌는지 비교도 해보았는데 고르게 잘 나와서 거의 차이가 없었어요. 그래야 아무도 속상하지 않지요. 그리고 얼마 안 있어, 친척 어른이 저를 포함해 손이 여문 아이들을 골라 데리고 바다를 건넜습니다."

자은이 셈을 해보았다.

"아주 어린 나이 아니었나?"

"세수나 겨우 하는 나이였지."

"양친 슬하를 떠나는 게 두렵지는 않았나?"

"지금의 나도 쉽게 지루해하는 편이지만, 어렸을 때는 그런 성미가 워낙 강하여 매일매일 새로운 걸 익히지 않으면 잠들지를 못했네. 조그만 몸에 할퀴는 동물이 들어 있는 것처럼 날뛰었지. 큰물을 건너 잔뜩 배우게 해주겠다 하니 그저 좋았어. 어머니도 만류하시고 아버지도 탐탁지 않아 하셨던 것 같지만 나는 신나 떠났네."

키우기 쉬운 아이는 아니었겠군, 자은은 웃고 나서 쓸쓸해졌다. 어린 인곤은 몇 년 배우고 돌아가면 예사롭게 가족들을 만날 수 있을 줄 알았을 것이었다. 전쟁이 닥칠 줄은 물론, 나라가 사라질 줄은 상상도 하지 못했을 터였다. 인곤은 해홍주를 바라보며 말을 이었다.

"당시 강남 쪽에 백제인들이 모여 살던 지역이 여럿이었으니까요. 몇을 골라 머물며 일긴한 기술들을 익힐 계획이었으나 얼마 지나지 않아…… 당나라에서는 전쟁 초기에 내부 사정이 밖으로 새어나가지 않게 백제인들을 모아 가두었습니다. 구려인들도 왜인들도 전부는 아니지만 상당수 갇혔을 겁니다."

그건 자은도 들어보지 못한 이야기였다.

"갇혔다고? 자네가?"

"어, 그런 일들이 있었던 것 몰랐나?"

인곤이 심상히 대답해 자은이 오히려 당황했다. 물론 자은도 장안에서 왜인들이 갇혔던 것은 알고 있었다.

"왜 내게 그에 대한 이야기를 한 번도 하지 않았나?"

"하지 않았던가? 부러 그런 건 아니네."

자은은 인곤에 대해 아직 모르는 게 많았지만, 인곤이 거짓말을 하면 알아챌 만큼은 알았다.

"그러저러하여 한동안 갇혀 있었습니다. 가둔 쪽에서도 지나치게 많이 가두었다 싶었는지, 도저히 첩자로 볼 수 없을 나이의 아이들만 풀어주었는데 풀려난 아이들은 마른 부갑처럼 흩어져 부랑자가 되었습니다. 그 밖에 다른 수가 있었겠습니까? 다른 이들이 여태 살아 있을 성싶지도 않습니다. 남들이 버린 음식을 주워 먹으면서도, 기술을 배우러 왔으니 배우고 말리라 마음먹고 여기저기 떠돌았습니다. 드물게 어진 이들을 만나면 진득이 머물고 대개는 어깨너머로 훔치듯 배워 도망쳤습니다. 삯을 반도 받지 못했으니 도둑질은 아니었을 텐데 도둑처럼 느껴지는 나날들이 지겨워 삼한 땅으로 돌아가는 배에 올랐을 때 설대사를 만났지요. 그때는 설대사도 대사가 아니었고 형편도 저보다 조금 나아 보였을 뿐이었지만요."

끝까지 웃는 얼굴로 인곤이 말을 마쳤다. 해홍주는 고개를 끄덕이며 듣더니 소회를 밝혔다.

"웅진도독부에서 금성으로 넘어온 사람들이 가장 험한 꼴을 많이 봤을 거라 여기고 있었는데, 바다 건너의 백제인들은 떠올리지도 못했습니다. 큰물을 두 번 건너셨다니 혈족을 찾기가 한층 어렵겠군요. 아버님 성함이 어떻게 되십니까?"

인곤이 아버지의 이름을 밝히자, 홍주가 갸웃했다. 모르는 이름인 모양이었다. 가물가물 맴도는 다른 이름들 중에도 함께 아는 이름은 없었다.

"무인이라면 선세 분들이라도 들어보긴 했을 텐데요."

그렇게 말하는 홍주의 손을 자은은 흘끔 내려다보았다. 달리 볼 수 없는 무인의 손이었다.

"거슬러올라가면 무인도 있겠지만, 대부분은 칼보다 망치를 쥐던 이들이었을 겁니다."

이번엔 인곤의 손을 살폈다. 역시 마디가 발달한 손이었지만 묘하게 무인의 손과는 달랐다.

"어쩌면 주류성이 함락되었을 때 왜로 건너가셨을 수도 있겠습니다. 그때 많은 분들이 나라를 잇지 못할 것이라 판단하

고 태어난 땅과 오래된 무덤들을 버린 채 물러나는 지원군의
배에 몸을 실었지요. 왜에서는 기술이 있는 자들을 아주 우대
한다고 전해들었습니다."

해홍주가 위로하듯 일렀다. 가고자 하는 백제인들을 다 태
우기에는 배에 자리가 모자랐을 터였다. 잠깐 침묵이 내려앉
았다.

"목래업은, 잘 싸웠습니까?"

무인에게 싸움 실력을 물으면 반기지 않을까 하여 자은이
던져보았다. 홍주가 희미하게 웃었다.

"칼이든 창이든 날붙이를 잡는 사람에게는 어느 정도 다 모
난 구석이 있지 않겠습니까? 그런데 래업에겐 그런 구석이 없
었고, 외려 모난 자들을 누그러뜨리는 데 재주가 있었습니다.
그걸 재주라 불러도 될지 모르겠네요. 래업이 모난 자와 모난
자 사이에 서 있기만 해도 끓어오르던 것들이 잠잠해졌으니
말입니다. 여럿을 통솔해야 하는 이들은 모두 래업을 탐냈습
니다. 래업보다 나은 병졸이야 얼마든지 있겠지만 그들을 운
용하려면 래업 같은 이가 필요하지요. 한 사람 한 사람의 칼
솜씨란 흔히 여겨지는 것보다 중요하지 않습니다."

"최근에도 누군가들 사이를 막아선 적 있습니까?"

인곤이 물었다. 이 대화의 목적을 잊지 않고 있었다. 해홍주
가 한숨을 쉬었다.

"여기서 자세히 밝히기는 어렵습니다만, 청금서당은 최근에 안팎으로 꺼끌꺼끌한 일이 많았습니다. 웅진 출신들의 불만이 크게 터질 뻔한 것을 다독여 가라앉힌 것이 래업이었습니다. 공을 쌓아 진급이 되는 상황이었더라면 래업은 더 높은 곳에 이르렀을 겁니다. 위는 막혔고 줄줄이 적체되어 있으니 그 자리에 머무른 거지요."

홍주가 상대에 따라서는 위험해질 수 있는 말을 털어놓아서, 자은은 이 자리에서만 듣고 잊어버리기로 했다.

"이번에 그가 불에 당한 것은 그 최근의 일들과 연관이 있을까요? 어떻게 봅니까?"

홍주는 길지 않게 고민하다 대답을 내놓았다.

"청금서당 안에서 래업을 해칠 이는 없다는 것만큼은 말씀드릴 수 있습니다. 악의가 바깥에서 왔다면, 그것은 제 둘레 밖의 일이라 함부로 짚을 수 없습니다."

모르는 것을 안다고 하지 않아 더한 믿음이 갔다.

"아까운 부하를 잃으셨습니다."

자은과 인곤이 조의를 표하며 고개를 숙이자, 홍주도 마주 숙였다. 방을 나서 신발을 신던 홍주는 인곤을 흘끔 보더니 어색해하며 말을 남겼다.

"동향인들이 그리울 때 언제든 찾아오시지요."

"예, 그러겠습니다."

인곤의 답이 인사치레인지, 정말 갈 셈인지 자은으로서는 가르기 어려웠다. 두 사람은 해홍주와 그의 부하들이 목래업의 시신을 거두어 가는 모습을 끝까지 바라보았다. 그들이 담장 모퉁이를 돌아 사라지자 곧바로 물러나려는 인곤의 소매를 자은이 확 잡았다.

"아직 잠들기엔 이르지 않나?"

"엉?"

"아까 하던 이야기를 더 합세."

인곤을 끌고 다시금 안으로 들어갔다. 인곤은 이끌려 앉으면서도 내키지 않는지 몇 번 자세를 고쳐 잡으며 엉덩이를 들썩였다.

"할 이야기가 뭐 있다고."

"서운하네."

자은이 거르지 않고 그대로 말했다.

"뭐가."

인곤이 눈을 피했다. 이 반듯한 듯 보이나 꼬인 자식, 자은이 속으로 욕을 했다.

"어린 나이에 갇혔단 이야기를 왜 하지 않았나? 얼마나 갇혔던 건가?"

"에헤이, 대단한 일도 아니야. 일 년 남짓이었네."

"일 년이나? 그게 대단치 않은가?"

자은은 이마 위로 힘이 들어가 복두가 날아갈 듯싶었다.

"아니, 좁긴 좀 좁았지만 음식도 주었고…… 그리 끔찍하게
는 대하지 않았네. 다만 햇빛이 얼마간 고팠으려나?"

"슬쩍 넘어가려고 하지 말게. 나는 자네에게 비밀이 없는
데, 목숨과도 같은 비밀도 맡기고 사는데, 알고 보니 자네는
묻어두고 내비치지 않는 부분이 많은 것 같군. 내가 왜 서운해
하는지 모르겠나?"

자은의 토로에 인곤이 입술을 달싹거렸다.

"나부터가 떠올리기 싫었던 것뿐이네. 게다가 그보다 나쁜
일은 얼마든지 있지 않나? 우리를 다 죽여버릴 수도 있었네.
솔직히 그 편이 가두고 먹이는 것보다 간편했을 듯한데 그러
지 않은 게 어딘가? 전쟁의 양상이 확실해지자 결국은 풀려났
고. 아이들이라도 풀어준 건 인의가 있는 일이었지."

"정말 그리 여기나?"

"만약 자네라면 어떻게 했겠나?"

인곤이 웃음기를 지우고 자은에게 물었다.

"군사의 움직임을 들킬 수 있는 길목에 사는, 배를 빠르게
잘 모는 적국의 백성들을 자네라면 어떻게 처리했겠어?"

자은은 인정하지 않을 수 없었다. 자은이라도 가두었을 것
이었다.

"쯧, 말머리를 왜 그리 돌리나?"

한 사람으로서의 자은은 하지 않을 일을, 관직에 있는 자은
이라면 망설임 없이 할 것이었다. 거인의 손가락 중 하나이기
에 어딘가 구름 속에 있는 머리가 시키는 대로 행했을 것을 부
정할 수 없었다. 더 큰 힘에 종속되어버렸다. 그 힘을 끌어 쓸
수 있는 대신 본연의 모습과는 멀어지고 있었다. 스스로만 느
끼는 줄 알았더니 곁의 인곤도 알아챈 모양이었다.

"그래, 예전이면 몰라도 지금의 자네라면 그보다 나쁠 수
있었음을 이해하겠지. 사람이 사람에게 할 수 있는 일에는 위
로도 아래로도 끝이 없네. 그 틈새에서 살아남은 것만 해도 나
는 운을 충분히 누린 거야. 그러니 그저 햇빛에 매일 감사할
뿐, 지나간 날들을 곱씹지 않아."

금성을 떠나지 않은 미은이라면 믿었을 말을, 자은은 믿지
않았다.

"어떤 궤를 벗어난 일을 겪고 나면…… 사람의 마음에 어둠
이 남네. 이제 와선 자네 앞에서 세상 불행을 다 끌어안은 척
했던 게 부끄럽지만, 나는 조금 굶었던 것만으로 안쪽에 어둠
이 고였어. 음식을 삼키면 뱃속에서 그 그림자도 함께 흔들리
지. 자네 안에 그런 게 남지 않았을 리가 없어. 자네의 늘 웃는
얼굴은 일종의 마개인가보군."

"남의 얼굴을 마개라 하다니 너무한 것 아닌가?"

"흥, 지켜보기로 하지. 자네의 어둠이 어느 순간 새어나오

는지."

그렇게 말한 자은이었지만 다음날 인곤의 방을 볕이 가장 잘 드는 방으로 바꿔주게 하였다.

같은 날, 나리향의 시신을 태워 함에 담아두게도 하였다. 그 재를 한동안 누구에게도 내어주지 않겠다고 나리향의 양쪽 가족에게 전했다.

"설대사, 포악하게 시신을 빼앗고 다닌다면서?"

비파곡의 김노길보가 찾아와 걸터앉자마자 말했다. 지나가던 길에 개들을 보러 온 모양인데 개들은 노길보를 얼마간 반겼지만 인사를 마친 후 바로 인곤의 발치에 가 앉았다. 여러 마리를 키우다보니 한 마리마다와는 그리 깊은 정을 들이지 못한 게 아닐까 싶었다. 노길보도 괘씸해하는 기색은 없었다.

"사람들이 제가 하고 다니는 일을 그렇게 간추리던가요?"

무도를 넘어서 포악인가, 자은은 얼떨떨하게 되물었다.

"바다를 건너 다녀온 설대사는 파리한 안색에 길고 검은 머리를 드리운 채, 표정 하나 바꾸지 않고 죽은 자의 옷을 벗기고 쿡쿡 쑤시고 뒤집어도 본다고 하던걸. 그것도 수상한 백제 놈, 말갈 놈들과."

아주 틀린 말은 아니어서, 자은은 평판을 바로잡기를 포기하기로 했다.

"뭐, 호은 형님도 그렇고 서라벌의 사랑을 받기는 그른 모양입니다."

"갑자기 내 흉을 볼 건 없지."

노길보가 왔다는 말에 뛰어나오다시피 한 호은이 머쓱해했다.

"어딜 가시던 길입니까?"

자은의 물음에 노길보가 슬쩍 호은을 보았다. 호은은 당황스러워했는데 자은은 노름판에 가던 길이구나, 간파했다.

"노름판에 병사들도 좀 옵니까?"

"많지. 드나드는 이들의 반쯤은 되지 않나 싶네. 왜? 일전에 들여다보던 일로?"

"예, 청금서당과 흑금서당의 병사들을 좀 만나보고 싶어서요. 저를 데려가주실 수 있을까요?"

그 말에는 인곤이 놀랐다.

"그런 험한 곳에 직접 가게?"

"다른 이에게 시킬 수 있는 일이 있고, 별수없이 직접 해야하는 일이 있지. 자네도 같이 가세."

다소 안심했다는 듯 끄덕이는 인곤이었다. 스스로를 대단한 전력으로 여기는 것 같아 웃음이 났지만 숨겼다.

"나도 같이 갈까?"

호은도 물어왔다.

"형님은 계십쇼. 형님을 데려갔다가는 벼루보다 더한 것이 깨질 수 있습니다."

형제가 몇 남지 않았으니 곱지 않아도 호은을 해골 바가지로 만들 수는 없었다. 설득하려 들 줄 알았던 호은이 힘없이 수긍했다.

"내가 특별히 보살피지. 걱정할 것 없네."

노길보가 호은에게 다짐했다.

"노름 밑천으로는 무엇을 준비하면 되겠습니까?"

"곡식이나 베가 좋겠지."

노길보가 돌아가고 나서, 자은은 도은의 방을 두드렸다. 도은의 탁상엔 목간과 산가지가 여러 개 흩어져 있는 것이 한창 바쁜 와중이었던 듯했다.

"왜? 뭐가 필요해?"

자은이 도은에게 필요한 것을 말하는 동안, 인곤과 호은도 뒤에 서성였다. 두 사람이 조마조마해하는 것이 느껴졌다.

"요약하자면, 노름 밑천을 달라?"

도은이 여전히 손가락으로 무언가 계산하며 말했다. 자은은 오늘 여러 번 요약당하는구나 여기며 침을 삼켰다.

"빠듯한 거 알지?"

"응."

"열흘쯤 한 끼씩을 헐하게 먹기로 하고, 약간은 줄 수 있겠어."

도은이 앞장서 창고로 갔다. 이윽고 꺼내준 양은 자은의 바람보다 훨씬 너그러운 양이었다. 앞뒤 사정을 아는 도은의 혜량이었다. 자은은 고마움을 표했고, 호은은 억울함을 표했다.

"너, 자은에게만 후한 까닭이 무엇이냐? 동기간에 이렇게 대하는 게 차이가 있어서 쓰겠느냐?"

하지 말지, 하면 안 되지, 하고 인곤이 고개를 흔들었다.

"그 차이가 왜 생겼는지 모르면 오라비는 이치를 하나도 분간하지 못하고 있는 거야! 이치를 분간하지 못하는 자가 어찌 집안을 대표하여 나다니는가?"

도은이 호랑이처럼 부르짖었다. 울림통도 크지 않으면서 감탄할 만한 성량을 내었다.

"이치라니…… 이게 그런 말까지 나올 일인가? 내가, 이치를……?"

호은이 중얼거리고는 비틀거리며 물러났다.

다음날 해질녘, 김노길보가 이끄는 대로 서라벌 외곽으로 향했다. 바깥으로 나아갈수록 길은 비고 등불은 띄엄띄엄해졌다. 눈에 띄는 칼은 집에 두고, 흔한 물건을 허리에 찼다. 자은은 걸음도 숨도 편해지는 걸 느꼈다. 아무도 아닌, 어디에도 속하지 않은, 맡은 바가 없는 노름꾼의 마음은 이토록 늘 편할지 궁금해졌다. 생을 구겨 던져버릴 수 있다면 괴로움도 없을지가 알고 싶었다.

"내가 쌍륙 하나는 자신이 있네."

인곤이 손가락을 하나하나 풀며 말했다.

"손가락까지 풀어야 하나?"

자은은 미심쩍어하며 그 모습을 바라보았다.

"뭘 모르는구먼. 주사위가 공중에서 많이 돌고도 제대로 떨어지게 해야. 그다음은 전략의 문제고."

"쌍륙도 저포도 바둑도, 백제가 좋아라 했던 놀이니 가면 백제 출신들을 많이 만날 수 있겠어."

그 말에는 인곤이 발끈했다.

"틀린 말은 아니지만, 그렇게 말하면 꼭 놀이에 빠져 나라가 망한 것 같지 않은가? 간추려 말하지 말게. 어느 나라에 가도 노름에 빠지는 사람 수는 거의 비슷할 걸세. 누군가는 한겨울 손이 비었을 때의 낙 정도로 손을 댔다 떼지만, 누군가는 밤에 눈을 감아도 천장에 쌍륙판의 금만 보이게 사로잡혀버리지. 사로잡혀버리는 쪽을 가엽게 여겨야 해. 보기엔 다 같아 보여도 구운 토기와 굽지 않은 토기처럼 강하고 약함에 차이가 나네."

"알겠네, 알겠어. 방금의 말은 거두기로 하지."

자은은 머릿속으로 놀이의 방법들을 되새겼다. 쌍륙은 열다섯 개의 말을 주사위 두 개로 움직이고, 저포는 말이 여섯 개에 주사위가 다섯 개였다. 바둑을 두면 한 상대를 깊이 알기에는 마땅하겠지만 시간이 길게 들지 않을까 했다. 편을 먹고 하는 놀이에 슬쩍 끼어드는 게 한 번에 여러 사람을 알기 좋으리라 어림하였다.

도착한 방坊은 평범한 민가 여럿으로 이뤄진 것처럼 보였으나 사실 전체가 노름장이었다. 창으로 어른거리는 사람 그림자들과 새어나오는 탄성, 작은 나무 말들의 잘그락거림 때문에 아무리 위장을 했다 해도 알려지지 않을 리 없었다. 그러니 금성을 관장하는 이들이 알면서도 묵인한 것일 가능성이 높았다.

"쥐 잡듯이 잡으면 엉뚱한 곳에 숨어 도사릴 테니 두고 지켜보는 게 낫다고 판단한 거겠지."

노길보가 묻지 않았는데도 설명해주었다. 세 사람은 처음엔 같이 들어서서 노길보의 소개로 자리를 잡았고, 이내 여러 판을 거치며 한 사람씩 흩어져갔다. 세 놀이 중에 자은의 성미에 가장 잘 맞는 것은 쌍륙이었다. 다른 이들이 자은의 손을 지나치게 자세히 보는 게 싫어 소매를 끌어내린 채로 주사위를 굴렸다. 다행히 아무도 이상히 여기지 않았고, 자은이 죽은 말을 기가 막히게 다시 움직이는 것에 감탄해 여기저기서 편으로 끌어들이려 했다. 그러다 만난 한패가 군인으로 보였다. 자은은 노림수가 있었지만 먼저 티를 내지는 말아야겠다고 마음먹었다.

"젊은 친구, 조그만 머리에 책략이 잔뜩 들었구먼. 열흘 뒤에도 올 수 있나? 또 같이 겨루세."

무람없이 어깨동무를 해오는 군인이 신라인인지, 구려인인지, 백제인인지, 말갈인인지 자은은 즉시 가려낼 수 없었다. 군복을 입고 오지 않을까 했던 건 순진한 생각이었다. 뜻밖에 성의를 갖추어 옷을 갈아입고 오는 것이 공공연한 법도인 듯했다.

"왜 열흘 뒤입니까?"

"순번이거든. 성 위에 올라가는."

어느 성일까, 자은은 못 알아듣겠다는 얼굴을 했다.

"군인이 아니지? 그럼 알려줄 수 없지."

되물어 캐내려던 것이 실패했으나 어쩔 수 없었다.

"다음에 또 봄세."

그러마고 자은도 인사를 했다. 쉬는 척 물러나 살피니 김노길보는 바둑에서, 목인곤은 저포에서 이기고 있는 듯했다. 자은은 적게나마 땄고, 인곤이 저대로 이겨주면 도은에게 덜 미안하겠구나 싶었다. 하루로 끝낼 일이 아니니 열흘이든 달포든 가산을 탕진하지 않고 군인들 틈을 파고들어야 했다. 새삼 인곤이 든든했는데, 자은이 지켜보는 줄 모르던 인곤은 소매를 걸으며 외쳤다.

"한 판 더!"

아니야, 멈춰줘, 제발…… 불길한 예감은 틀리지 않아 그때
껏 승세를 탔던 인곤은 크게 잃고 말았다. 자은과는 달리 낙담한
것 같아 보이지 않는 인곤이 배를 문지르며 자은을 돌아봤다.

"나, 다 잃고 말았는데 배가 고프네."

굶으라고는 할 수 없어 잣과 호두를 좀 사주었다. 사슴고기
젓갈도 있었지만 그 안에 뭉그러진 고기가 정말 사슴일지 의
심스러웠고 담겨 있는 그릇도 검게 변해 더는 쓰면 안 될 상태
였다.

"잣이 향기롭지만 배가 차진 않는군."

순식간에 모조리 먹어버린 인곤이 더 기대하는 눈으로 자은
을 보았다.

"당차게 나서더니 죄 잃었단 말인가?"

핀잔을 주지 않기가 어려웠다.

"일부러 잃은 것일세. 처음 나타나 따기만 하는 사람이 호
의를 살 수 있겠나?"

"흥, 호의를 사려고 잃었다고 도은에게 직접 말하게."

"그건…… 통하지 않겠군."

변명을 짜내느라 머릿속이 멎어버린 듯한 인곤을 데리고 바
둑판으로 갔다. 노길보가 자은에게 먼저 나가 있으면 곧 따라

가겠다는 듯 눈짓을 했다.

바깥바람을 쐬니 살 것 같았다. 가끔 잠이 오지 않을 때 밤새워 책을 읽는 자은이었지만, 그렇게 자지 않는 것과는 다른 피로함이 있었다. 피로해서 노름꾼은 되지 못하겠다고 생각했다. 즐거울 줄 알았는데 즐겁지 않았다. 이기고 있을 때조차 지지부진하게 느껴져, 조악하게 깎은 나무토막들에 온 정신을 싣는 쪽들이 신기했다. 호은과 달라 다행이었다. 발만 살짝 담가본 상태에서 내린 판단이었지만 달라질 것 같지 않았다.

아까의 눈짓을 잘 해석한 게 맞나 싶을 때쯤 노길보가 나왔다. 말도 없이 쭉 걷기 시작해 얼른 따라 걸었다.

"오늘 보니, 판이 작아졌어."

다른 누가 들을 수 없는 곳까지 가서 노길보가 말했다.

"죄 신라인들밖에 없던데요?"

인곤이 더한 말에 자은은 놀랐다.

"진짜?"

"억양을 들으면 알지. 다들 노력해도 완벽히 숨기기는 어려우니. 같은 신라인들은 몰라. 떠나 흘러든 이들끼리는 바로 알아채는 것을."

노길보가 밤에 만난 얼굴들을 머릿속에서 복기하는 듯 찌푸렸다.

"그 말이 맞군. 알던 얼굴들이 보이지 않았어. 신라 밖에서 온 이들이 없다……"

자은으로서는 낭패가 아닐 수 없었다.

"어찌된 사정인지 알아봐야겠군요."

"백제인들이 쌍륙을 좋아한다 놀리더니, 푹 빠진 건 신라인
들이었던 걸까?"

인곤이 장난을 걸어왔지만 그런 단순한 문제일 리 없었다.

"일이 길어질 것 같으니, 이것 좀 가지게나."

노길보가 바둑에서 딴 것들을 버리듯 자은에게 주었다. 자
은은 길바닥으로 떨어지려는 물건들을 얼른 받았다.

"주셔도 됩니까?"

말하고 나서야 무례를 범했다는 생각이 들었다. 상대는 잊
힌 왕족이라도 왕족. 당연히 그래도 될 것이다.

"도통 그렇게 보이지는 않지만, 나랏일 하는 거 아닌가? 내
가 내 나라에 이 정도 보태는 것쯤이야."

그렇게 말한 노길보는 길이 갈라지는 곳에서 자은과 인곤을
두고 다른 길을 택했다. 또 만나자는 말은 없었지만 자은은 앞
으로 언제든 노길보의 폭넓은 검은 옷 뒤로 숨을 수 있을 것을
알았다.

보름이 지났고, 밤에 불려갈 줄 알았더니 이번에는 한낮의
사냥터였다. 왕은 사냥을 위한 일체를 갖춘 모습이었으나 딱

히 뭘 쏘지는 않고 자은을 기다리고 있었으므로 자은 입장에
서는 스스로가 사냥감이 된 기분이었다. 그저 자은이 가까이
있다는 것을 알고 이곳으로 부른 것인지, 낮에 앞당겨 부름으
로써 재촉의 뜻을 전하려는 것인지 헤아리기 어려웠다.

햇빛 아래에서 왕을 보는 것은 처음이었다. 늘 밤이거나, 밤
이 아니어도 전각의 안쪽 해가 닿지 않는 곳이었다. 자은은 저
도 모르게 왕을 평소보다 길게 살폈다. 해 아래에서는 사람 같
지 않음이 덜한가? 얼굴에, 손에 난 작은 흠집들이 왕을 사람
답게 하는가?

"왜, 너도 쏴보고 싶으냐?"

왕이 자은의 눈길을 오해하고 무릎에 기대두었던 활을 내밀
었다. 기껏 시위부를 보내 무예를 익히게 했는데 형편없이 활
줄을 당기지도 못하면 낭패였다. 자은은 종일 먹은 것을 전부
쓸 셈으로 힘껏 당겼다. 화살은 부끄럽지는 않은 수준으로 날
아가 나무 둥치에 얕게 꽂혔다. 시종 하나가 화살을 거두러 뛰
어갔다.

"가벼운 활을 주면 제법 쏘겠구나. 금성의 가장 그림자 진
곳에서 너를 보았다 하기에, 성한가 확인하고자 해가 지기 전
에 불렀다."

누가 본 것일까, 자은은 궁금했지만 묻지 않았다. 그곳에 왕
의 눈이 있음은 놀랄 일이 아니었다. 그자가 자은의 얼굴을 안

다는 것은 얼마간 거슬렸지만.

"불꽃을 쫓아 여러 구석진 곳에 이르렀습니다만, 다친 곳 없이 성합니다."

"이 일을 거두어 다른 이에게 맡길까?"

"아닙니다!"

대답이 급하게 나왔다.

"일의 처음을 알지 못하는 자에게 맡기시면 엉뚱한 자를 베고 끝이 났다 아뢸 것이옵니다. 제게 그대로 맡겨주시면 베어 마땅한 자를 찾아내 베겠습니다."

"네가 베지 못할까 물은 것이 아니다."

자은은 왕의 말을 제대로 이해하려 고개를 들었다.

"흰 매를 굳이 웅덩이 같은 곳에 보낼 필요가 있을까 싶어 물은 것이지."

고고한 일만을 맡을 생각은 없었다. 자은은 허리에 찬 검을 내려다보곤 고개를 저었다.

"매의 깃털은 진창에 닿아도 쉬이 젖지 않더이다. 이대로 맡겨주시지요."

왕은 고개를 끄덕이고는 시종에게 손짓해 자은에게 음식을 내주게 했다. 자은은 왕이 말을 시키면 언제든 말할 수 있도록 조금씩 베어 씹었다.

"치워야 할까? 네 보기엔 어떻더냐?"

"노름판을 말씀하시는 거라면……"

얼른 삼키고 이어 말했다.

"치우셔도 밭을 파먹는 두더지처럼 또 나타날 것이니 그대로 두셔도 좋을 듯합니다."

"하지만 병졸들이 녹을 다 써버리고 빈털터리가 된다 하던데."

"물론 바람직한 행태는 아니지만…… 본디 신라인이 아닌 병졸들이 몇천이지 않습니까?"

"구천."

왕이 정확한 수를 알려주었다. 자은이 예상했던 것보다 훨씬 많았다. 신라군이 전쟁의 정점에서 가장 많은 수였을 때가 사만에서 오만이었으니, 적군이었다 복속된 군인 구천은 주시하지 않으면 안 될 수였다.

"그렇다면 더더욱 두셔야 할 것입니다."

"왜지?"

"구천의 병졸이 녹을 차곡차곡 모아둔다면 다른 뜻이 있는 것이겠지요. 내일이 없는 것처럼 써버린다면, 꿍꿍이를 품지 않았다는 방증 아니겠습니까?"

왕이 각반 끄트머리를 바로잡으며 생각에 잠기더니 고개를 끄덕였다.

"네 말이 사리에 맞다."

자은이 마음을 놓고 젓가락을 멈추려 하자 햇빛으로 한층 형형해진 왕의 눈이 놓치지 않았다.

"남기지 마라. 작은 칼이라도 제대로 쓰려면."

왕뿐 아니라 왕과 함께 행차한 모두가 자은이 먹는 것을 묵묵히 지켜보았다. 일생을 통틀어 손에 꼽을 만큼 불편한 끼니였다. 차라리 함께 먹어주면 안 되는 건가? 여럿이 지켜보는 가운데 혼자 음식을 넘기는 것이 고역이었다. 목이 멘다 싶을 즈음, 왕이 술잔도 내려주었다. 술을 좋아하지 않는 자은이었지만 음식을 넘기려 한 번에 마셨다.

"호쾌한지고."

만족했는지 왕이 자은을 보내주었다. 다시 시위부 사람을 따라 숲을 벗어나는데 꿩이 울었다. 의외로 높은 가지에 앉은 것을 눈으로 좇다, 꿩처럼 살 오른 보름달에 닿았다. 그믐까지 진척을 얻고 싶다고 생각했다.

"구려인들은 있어. 몇 안 되지만 저기에."

매일 드나드는 것도 수상쩍을 것 같아 이틀에 한 번, 사흘에 한 번씩 노름판을 찾았는데 몇번째인지 세는 걸 그만둔 다음에야 인곤이 북쪽 억양을 잡아챘다. 자은은 작게 고개를 끄덕였다. 오로지 신라인들만 주사위를 던지는 건 아닌 것으로 판명이 났다. 자은과 인곤은 어중이떠중이를 몇 끼고 구려인들과 저포로 맞붙었다. 비슷한 나이대와 벌어진 어깨들로 보아 황금서당 소속이 맞긴 한 것 같았다. 두어 판쯤 진행되었을 때, 말이 잡히고 궁지에 몰리자 인곤이 탄식하며 심한 백제 억양을 썼다. 자은으로서도 인곤이 그러는 걸 처음 들어보았는데, 어렸을 때 떠난 것치고 꽤 그럴듯하게 들렸다. 인곤이 북쪽 억양을 간파한 것처럼 북쪽에서 온 이들도 인곤의 서쪽 억양을 바로 알았다.

"그쪽은 겁도 안 나나보오?"

한 사람이 말을 걸어왔다.

"어, 겁내야 하오?"

인곤이 되묻자, 자기들끼리 웃었다.

"백금서당인가? 청금서당이면 당연 알 텐데."

괜히 꾸며냈다가 말이 맞지 않으면 안 되니 인곤은 아둔하고 흐린 표정을 짓는 데 그쳤다. 앞으로 인곤이 저런 표정을 할 때 조심해야겠군, 지켜보던 자은은 생각했다.

"얼마 전에 흑금서당 애송이들에게 청금서당 녀석들이 뱃가죽이 찢길 뻔했지. 그 일이 있고 나서 청금서당, 흑금서당은 물론 백금서당 놈들까지 이곳을 찾지 않고 있소. 판이 줄어들어 재미가 없어졌는데, 그쪽처럼 담대하게 슬슬 돌아와주면 좋겠구면."

"에이, 이자도 모르고 온 것 같으니 예전처럼 흥이 나기엔 영영 멀었네. 하여간 자네, 흑금서당의 옷깃을 보면 피하게.
백제 말투를 쓰면 시비가 걸릴 거야. 혼자 있거나 수가 적을
때는 더 조심하고."

놀리는 듯 충고해주는 걸 보니 구려 출신들의 마음 씀씀이
가 나쁘지 않았다.

"그…… 뱃가죽이 찢길 만큼 격했던 싸움이 밖에는 알려지
지 않았습니까?"

자은이 물었다.

"이런 데서 피를 뿌렸단 얘기가 나가면, 이 구역이 통째로
사라지지 않을까? 왕께서는 당나라 사신한테나 유순한 말을
쓰지, 신라 안에서는 부정하다 싶으면 건물의 초석까지 파괴
하시니…… 칼부림이 있고도 밖에 알려지지 않아 참으로 다
행이었지. 여기 드나드는 자들이 손은 가벼워도 입은 무겁다
는 걸 증명한 셈 아닌가?"

"애당초 무슨 일 때문에 서로 칼까지 뽑아들었답니까?"

자은에 이어 인곤이 물었다.

"뭐랬더라?"

"뭔가 더 전의 일 때문인 것 같았는데. 가까이서 본 게 자네
였던가?"

"그때 난 다른 지붕 아래 있었어. 이 옆에."

구려 출신들이 팔꿈치로 곁의 사람을 찌르거나 수염을 잡아

당기며 당시를 떠올리려 애쓰는 것을 지켜보았다. 이윽고 한 사람이 무릎을 쳤다.

"아, 맞아, 어린것들을 죽였다 그랬어. 그래서 복수하겠다고. 말갈 놈이 그렇게 외치며 달려들었어."

"어린것들을? 그게 언제입니까?"

불에 타 죽은 어린아이 둘이 있었다. 그 아이들에 대한 복수인가?

"지난여름이었지?"

"아니, 가을 초입이었잖아."

계절에 대한 기억들이 어긋났지만 어느 쪽이든 지난해의 일로, 연달아 불이 나기 한참 전이었다. 다른 아이들이 더 죽었나? 불과는 어떤 연관이 있는 걸까? 딱 맞아떨어지지 않아 답답했다.

자은은 머릿속의 일들에 골몰하느라, 그때껏 져주던 것을 깜빡 잊고 구려인들의 말을 싹 잡아버렸다.

"자네도 백제인인가?"

혀를 내두르며 물어왔다. 신라의 가장 오래된 성 중 하나를 가졌는데 백제인으로 보이기도 하는 모양이었다.

"이토록 지략이 뛰어나면 전쟁 때 좀 쓰지 그랬나? 저포 따위에 쓰기 아까운 머리구먼. 뭐, 그땐 너무 어렸겠지만."

살짝 위태로운 말이었지만 듣지 않은 셈 치기로 했다.

"아이고, 이제 난 걸 게 없네. 싹 날렸네. 한동안 손가락이나 빨아야겠어."

저편 사람들이 쥐고 있던 말들을 던졌다.

"반쯤 돌려드리겠습니다."

미안한 마음이 들어 자은은 딴 것의 반 이상을 돌려주었다. 머리가 좋은 놈이 덕도 있다고 칭송을 들었지만 노름꾼들의 칭송은 받아 무엇 하나 싶었다.

이후 끼리끼리만 판을 벌여, 자은과 인곤은 끼어들 판이 없었다. 자리를 비켜주고 밀려나 둘만 남았다.

"노름에 사로잡히면 기꺼워 보일 줄 알았네. 그런데 희색인 자가 그다지 없구먼."

자은이 말했다.

"그물에 걸린 자가 기껍기까지 하겠는가?"

인곤은 자은의 말이 우습다는 듯 답했다.

"기껍지도 않건만 벗어나지 못하는 이들의 속이 궁금해. 지긋하다면 그만두면 될 일 아닌가? 달리 갈 곳이 없어서일까?"

"갈 곳이야 많겠지, 이 크고 훤한 금성에."

"그러면은?"

"가만 눈감고 있는 걸 도무지 못하는 이들이 있는 거야. 밤을 다 써버리고 망쳐야 다시 낮을 살 수 있는 이들이."

"밤을 못쓰게 망쳐야 낮을 살 수 있다?"

자은은 인곤의 말을 따라했다.

"혼자 깨어 있으면, 잠의 옷자락 아래 기어들지 못하면……
쫓기는 마음이 들지 않나? 그러니 비슷하게 눈이 벌건 이들과
어깨를 나란히 하고 밤을 새우는 거지. 잊을 수 있으니까, 쫓
기고 있다는 걸."

"무엇에 쫓기나?"

"지난날의 과오에 쫓기는 자가 많을 테고, 오지 않은 날들
에 쫓기는 자도 더러 있을 테지. 어느 쪽인지만 명확히 알아도
덜 쫓길 텐데. 다시 한번 말하지만, 긍휼히 여기게. 쫓기다 사
로잡힌 자들을."

"자네는 어떻게 그 속내를 아나?"

"어른 없는 어린아이가 먹고살려면 밤의 심부름꾼이 될 때
가 있으니 아네. 밤 심부름꾼이 살아남으려면 사람의 무늬를
알아봐야 하고. 어느 바다 어느 땅에 가도 반복되는 무늬가 있
다네."

"사람은 내가 더 잘 간파하는 줄 알았는데."

자은은 인곤을 점점 모르겠다고 생각했다. 웃는 얼굴의 식
객, 바람에 팔락거리는 백양나무 잎처럼 간단할 줄 알았는데
그렇지 않았다.

"자네야 한 사람, 한 사람을 알아채는 거고 나는 그걸 못하
니 닮은 사람들을 이리저리 묶어보는 거지."

인곤의 대답은 진심을 감추는 대답이었다. 인곤 역시 쫓겨 봤기에 아는 것이리라. 따지고 보면 자은에게도 그런 시기가 있었다. 장안에서, 배 위에서 쫓기는 마음이었다. 자은은 놀이 패를 쥐지 않고 책 위에 엎드렸지만, 발 한쪽 정도는 밤을 망치는 자들의 영역에 두었을지 모른다.

둘 사이 잠시 말이 잦아들었다. 자은이 흘끗, 바둑 판 쪽을 돌아보며 물었다.

"그러면, 김노길보님의 무늬는 어떠한가?"

아아, 하고 인곤이 팔짱 낀 몸을 젖혔다.

"노길보님은⋯⋯ 세상을 버린 것인지, 세상을 탐내는 것인지 모르겠어. 둘 중 하나이지 싶은데."

"당연히 버린 것이겠지."

자은은 인곤이 되도 않는 말을 한다고 일축했다.

"의외로 두 부류는 분간이 어려워서. 무늬가 겹치지."

"잠이 모자라니 무뎌졌구먼. 얼른 돌아가 눈 붙이세."

자은은 얽힌 일을 망치지 않고 풀어내 밤에 깨어 있는 자들과 멀어지고 싶었다. 복잡하게 뭉개진 무늬를 지니고 싶지 않았다. 그런 자은을 비웃기라도 하듯 멀리, 지나치게 낮게 뜬 별처럼 붉은빛이 보인 것은 다음 순간이었다.

"저게 뭐지?"

알면서도 아니었으면 하고 인곤에게 그쪽을 보게 했다.

"불이군."

인곤이 그답지 않게 무거운 목소리를 냈다.

"뜸하다 했더니."

누가 먼저랄 것도 없이 웅크려 앉아 신발을 고쳐 맸다. 걸어 왔으니 별수없이 불이 난 곳까지 뛰어야 했다. 늘 그렇듯 보이는 것보다는 멀어서 뛰다보니 입에서 피맛이 났다. 시야에서 불이 사라져도 가까워질수록 소리와 냄새로 방향을 잃지 않을 수 있었다. 불을 발견한 이들이 끄려고 애쓰는 중인 것 같았다.

"우리가 갔을 때면 불이 꺼져 있을 수도 있겠어."

자은이 뛰며 말했다.

"불의 규모가 점점 작아지고 있었으니까?"

"불을 지르는 자들은 익숙해질 대로 익숙해졌을 거야. 그들이 저지른 짓이라면 작은 불일지도 몰라."

"글쎄, 작은 불이었으면 우리가 있는 곳까지 보였겠는가?"

"그것도 그렇군."

도착해보니, 불은 지금껏 난 불들을 다 합친 것만큼 대단했다. 예측했던 흐름이 아니어서 자은은 입맛이 썼다. 불을 둘러싼 사람들은 이미 물동이를 내려놓은 후였다.

"안에 사람은?"

자은이 맨 앞에 서 있는 자의 팔을 잡으며 물었다.

"없습니다."

팔을 잡힌 자가 대답했다.

"집이 이렇게 큰데 한 명도 없단 말인가?"

자은은 이해할 수 없어 되물었다.

"집이 아니라 소금 창고니까요. 보초들은 살해당해 밖에 버려져 있었습니다……"

"그들은 어디에?"

가리키는 손을 보자 사람들이 대충 수습해둔 시신 두 구가 보였다. 인곤이 눈치 빠르게 시신들을 살피려고 뛰어갔다. 자은이 뒤따르려는데 등뒤에서 기와들이 큰 소리를 내며 연달아 터졌다. 기와를 터뜨릴 만큼 센 불이었다.

"지난번과 거의 같아. 목이 베였어."

인곤이 확인해주었다. 죽은 보초들의 옷깃 색은 피와 어둠 때문에 분간이 잘 되지는 않았지만, 흑적색이었다.

"흑금서당이군."

시신을 거둘 수 있게 사람을 불러올까 했는데, 이번엔 그럴 기회가 없었다. 불의 영역 밖에서 흑금서당 십수 명이 나타나 침통한 얼굴로 보초들의 시신을 거두어 갔다.

자은과 인곤은 소금 창고가 다 탈 때까지 그 자리에 남았다. 탄 자리에는 재밖에 아무것도 남지 않았다.

돌아와 잠깐 눈을 붙였나 싶었을 때, 걸마지가 문밖에서 자은을 깨웠다.

"부랑자가 잡혔습니다!"

자은은 잠이 덜 깬 채, 대체 무슨 말인가 했다. 문을 약간만 열고 물었다.

"부랑자?"

"길거리를 떠돌며 불귀신 어쩌고 했던 자 말입니다."

걸마지가 설마 잊은 건가 하고 황당히 자은을 보았다. 표정의 변화가 크지는 않았으나 읽을 수 있었다. 윗사람을 의심할 때의 눈빛, 저 눈빛을 하지도 들키지도 말아야겠다고 생각하는 자은이었다.

"누군지는 알겠는데, 내가 그자를 잡아 오라고 했던가?"

"저희가 잡은 건 아닙니다."

걸마지의 대답이 짧았다. 더 설명을 해야지 거기서 멈추면 어쩌란 말인가, 자은이 걸마지를 물끄러미 보았다. 걸마지가 잠깐 정리하는가 싶더니 다시 말했다.

"계속 불경한 소리를 하고 다니다가 사람들한테 붙잡혀 두들겨맞았다고 합니다. 때리던 자들 중 하나가 죽이지 말고 묶어서 대사님께 갖다 바치자 한 모양입니다."

"이 아침부터?"

"그리 이른 아침도 아닙니다."

늦게 일어났다고 면박을 주는 것인가?

"그리고 밤새도록 때렸다고 합니다."

밤새도록 두들겨팬 후 이 집 문간에다가 던지러 왔다니, 잘했다고 상이라도 주길 기대하는 것인지…… 자은은 관자놀이를 문질렀다.

"직접 상을 줄 테니 기다리라고 하게."

걸마지가 꾸벅 고개를 숙이고는 물러났다. 자은은 일부러더 여러 옷을 겹쳐 입고선 머리를 단단하고 높게 정리했다. 세게 당겨 눈꼬리가 매서워 보이도록 만졌다. 도은에게 가 베를약간 얻은 다음, 기다리고 있는 사람들에게 향했다. 아니나 다를까, 머리와 수염이 하얗게 센 부랑자가 흰 수염이 벌겋게 물들 만큼 엉망으로 맞은 채 마당에 뒹굴고 있었다. 연기처럼 곤두서서 흩날리는 머리라고 들었건만, 피에 젖은 상태로는 들었던 자가 맞는지도 확신할 수 없었다. 어제도 피, 오늘도 피였다. 피 냄새에 익숙해지고 있다는 것이 마땅찮았다. 자은은 의기양양하게 서 있는 사람들을 마주했다.

"찾으시는 자를 찾아 왔습니다!"

맨 앞에 선 자가 온 얼굴로 웃으며 말했다. 슬쩍 손을 보니마디가 긁혀 있었다. 여럿이 주먹질을 하다 손이 엉켰을까?몽둥이를 쓰지 않은 게 다행이라면 다행이었다.

"그래."

차마 잘했다는 말은 나오지 않았다. 금성의 모두가 불이라면 지긋지긋하여 불, 불 하고 외치는 자를 평소처럼 스쳐 보내지 못했을 터였다. 그러나 이들에게 불이 광증에 사로잡힌 한 사람이 낸 것이 아니며, 여럿이 불의 고삐를 잡아가며 행한 일이라고 말할 수는 없었다. 아직은 아니었다.

"그런데 온전하지가 않군. 당장 문초할 수 있는 상태가 아니지 않나?"

자은이 살짝 눈썹 사이를 좁혔다. 그러자 사람들의 얼굴에서 웃음이 사라졌다. 너무 겁내지 않도록 들고 온 천을 아랫단에 서 있던 걸마형에게 주어 전하게 했다.

"앞으로 나를 돕고 싶거든 상하지 않게 해서 데려오도록. 그러면 지금 준 것의 세 배를 줄 테니."

다시 웃음기가 돌아왔다. 저마다 끄덕이며 그러마고 했다. 세 배, 줄 수 있겠지? 자은은 약간 불안해졌다. 도은과 협의는 못 했지만 자주 있을 일은 아니니 이해해줄 것이다. 아마도……

손짓을 하자, 걸마형과 걸마달이 사람들을 몰아 나갔다.

"그럼 이 부랑자는 어쩔까요?"

걸마지가 물어왔다.

"인곤을 불러와 보이게."

원래 인곤이 잘 아는 분야는 아니었지만, 진오룡에게 당한 이후로 사람 뼈에도 관심이 생긴 듯했다. 걸마지는 인곤을 부르러 뛰어갔다.

부랑자와 자은 둘만 남았다. 자은이 단을 내려가 모로 누운 부랑자 앞에 무릎을 대고 앉았다.

"지귀를 기다린다고? 어째서?"

오른쪽 눈은 뜰 수 없는 상태인지, 왼쪽 눈만 열어 자은을 보았다.

"지귀는 올 것이다. 얼룩져 부패해가는 금성을 처음으로 돌리기 위해, 훨훨 날아올 것이다!"

피가 섞인 침을 흘리면서도 부랑자는 말했다.

"어디서 오는데?"

자은이 거듭 묻자, 부랑자는 잠시 혼란스러워했다. 어디서 오는지 묻는 이는 없었던 모양이었다.

"동에서 와서 서로 남으로, 더러운 거리를 모조리 태울 것이다!"

막 지어낸 듯한 방향치고는, 대충 분황사에서 시작하여 금성 중앙을 향하도록 한 것이 가지런했다. 광증이 보이는 것보다 심하지 않을지도 몰랐다.

"금성이 더럽나? 길이 넓고 오수도 잘 빠져나가고 이만큼 갖추어진 곳이 또 없을 텐데."

자은이 보기에 금성은 고개를 돌릴 때마다 달라지고 있었다. 사람이 많이 모인 만큼 문제도 생겼지만 해결할 손도 많았다. 왕성한 동물처럼 자라고 뻗는 금성은 더러워진 구석을 쉬이 핥아내곤 했다.

"왕들의 피는 흐려진 지 오래, 패망한 자들이 몰려들어 서라벌 육부의 신성한 땅을 짓밟고 개흙 속에서 삿된 교접을 한다! 그리하여 태어난 아이들은 신라의 아이가 아니다! 금성을 불로 깨끗이 태워야 뼈로부터 살이 돋아날 것이다! 활활 태워 재 속에 새 알을 품으면, 신묘한 닭 울음이 돌아올 것이다!"

"이런 말들을 외치고 다녔으니······"

계속 듣기 어려운 황당하면서도 뻔한 이야기에 자은은 혀를 차고 말았다. 칼에 찔리지 않은 것만 해도 다행이다 싶을 정도로 날뛰는 말들이었다. 자은이 어릴 때에도 비슷한 말들을 외치며 헤매는 자들이 있었고, 천세가 지나도 사라지지 않을 듯했다. 과연 존재한 적 있을지 의심스러운, 무구했던 지난날로 돌아가자며 눈앞의 모든 것을 오손이라 명하고 내치려는 자들이었다. 그 말들은 단지 한 사람의 머릿속에서 비롯되는가? 그럴 리 없다. 그보다는 허공을 휘감은 염오의 기운을 그대로 받아내 외치는 것에 가까울 것이었다. 광증이 없는 이들도 입을 다물 줄 알 뿐, 흉중은 흡사할지 몰랐다.

자은보다 깊이 잠들었던 인곤이 발을 끌고 오기에, 맞출 수 있는 뼈는 맞춰주고 약초가 있으면 발라주라고 일렀다.

"누군데?"

"떠돌이."

"아이고, 어쩌다 이렇게 맞으셨대?"

인곤은 부랑자의 빠진 어깨를 끼워주었다. 부러진 손가락에는 부목을 대어 묶었다. 다른 곳은 그리 심히 다치지 않은 것 같다기에 일으켜 걷게 해보니, 그럭저럭 걸었다. 이대로 풀어주면 또 어디서 험한 꼴을 당할 텐데 어쩐다? 징그러운 소리를 하고 다닌다고 죽기를 바라는 건 아니었다. 자은은 고민이 깊어졌다.

"내 보기에 지귀가 온다는 동쪽은, 가까운 동쪽이 아닌데?"

한번 던져보았다.

"아, 아니야?"

부랑자가 반응을 해왔다.

"지귀 혼자 와서는 금성을 깨끗이 할 수 없잖아? 태우고 나면 재가 날릴 테니까. 동해 용왕의 부하들도 한두 분 모셔와 물로도 씻어야지."

"물로도? 물?"

머릿속의 그림이 어긋나는지 눈빛이 흐려졌다. 그래도 밀어붙여야 했다.

"귀한 임무를 맡은 김에 동해로 마중나가게. 그런데 좀 비밀스러운 마중이어야 하지 않겠나? 시끄럽게 외치고 다니면 불귀신도 물귀신도 나오지를 못하지."

"사람들이 알아야…… 온다는 걸 알아야……?"

"알 사람들은 아니까 이제부터는 조용히, 응?"

자은은 저도 안다는, 믿는다는, 공모자라는 눈짓을 했다. 그런 눈짓이 먹혔는지 부랑자가 고개를 끄덕였다. 자은이 걸마달을 불렀다. 딱 걸마달을 부르려 했던 것은 아니고 가장 가까이 있었다.

"이자를 수레에 태워 금성을 완전히 벗어난 동쪽에 두고 오게."

걸마달이 그러겠다고 대답했다. 자은은 걸마달에게 다가가 작게 명령을 더했다.

"돌아오지 않고 계속 동쪽으로 가는지도 보고 오도록."

"예."

부랑자에게도 따로 속삭였다.

"동해요. 동해인 걸 잊지 마."

"응, 동해. 지귀가 용왕의 부하들과 온다고."

"그래. 잘 기억했어."

도은에게 입지 않는 옷가지를 얻어 갈아입게 하고 음식도 챙겨주었다. 도은은 빈번함이 마음에 들지 않는다고 한소리하면서도 박하지 않게 내어주었다.

"남매가 보살이네, 보살이야."

인곤이 칭찬을 하며 슬그머니 수레에 따라 타려고 했다.

"자넨 어딜 가는데?"

"바람 좀 쐴까 하고. 동쪽은 내가 또 못 가봤고 하니."

"지금 그럴 때인가? 그놈의 개들이나 더 가르치게!"

다음번의 불이 한 발짝씩 다가오고 있는 것 같은데 여유를 부리는 인곤이 얄미웠던지 말이 세게 나오고 말았다. 인곤이 눈을 크게 뜨고 억울함을 표했다.

"거의 다 되었네, 정말 코앞이네! 나를 믿지 않고서는."

그래도 찔리긴 했는지 안쪽 마당으로 개들을 데리러 갔다. 일부러 좁힌 어깨와 구부린 등은 자은 보라는 것일 터였다. 개들이 신나 인곤을 반기는 소리가 들렸다. 싱글거리는 자와 복슬거리는 것들이 제대로 하고 있는 건지 아무래도 의심스러웠다.

도로 눕고 싶었지만 지친 몸을 끌고 병부로 갔다. 일전의 제감과 눈이 딱 마주쳐, 바로 불러낼 수 있었다.

"오늘은 뭣 때문에 왔습니까?"

거듭 만나도 좋아질 사이는 아니었다.

"청금서당과 흑금서당이 더불어 움직였던 날들을 전부 알려주셨으면 합니다."

"전부? 문서가 여럿으로 나뉘어 있는데."

귀찮은 기색을 숨기지도 않았다.

"제가 직접 볼까요? 보게 해주시면 보겠습니다."

자은이 도발하자 제감이 펄럭, 소매를 흔들며 팔을 휘저었다.

"기다리시오. 상당히 기다려야 할 겁니다."

엄포인지 심술인지 둘 다인지 몰라도 한나절이 가버릴 듯싶었다. 처마 아래 앉아 있자니 햇빛이 버거웠다. 사람들은 등잔불 아래 책을 읽는 게 나쁘다고 말들 하지만, 실은 햇빛 쪽이 한층 맹혹하지 않은지 자은은 줄곧 생각했다. 그늘로 옮기기에는 춥고 눈이나 감고 있어야겠다고 등을 기댔을 때였다.

"대사님?"

고개를 들자, 시위부의 얼굴이 익은 이가 서 있었다. 몇 번 왕에게로 안내한 적이 있는 이여서 자은에게 알은척을 하고 싶었던 모양이었다.

"어디 바삐 가는 길인가?"

잠깐 멈춰 선 기색이기에 자은이 인사삼아 물었다.

"옥에 가는 길입니다. 분부받은 바가 있어서."

더 자세한 것은 말해줄 수 없다는 선 긋기였다.

"나도 좀 따라가고 싶은데."

"예?"

"뭘 좀 기다리는 중인데 안쪽에 기다릴 자리는 없고 바깥에 오래 있기엔 편치 않으이."

자은이 등뒤의 병부 건물을 손짓하며 설명했다. 시위부 사람은 젊고 경험이 부족한 탓으로 혼란스러운 표정을 했다. 데리고 가도 될지 곤란해지지는 않을지 즉시 판단하기 어려운 듯 보였다.

"하는 일 방해하지 않음세. 엿듣지 않고 멀리 서 있기로 하지."

그렇게 말하자 떨떠름하게 고개를 끄덕였다.

"함께 가셨다는 걸 나중에라도 말씀 올릴 겁니다."

"당연히 그래야지."

왕과 독대하는 자이니 허용해도 되겠다 싶었는지 가벼운 걸음으로 앞섰다. 자은은 부지런히 쫓아갔다. 움직이니 팔다리에 피가 통해 좋았다.

감옥은 자은이 그렸던 것보다 크지 않았다. 금성이 반죽을 밀어 펴듯 커지고 있으니 감옥도 커지지 않았을까 했는데, 수용할 수 있는 한도를 넘으면 적당히 베거나 사면하거나 해서 조절하는 게 아닐지 짐작했다. 나라에 경사스러운 일이 있어도 사면을 했고, 우려스러운 일이 있어도 사면을 했으니 극악무도한 자가 아니면 풀려나기 마련이었다.

"저흰 이쪽으로 갈 테니……"

둘러볼 거면 멀찍이 다른 곳을 택하라는 권유였고, 자은은 얼른 반대쪽을 골랐다. 시위부 사람이 보초에게 들여보내주라 손짓을 해주었다.

옥마다 힘없이 벽 모서리에 기댄 자들은 도둑질보다 심한 짓을 했을까 싶게 대단치 않아 보였다. 갇힌 자들의 냄새를 각오하고 들어섰건만 바닥의 짚을 자주 갈아주는지 견딜 만했다. 살인을 한 자도 강간을 한 자도 섞여 있을 터, 자은은 통로 가운데로만 걸었다. 군인이었던 자들을 보면 알아볼 수 있을까? 백제인이든 말갈인이든 삼한의 얼굴은 삼한의 얼굴일 뿐이었다. 인곤을 데리고 왔어야 했다고 후회했다. 바깥에서 온 자가 바깥에서 온 자를 알아보는 감각이 자은에게는 없었다. 떠났다 왔어도 없었다.

"고운 머리카락 한번 만져보자!"

불쑥 손 하나가 뻗어나와 자은의 머리에 닿을 뻔했다. 자은이 제때 몸을 피하지 않았다면 볼썽사납게 잡혔을 터였다. 칼집으로 그 손을 때리고 칼을 뽑았다. 몇 번 뽑아보지 않았는데 잘도 빠져나왔다. 자은의 실력이라기보다는 잘 만든 물건이어서일 것이었다. 하찮은 것을 베기에는 귀하디귀한 물건.

"그 손목을 잘라줄까?"

자를 뜻이 없으면서도 있는 것처럼 말했다. 손등을 얻어맞은 자가 엎드리듯 주저앉아 고개를 흔들었다.

"군인이었던 자들, 어디에 있지? 알려주면 베지 않겠다."

"다음 줄, 네번째 칸……"

자은은 싸늘하게 그자를 내려다보다가 발을 옮겼다. 수를 셀 줄 알면 해선 안 되는 짓도 알 터인데. 저런 자가 사면이 되면 어쩌나 걱정이었다.

막상 그 칸에 이르자, 굳이 묻지 않아도 되었겠다 싶었다. 더러워지고 해졌지만 갇혀 있는 자들이 청금서당의 군복을 입고 있었던 것이다. 옥에 가두며 새 의복을 주지는 않으니 그럴 법도 했다.

"뭐요?"

여섯 중에 가장 기력이 있는 한 사람이 물었다. 자은은 대답하지 않았다. 다만 그들을 하나하나 뚫어져라 보았다. 이윽고 한 사람에게 닿아 멈추었다.

"이렇게 되면, 역시 맞지 않는데……"

자은이 중얼거렸다. 그자는 첫번째 불로 타죽은 아이들처럼 이마가 가파르고 뒤통수가 뾰족했다. 독특한 두상이라 그리 흔할 것 같지는 않았다. 죽은 건 말갈인의 아이들이 아니었나? 시기가 다르다고는 알고 있었지만.

"뭐냐니까?"

자은은 대답 없이 돌아섰다. 그들도 더 묻지 않았다.

병부로 돌아가서도 해가 저물 때까지 기다려서야 제감을 다시 만날 수 있었다. 기다린 쪽만큼 기다리게 한 쪽도 불만이 많았다.

"설대사 때문에 끼니도 제대로 못 먹었소."

아예 못 먹었단 말인지 제대로 못 먹었단 말인지 자은은 물으려다 말았다. 제감은 평생 굶어보지 않은 사람처럼 보였으므로 크게 미안해지지는 않았다. 보이는 것과는 매양 다를 수 있긴 하여도.

"틀림없이 잘 찾으셨습니까? 누락이 있으면 곤란합니다."

구멍난 기록은 소용이 없었다. 그 말에 제감은 발끈했다.

"지나간 일이 그대로 문자로 남는 걸 본 적이 있나? 나날들이 흐르고 나서는 흩어진 것들을 그러모을 수밖에 없는 것을."

"사람이 어쩔 수 없는 작은 누락을 말하는 게 아닙니다. 찾을 수 있는데 놓친 큰 누락을 말하는 겁니다."

"그런 건 없을 거요."

제감이 제법 자신이 있어 보여, 자은은 일단 안심했다.

"청금서당과 흑금서당은 작년 여름까지 명활산성에 함께 주둔했지. 흑금서당에서 여름 끝 무렵 탈영이 있었고, 그 탈영병들을 추적할 때도 청금서당과 흑금서당의 일부가 함께 북쪽으로 갔었소. 그런데 그들만 갔던 건 아니고 자금서당이 이끌었다는 걸 말해줘야겠군. 이름 붙여 묶은 지 얼마 안 된 그 두 서당 병사들만 보내기엔 거북하니 말이오. 불미스러운 일도 있었고 해서 이후에 청금서당을 그간 벽금서당, 적금서당이

있었던 서형산성으로 옮겼소. 그다음엔 겨울의 진형 훈련까지
는 서로 마주칠 일이 없었을 거요."

제감은 그 말들을 뒷받침하는, 베껴 온 기록들을 자은에게
내밀었다. 자은이 그것을 넘겨보며 대충 흘려 쓴 것이 아님
을 확인했다. 알게 된 내용들을 되새기다가, 문득 제감에게
물었다.

"그렇게 주둔하는 곳을 바꾸는 일이 흔합니까?"

제감은 잠깐 생각에 잠겼다.

"최종적으로는 모든 서당이 네 성 모두에 머물러보도록 하
는 것이 병부의 목표요. 익히 알아야 비상시에 원활히 움직일
수 있을 테니. 그렇지만 전략적으로 더 긴요한 남산신성이나
북형산성에는 한동안 신라인들로만 이루어진 서당들을 두고자
하니, 청금서당을 옮긴 것 말고는 주둔지를 바꾼 적은 없지."

"명활산성과 서형산성은 이제 상징적인 구실이 더 크기야
하지요."

"뭐, 신라의 영토와 위세가 바뀌어도 한참 바뀌었다보니."

자은은 방향을 틀어 물었다.

"탈영병은 어떤 이들이었습니까? 전에도 잠깐 말씀하신 적
있지 않습니까?"

그 물음에 제감이 코웃음을 쳤다.

"설대사, 병사 하나하나를 병부에서 직접 파악할 거라 생각

하시오?"

"그건 아니지만 내막을 아실 거 아닙니까?"

"내막이랄 것도 없는 것을. 말 도둑 두 명이었을 뿐이오."

말 도둑이라? 자은이 듣기에도 대단한 일은 아닌 듯싶었지만 그래도 새로운 사실이었다.

"탈영병을 잡으러 갔다던 자금서당, 청금서당, 흑금서당 군인들의 명단을 받고 싶습니다."

"흥, 그리 유난스럽게 나올 줄 알고 미리 적어왔지."

제감이 종이를 한 장 더 내밀었다. 묻지 않으면 주지 않으려고 했나? 오십여 명의 이름이 거기 있었는데, 자금서당이 서른에 청금서당과 흑금서당이 각기 열 남짓이었다. 자금서당이 이끌었다는 말이 이해가 갔다. 청금서당 열 명 중엔 죽은 목래업의 이름도 있었다. 오십 명이 둘의 목을 베러 갔을 때 무슨 일이 있었던 걸까? 그 일이 래업을 죽게 했나?

"오늘도 큰 신세 졌습니다."

"말만 그렇게 하고 또 귀찮은 일을 시키러 오겠지. 집사부는 늘 그런 식이오. 다른 부들을 못살게 구는 데는 따라갈 곳이 없어."

그다지 가깝지도 않은 집사부의 다른 이들과 묶여 곤란했지만, 자은은 부러 멋쩍은 얼굴을 하며 물러났다.

집으로 가는 큰길에 들어섰을 때, 인곤과 개들이 마중나와 있는 게 보였다. 인곤이 자신만만하게 권해왔다.

"내일 그 희한한 냄새의 기름이 무엇인지 찾으러 가세."

그 말을 하고 싶어 여기까지 나와 있는 모양이었다.

"내가 편잔을 주었다고 너무 급하게 구는 것 아닌가?"

다음날은 좀 쉬고 싶었던 자은이 본심을 숨기고 말했다.

"아냐, 오늘 신중히 살펴보니 이 녀석들이 준비가 된 것 같
아."

인곤의 발치에 앉은 개 두 마리의 눈이 가늘어져 있었다. 입
은 사람이 웃는 것처럼 벌어진 채였다. 김노길보의 집에서는
제법 늠름해 보였는데 개들이 풍기는 기운이 인곤을 닮아버린
게 아닐지, 자은은 미심쩍었다. 나머지 세 마리는 그러면 매일
데리고 노는 경은과 서은을 닮아버렸으려나.

"그래, 내일 가지."

인곤이 입으로 낯선 소리를 내, 개들을 자은의 앞뒤에 서게
했다. 호위라도 하듯 자은을 감싸고 걷는 개들 때문에 웃음이
나왔다. 개의 호위까지는 필요 없는데, 쓸데없는 것을 가르친
듯했다.

"기름을 얼마나 사겠다고?"

도은의 눈이 평생 본 중 가장 커졌다.

"일 년 치."

자은은 대답하는 목소리가 줄어들지 않게 주의했다.

"일 년 치? 아직 떨어지지도 않았는데? 창고에 충분히 있는데?"

도은의 목소리가 뒤로 갈수록 커졌다.

"도은아, 금성에서 가장 큰 기름가게를 잠시 우리끼리 쓰게 빌리려면 일 년 치는 사주어야 하지 않겠느냐?"

"언……!"

앗, 지금 화나서 언니라고 부를 뻔했다. 자은은 도은의 맑은 흰자위가 많이도 보이는 걸 보고 기가 죽었다. 호은은 늘 이렇게 살았겠지만 자은은 도은을 애먹이는 존재가 아니었는데 대사가 된 이후로는 영 일이 꼬였다.

"언제부터 그리 배포가 커졌어?"

그 와중에도 수습을 해내는 도은이었다.

"도은아, 금성이 불타는 걸 막기 위해서다."

"그럼 그 값을 달라 해, 따로 달라 하라고!"

누구에게랄 것도 없이 도은이 소리를 질렀지만, 기름값을 청구해야 할 대상은 다른 누구도 아닌 왕이었다. 자은은 왕에게 기름값을 달라고 요구하는 자신을 머릿속으로 그려보았다. 도은이 무서운가 왕이 무서운가 하면 그래도 왕이 살짝 더 무서웠다.

"기름 쓰지 않을 것도 아니잖니? 그리고 우리가 다녀갔다고 떠벌리지 못하도록 입술을 붙여둘 값이기도 하단다."

도은의 어깨를 살살 문지르며 달래보았다.

"녹이 늘었다고 좋아했건만 씀씀이가 그 배로 커져버렸어.
다 싫어, 다. 창고를 걸어 잠글 게 아니라 내 방을 걸어 잠가야
할 판이네. 아무도 나한테 아무 말도 걸지 않았으면 좋겠다,
자기들끼리 좀 알아서 했으면 좋겠다, 응?"

도은이라면 정말로 왕에게 기름값이든 무엇이든 요청할 만
한 배짱이 있을지도 모르겠다고 자은은 생각했다. 도은이 몇
살 많고 죽은 오라비를 닮았더라면, 이야기는 또 달랐을 것이
다. 자은은 머릿속으로 도은에게 관복을 입혀보았다. 작은 키
와 둥근 볼이 걸렸지만 꼿꼿한 관리의 모습이 그려졌다.

"상품上品이 아니었단 봐, 모두 그 기름으로 발바닥을 태워
버릴 테야."

누구의 발바닥인지 왜 하필 발바닥인지 모호했지만 물을 용
기는 없었다. 시장에 나간다고 사람이 쓰는 머리빗으로 개들
의 털을 빗기고 있던 인곤이 도은에게 철썩 등을 맞은 후 빗을
빼앗겼다.

"이제 출발하나?"

인곤이 엉덩이를 털며 일어났다.

"기다리게."

자은은 걸마지, 걸마형, 걸마달을 불렀다. 세 사람이 나란히

서자 병부 제감에게 얻은 명단을 꺼내 말갈인들의 이름을 쭉 불러주었다.

"이중에 아는 이가 있나?"

의외로 바로 대답이 돌아오지 않았다.

"말갈인들은 나라를 이루지 않고 촌락 단위로 지냈다보니, 신라에서는 통으로 묶어 부르지만 풍속과 기질이 제각각인 경우가 많습니다."

첫째가 말을 시작했다.

"저희만 해도 신라 사람들이 소가 어디가 아프다, 말이 어디가 아프다 하며 물으러 올 때마다 곤란하기가 그지없습니다. 딱히 짐승들과 친하지도 않고 구려인들과 별반 차이 없이 지내왔는데 비법이라도 내놓기를 바라니까요."

"이런 형편인데 먼 북쪽에서 태어난 이들을 무슨 수로 알겠습니까?"

둘째가 더하고 셋째가 마무리했다.

"가까이 알길 기대한 게 아니다. 말을 붙여볼 정도로만 면식이 있어도 되니 다시 한번 떠올려보도록."

자은이 거듭 천천히 이름들을 읊었다.

"아!"

걸마달이 작게 외쳤다.

"아는 이름이 있어?"

걸마지가 물었다.

"생우숙…… 그자한테 말 타는 법을 며칠 배운 적이 있는 것 같아."

걸마달이 그다지 확신 없이 털어놓았다.

"언제?"

"우린 없었고 너만?"

걸마지와 걸마형은 전혀 기억이 없는 듯했다.

"그 왜, 얼굴이 심히 헷갈린다고 우리 셋을 찢어두었던 때가 있었잖아. 그때."

걸마달이 형제들에게 설명했고, 듣고 있던 자은은 그렇게 찢어둔 이도 그럴 법했다고 생각했다.

"마술馬術을 가르치는 생우숙이 자네를 기억하겠나?"

"제가 말을 그다지 잘 타지 못해 그자가 말갈인의 수치라고 호되게 일갈했으니 나쁘게는 기억하고 있을지도 모르겠습니다."

저런, 하고 속으로 안쓰러워했다. 자은도 부하들이 당연 말을 잘 탈 거라 짐작했었다. 꼭 그렇지도 않다는 걸 일찍이 배운 셈이 되었다.

"생우숙을 찾아가 나와 은밀히 만나달라고 부탁하게."

그렇게 말하자 걸마달은 난처한 얼굴을 했다.

"여차하면 소리를 꽥꽥 지르는 자인데, 은밀하게는…… 어렵지 않겠습니까?"

"자네 셋을 믿고 맡기겠네."

걸마지와 걸마형이 자기들도 따라가는구나, 깨닫고 고개를 들었다. 늘 범범한 표정의 셋이지만 믿고 맡겨도 될 성싶었다.

"이제 진짜 가나?"

기다려주었던 인곤이 가벼이 일어섰다. 식객은 분명 살이 보기 좋게 올랐는데, 움직임은 점점 가벼워져만 갔다.

기름가게 주인은 기름을 살 때는 반색했지만, 잠시 가게를 빌리자고 하니 난색을 표했다.

"나가 있으라고요? 무얼 하시려고요?"

주인의 눈이 인곤이 데리고 선, 상황에 전혀 도움이 되지 않게 신이 난 개 두 마리에게로 쏠렸다.

"기름독을 망가뜨리거나 기름을 못 쓰게 하거나, 하여간 누가 되는 일은 하지 않을 테니 잠깐 나가 있게."

그렇게 말하던 자은은, 자신의 목소리가 예전과 달라졌음을 느꼈다. 언젠가부터 목소리에 힘을 실을 줄 알게 되었다. 그 힘이 자신의 것이냐 하면 좀 말하기 어려운 문제였지만.

"그럼 공자님들을 믿고……"

"오래 걸리지 않을 것이네."

믿음이라고는 한 톨도 실리지 않은 어투로 주인이 가게를 비워주었다.

"나까지 공자라고 불렀어. 요새 나도 신수가 훤하니까."

인곤이 즐거워하며 말했다.

"장사꾼의 아부 같은 것이지."

자은이 붕 뜬 인곤의 발을 땅에 붙이기 위해 끌어내렸다. 인곤은 웃음기를 지우지 않고 주머니에서 예의 불탄 나무토막을 꺼냈다. 개들에게 충분히 냄새를 맡게 한 뒤, 점박이의 목줄을 자은에게 맡겼다.

"동시에 시키지 않는 것은, 두 개가 서로 의견이라도 나눌까봐 그러나?"

자은이 물었다.

"개들은 의견을 나누지 않을 것 같나? 자네와 나보다도 빈번히 나눈다네."

그러고는 따닥, 하고 독특한 입소리를 냈다. 코를 벌름벌름하던 곱슬곱슬한 개가 기운차게 출발했다. 몇 번 공중에서 고개를 휙휙 돌리고, 앞으로 갔다 뒤로 갔다 고민도 하더니 가게 가장 안쪽 거미줄 친 선반 아래 작은 독을 앞발로 툭툭 건드리는 걸 인곤이 확인하고 왔다.

"이번엔 너를 뫄자."

칭찬을 잔뜩 받아 귀가 뒤로 넘어간 곱슬곱슬한 개의 목에 줄을 걸고 순을 바꾸어 점박이를 출발시켰다. 점박이는 훨씬 진중한 성격인 듯 바닥과 모서리, 기름독 뚜껑을 하나하나 확인하며 나아갔다. 시간은 배로 걸렸지만 결국 골라낸 독은 그 잊히다시피 한 선반의 같은 독이었다. 자은이 그 앞에 앉아 뚜껑을 열었다.

"으, 냄새."

"이 기름은 완전히 상한 것 같군."

나무토막과 번갈아 맡아보니 비슷한 것 같기는 했다. 인곤이 나가 가게 주인을 들어오게 했다. 주인은 눈을 바삐 움직여 가게가 멀쩡한 것을 확인하고는 안도하는 듯했다.

"이게 무슨 기름인가?"

가게 주인도 킁, 콧소리를 내곤 인상을 찌푸렸다.

"아이고, 이게 뭐람! 그만큼 남아 있는 것도 까먹었나봅니다. 아시다시피 저희 가게가 금성에서 가장 큰데다 여러 대를 이어오지 않았겠습니까? 출처가 불분명한 것을 숨겨둔 건 절대 아닙니다. 오래전 구한 게 애매하게 남아 구석에 박아둔 것뿐이지요."

"따지는 게 아니네. 정말 궁금해서 묻는 거네."

변명에 바쁘던 가게 주인이 자은과 인곤의 표정을 살폈다. 다그치려 묻는 게 아니라는 걸 알아챈 듯 곧 말을 이었다.

"고래기름입니다. 상해버려 더욱 지독하지요?"

"고래기름?"

고래잡이는 법흥왕 때 금지되었다. 백오십 년도 더 전의 일인데 아직 고래기름이 남아 있다니, 놀랄 수밖에 없었다.

"이 기름이 백 년 넘게 여기 있었단 말인가?"

그 말에는 가게 주인이 실소했다.

"공자님도 참, 먼지 쌓인 선반을 하나 보셨다고 너무하시네요. 그렇게까지 치우지 않는 것은 아닙니다. 이 부근에서는 유채를 기르는 데 어려움이 없지만 신라에서도 북쪽으로 가면 유채가 자라지 않습니다. 그러니 아마 북쪽 어딘가에서 흘러든 기름일 것입니다. 고래를 일부러 잡지 않아도 해변에 죽어 떠밀려온 것은 유용히들 쓰니까요. 기름으로 만드는 데 손이 어마어마하게 가는 모양입니다만."

"그런데 찾는 사람이 없어서 남아 있다?"

"예, 돼지기름 같은 것은 병사들이 추위를 막는다 하여 겨울에 피부에 바르지만 고래기름은 일정한 양을 늘 구할 수 있는 것도 아니고 해서 굳이 찾는 사람은 없지요."

"그러지 않아도 돼지기름 쪽도 확인하려 했는데."

인곤이 돼지기름 이야기가 나오자 반색을 했고, 주인에게 얘기해 작은 항아리를 잠시 빌렸다. 좀전처럼 개들을 시험해보았는데 개들은 돼지기름과 고래기름을 전혀 헷갈려하지 않았다. 거듭 고래기름만을 골랐다.

"이 개들은 그동안 먹이고 돌본 값을 하는군."

자은이 에둘러 칭찬했다.

"자네가 이 두 똑똑이에게 말직이라도 내려달라 높은 곳에 말씀 올려보게. 웬만한 사람보다 나을 거야."

인곤은 에두를 노력조차 하지 않았다. 대체 사람 둘과 개 둘이 와서 무엇을 한 건지, 사정을 궁금해하는 가게 주인의 입을 단단히 단속하고 돌아왔다. 약간 비싸게 산 기름은 나중에 운반할 일꾼들을 보내기로 했다.

말갈인 부하들을 통해 생우숙에게 선을 대는 것이 예상보다 오래 걸려, 왕의 부름이 먼저 찾아오고 말았다. 평소처럼 밤에 가게 되었는데 낮 동안 아무 일도 할 수 없었다. 가지고 있는 가장 좋은 복두를 다섯 번쯤 고쳐 썼다. 복두가 볼품없거나 비뚤어졌다고 왕이 뭐라 할 것도 아닌데 빈틈을 보이기 싫었다. 그 봉황 눈이 언젠가 싸늘해진다면, 자은에게 실어주었던 힘을 도로 거두어간다면 그뿐인 게 아니라 원래 가지고 있던 것들까지 모두 잃고 말 것이었다. 그저 짐이 되고 말 것이었다.

누구의?

호은과 도은의 짐이기도 할 테지만, 그 둘이라면 사정이 얼마간 나빠져도 어떻게든 계속해나갈 테니 그렇게 마음이 쓰이는 것은 아니고…… 죽은 자은에게 빚을 갚지 못하는 게 더 무거울까? 그 가까웠던 오라비가 되었어야 했던 모습이 되지

못하고 실패한다면 쓰디쓰기야 할 테지만 짚어보니 그런 마음
만은 또 아니었다.

금성의 군더더기.

그것이 되고 싶지 않았다. 급히 몸집을 키워가는 금성에 있
어도 좋고 없어도 좋은 남는 입. 본 것이 지나치게 많은 눈. 그
어떤 외침에도 냉담한 귀. 웅크린 채 다음 일이 일어나길 기다
리지만 다음을 만나지 못하는 망가진 진흙 인형. 왕이 자은을
내치면, 자은은 그런 군더더기가 되고 만다.

차라리 오소경 중 한 곳으로 떠나 일할 수 있다면 낫지 않을
까? 왕이 언제까지 자은을 가까이 두고 매로 부릴지 알 수 없
지만, 질리되 버리고 싶진 않을 정도에 이르러 지방으로 보내
준다면 좋을 것이었다. 할일은 많고 왕의 시야에서는 벗어날
수 있을 터였다. 자은은 먼 곳에서도 충직한 신하 역할을 잘해
낼 자신이 있었다. 옛 백제 땅에 떨어진다면 인곤을 데려가 살
던 곳을 찾아보게 해주고도 싶었다. 도은 또한 슬쩍 함께 가자
하여 금성 밖에서 한동안 살게 해줄 수 있을 테고, 그러면 곤
란해질 호은에 대해서는 알 바 아니었다.

최악은 목이 잘리는 것, 중간은 금성의 군더더기가 되는 것,
최선은 오소경의 지방관이 되는 것. 어떤 갈래의 길을 걷게 될
지 알 수 없었다. 맑은 날이지만 안개 속에 있는 듯했다. 시위
부 사람이 데리러 왔을 때는 그저 하룻밤을 살아남자는 마음

이 되고 말았다.

바닥에 닿은 무릎이 불편해질 때쯤, 왕이 물었다.

"네번째 불이 났으니, 다섯번째도 있을 것 같나?"

책망치고는 조급하지 않았다.

"거의 답을 찾았습니다."

자은의 목소리도 제법 편안하게 들렸다.

"한 가지 여쭤도 되겠습니까?"

답은 돌아오지 않았지만 허락으로 삼기로 했다.

"제게 말갈인 부하들을 붙여주신 연유가 있습니까?"

자은은 고개를 느리게 들어 왕을 보았다. 살피는 것을 들키지 않고 살피고 싶었다. 왕은 기억을 되짚는 듯 보였다. 왕에게 한 계절은 지나치게 글씨가 작고 빽빽한 책 같을지도 모르겠다고 자은은 짐작했다.

"너에게 이미 백제인이 있으니, 또 백제인을 붙여줄 필요는 없다고 여겼지."

그뿐인가, 자은은 속으로 생각했다.

"부탁도 한 가지 드려도 되겠습니까?"

왕이 손가락 두 개 정도를 옆으로 움직였다.

"옥에 있는 자들을 사면시켜주십시오."

왕의 눈도 옆으로 움직였다.

"전부?"

자은은 제 목적만을 위해 흉악한 자들을 금성 거리에 풀고 싶지는 않았다.

"직접 사람을 해친 중한 죄를 지은 자들은 제외하고 풀어주십시오."

"……비가 온 지 좀 되었지."

비가 뜸해지면 비를 기원하며 죄인들을 사면하곤 했다. 그리 부자연스럽지는 않을 것이었다.

"이 사면이 답을 내 앞에 가져올 것인가?"

"꼭 필요한 확인이 될 것입니다."

자은은 답을 피하듯 답할 수밖에 없었다.

인곤과 함께 걸마지 형제들을 앞세워 생우숙을 찾아간 것은 며칠 후였다. 걸마달에게 소리를 질렀다기에 엄청난 거한이 아닐까 상상했는데, 날렵한 체형에 다만 허벅지 사이가 보통보다 많이 벌어져 있었다. 눈썹과 수염이 휘날린 듯 보이는 것도 말을 타는 자라서일까 궁금해졌다. 덕분에 달리고 있지 않을 때에도 달리고 있는 듯 착각하게 만드는 인상이었다. 호락호락하지 않은 이임을 단번에 알 수 있었다.

"묻고 싶은 게 있어 왔다."

기 싸움을 잘해야겠다 싶어 곧바로 용건부터 꺼냈다.

"노엾으신 분이 저 같은 것에게요?"

역시 쉬운 상대가 아니었다. 높다를 길게 발음하며 비꼬는데, 또 아주 길게 한 것은 아니어서 성을 내기도 애매했다. 걸마지 형제들이 지시대로 주변을 물린 후였다.

"죽이시려고?"

우숙이 목을 문지르며 웃었다. 자은은 우숙의 도발을 그대로 미끄러트렸다.

"탈영병들을 잡으러 갔었지? 그때의 일을 알고 싶다."

"어디의 누구시라 했죠?"

알면서도 물어오는 것에 대답하면 기합이 흔들릴 것 같았는데, 인곤이 눈치껏 대신했다.

"이분은 집사부의 설자은 대사다. 자네를 해치러 온 것이 아니라 흑금서당이었던 이들이 죽고, 또 흑금서당이 지키던 소금 창고가 불탄 일에 대해 알아보시려는 거야."

"병부에서도 살피지 않는 일을 집사부가 왜 알아보실까?"

"따로 일어나는 듯 보이는 일들을 하나로 꿰는 것이 내 소임이다. 탈영병들이 말을 훔쳤다고 들었다. 기마술을 가르치는 자로서 알고 있는 게 있지 않나?"

자은은 알고 찾아왔다는 암시를 주었다. 대략의 조사가 끝났고 생우숙은 확인만 하면 된다는 듯이 담담히 쳐다보았다. 생우숙이 자은을 똑바로 마주했다. 자은은 눈이 말랐지만 깜빡이지 않았다.

"마구간을 한번 보시지요."

생뚱맞은 권유였으나, 권하는 이유가 있을 터라 자은은 인곤과 부하들을 끌고 생우숙을 따랐다.

"이 말들이 어때 보이시는지?"

길들여지지 않은 말 같은 자가 자은을 시험하고 있었다. 자은은 금방 답할 수 있었지만 신중히 여러 번 살핀 후 말했다.

"말들이 늙었고, 병들었던 흔적이 있군."

"좀 아시긴 하는군요. 말을 제일 잘 타는 것은 말갈인들이지요."

익히 알려진 이야기를 하는 것이 이상했지만, 자은은 그저 들었다. 비스듬히 뒤에 서 있던 걸마달이 멋쩍어하는 게 보였다.

"그런 우리가 몇 년째 가장 형편없는 말들만 받고 있습니다."

미처 가늠하지 못한 부분이었다. 놀라우면서도 놀랍지 않았다. 우연히 그리된 것 아닌가, 오해는 아니었나 확인은 불요했다. 선왕은 전쟁중에 말 사육장들을 진골들에게 나눠주었다. 사기를 북돋우려는 포상이었다. 전쟁이 끝난 지금, 그 사육장들로부터 나오는 말들이 공평히 분배되지 않을 가능성은 충분했다. 신라인들로 이루어진 서당이 좋은 말을 받고, 다른 서당들은 신라인들이 고르고 남은 말을 받게 되었다…… 전쟁이 없는 나날들이라서 크게 불거지지 않은 것이지, 넘길 수 없는 문제였다.

"쓰러져 죽지만 않으면 요행인 말들을 겨우 살려놔봤자, 우리 성에 찰 리가 있겠습니까?"

"그래서 불만을 품은 자들이 말을 훔쳤다?"

"자금서당이 타는 준마들이었지요. 하루에 천 리를 달릴 말들이었습니다. 처음부터 달아나려던 건 아니었을 겁니다. 달리고, 달리고, 또 달리다보면 말도 땀을 뿌리고 사람도 땀을 뿌려요. 조갈이 날 때까지 달렸다가 낯선 샘에서 목을 축인 후 분명 돌아왔을 텐데."

"돌아왔을 거라고?"

"아이들이었으니까요. 달리 갈 곳도 없는."

생우숙은 자은을 긁을 때는 젊어 보였지만 이제 제 나이처럼 보였다.

"말갈인이지만 전쟁이 끝난 후 금성에서 태어난 어린애들이었죠. 갓 병사가 된 애송이들요. 비루먹은 말만 보다가 그저 좋은 말을 타보고 싶었던 겁니다. 물론 잘못이었지만 달래서 데리고 오면 될 일이었습니다. 저는 그러려고 추적에 따라나선 거였어요. 제가 직접 가르친 놈들입니다. 제 말은 들을 거였다고요. 말을 돌려주고 벌을 받고, 그러면 될 일이었는데."

오십이 넘는 추적자들이 나타났을 때, 고작 둘이서 반항을 하지는 않았으리라.

"어디서 잘못되었나?"

"애초에 잘될 수가 없었습니다."

"……자금서당은 처음부터 그들을 죽일 셈이었군?"

오십여 명 중에 자금서당이 서른 명이 넘었다. 흑금서당은 열 명. 데리고 돌아와 벌을 주자는 말은 묵살했을 것이었다. 청금서당 열 명은 왜 그 사이에 끼운 것일까? 흑금서당과 함께 명활산성에 주둔했었다는 이유로 책임을 나눠 지게 하려는 의도였을까? 흑금서당의 탈영병을 가혹히 죽이는 모습을 보여 겁을 주려는 것이었을지도 모른다.

"단번에 죽였나?"

자은의 말에 우숙이 코웃음을 쳤다.

"그럴 리가 있나요? 자금서당 놈들이 탱자나무 가지들을 꺼냈습니다. 가시들이 무시무시했죠. 그런 걸 들고 온 줄도 몰랐고, 알았다 해도 가는 길에 해자나 울타리를 수리하려는 줄 알았을 거예요. 탱자나무는 북쪽에선 나지 않으니 꺾어 가는 것 자체가 이상한 일은 아니잖아요. 자금서당의 장수가 청금서당의 열 명을 불러 탱자나무 가지로 가장 좁고 가장 간악한 우리를 만드는 자에게 상을 내리겠노라 했을 때는……"

우숙이 주먹을 쥐었고 자은과 인곤은 이어질 이야기를 그만 듣고 싶어졌지만 그럴 수 없었다.

"청금서당이 그 말을 따랐나?"

인곤이 물었다. 자은은 인곤의 속내를 차마 헤아릴 수 없었다.

"한 놈이 못하겠다 하니, 탱자나무로 등과 배를 사정없이 때리고는 손발을 묶어 구석에 던졌습니다."

"그게 아마 래업이었나봐."

인곤이 가라앉은 목소리로 말했다. 래업의 몸에 남아 있던 얕게 찔린 상처들이 드디어 이해가 되었다. 나무 가시에 찔린 데를 바로 치료하지 못해 곪은 자국이 남은 것이었다. 몇 년 두면 사라졌을 수도 있는 흉터였으나 래업에겐 그 시간이 주어지지 않았다.

"그 한 놈 말고는 배알도 없는지, 시키는 대로 우리를 짜더군요. 완성된 것은 우리 정도가 아니었습니다. 머리에 꼭 맞게, 겨드랑이와 가랑이에 꼭 맞게 짜 조금만 움직여도 가시가 눈과 여린 살을 파고드는 형틀이었습니다. 솜씨가 어찌나 좋던지요?"

우숙의 비아냥에 인곤의 손이 움찔하는 것을 자은은 보고 말았다.

"가시에 풀독을 바르고, 뜨거운 기름을 붓고, 틈으로 찌르고, 조롱하고, 노래를 부르게 하고, 오줌을 싸고…… 병든 짐승도 그렇게 죽이진 않습니다."

"그 일이 일어나는 동안 흑금서당의 열 명은?"

"한둘이 칼을 칼집에서 꺼냈지만 옆 사람이 도로 넣게 했죠. 일을 악화시키고 싶지 않았으니…… 이쪽에서는 자제를 한 셈인데, 수가 많은 쪽은 자제를 할 생각이 없더이다. 결국 반은 두들겨맞은 후 묶이고, 나머지 반은 차라리 얼른 죽여달라 애원하는 쪽을 택했지요."

생우숙은 묶인 쪽이었을까, 애원한 쪽이었을까? 전자이지 싶었다.

"청금서당이 만약 우리와 함께해주었더라면, 막을 수도 있었습니다. 수는 딸렸다 해도……"

"그런 각오는 순식간에 세우기 어렵지."

뒤늦게 후회하긴 쉬워도 일이 닥쳤을 때 바로 판단하기는 쉽지 않았을 것이었다.

"어쩔 수 없이 하게 되었다손 쳐도 우리를 그렇게까지 바짝 만들 필요가 있었을까요? 등뼈라곤 없는 백제 잔민 놈들 같으니! 신라에 대한 충성을 그딴 식으로 증명하겠다고 지레 나서는 꼴이 치가 떨리게 싫었습니다."

"그래도…… 시킨 자들이 더 싫어야 하는 거 아닌가?"

인곤이 우숙에게 물었다.

"이긴 자들이 기고만장한 것보다, 진 자들이 비겁한 게 왜 더 싫었는지 모르겠습니다. 닮은 처지라서 그랬을지도요. 우는 애들을 그렇게 밤새 괴롭히다 죽일 필요는 정말이지 없었

잖아요. 애들이었습니다. 안장에 앉으면 박차에 발이 겨우 닿
는……"

추격대가 돌아오고 얼마 안 있어 청금서당은 명활산성에서
서형산성으로 옮겨졌다.

"명활산성에 돌아온 이후, 백제인들과 말갈인들 사이에 골
이 깊어졌나? 드잡이가 있었나?"

"목이 따인 자는 나오지 않았지만, 청금서당이 옮겨가지 않
았더라면 결국 나왔을 겁니다."

병부는 사태를 어디까지 파악했을까? 명활산성에서 일어난
일만 아는지, 니하 가까이에서 일어난 일도 아는지 궁금했다.
흑금서당과 청금서당이 서로 갚아주고 있나? 복수에 복수를
하고 있나?

우숙이 마구간 문을 닫으며 제 말이 끝났음을 표했다. 자은
과 인곤도 더 캐물을 마음은 들지 않아 일단 물러서기로 했다.

"속이 상했지?"

돌아오는 길에 자은이 인곤에게 물었다.

"내가?"

인곤이 길 밖 어딘가를 바라보며 되물었다.

"나와 같은 백제인들이 비겁한 행동을 했다고, 내가 속상한
가?"

자은에게가 아니라 스스로에게 묻는 것 같았다. 자은은 인곤의 다음 말을 기다렸다.

"지금의 신라에서는 모두가 모두를 덩어리로 보지. 구려인은 구려인, 백제인은 백제인, 말갈인은 말갈인. 덩어리들끼리는 또 결코 하나로 뭉쳐지지 않네. 만약 내가 전쟁에서 사로잡혀, 항복하여 신라에 복속되었더라면 나 역시 나일 수 없었을 거야. 감시받는 덩어리의 일부에 지나지 않았겠지."

"감시라니. 감시까지는 아니지."

자은은 저도 모르게 신라의 변명을 했다.

"감시가 아니라면, 왜 서당들은 그런 식으로 나뉘었나? 바깥에서 온 자들이 이제 다 신라인이라면 흩어서 골고루 넣었어야 하지 않나? 옷깃의 색깔을 달리한 것은, 구분 짓기 위해서 아닌가? 그 구분으로 인해 신라에서 태어난 이들조차 여전히 말갈인이기에 우리에 갇혀 죽임당한 것 아니겠는가?"

"나뉨은 천천히 사라질 것이네."

"신라인만큼 나누는 걸 좋아하는 이들이 또 없을 텐데, 진정 사라질까?"

인곤이 재미있다는 듯 자은을 바라보았다.

"백제가 이겼다면, 이것과 달랐을 것 같나?"

가르고 또 가르는 습성이 신라의 것만은 아니길 바라면서 자은이 물었다.

"그걸 알기에 나는 백제를 떠난 지 너무 오래되었군. 내가 신라에 복속된 게 아니라 자네에게 복속된 게 다행일 뿐이지."

얼핏 다정한 듯도 들리지만, 자은은 복속이란 말이 거슬렸다.

"식객도 객이네. 자넨 언제까지고 나의 손님이니 복속된 처지로 여기지 말아주게."

"아니야, 나의 처지엔 기꺼움이 있어."

인곤이 평소처럼 웃어서 안심이었지만, 그 기꺼움은 자은이 이해하기 어려운 것이었다. 잠시 멈춰 이해해보고 싶었으나 두 사람은 곧 사면될 청금서당 병사들을 미행하기 위해 발걸음을 신속히 옮겨야만 했다.

옥 앞에 도착하니, 사지가 잘리거나 찢긴 시신들이 즐비했다.

"사면이라 하지 않았나?"

인곤이 물었다.

"……중한 죄를 지은 이들은 제외하고."

"그 제외를 자네와 높은 분이 영 달리 해석한 듯하군."

흉악한 자들은 거리에 풀지 말아달란 요청은 여러모로 해석될 수 있었다. 왕은 이 김에 옥을 한꺼번에 비워야겠다고 마음먹었으리라. 자은은 굴러다니는 시신들 사이에서 자신의 머리카락을 향해 손을 뻗었던 자를 발견했다. 징그럽게 여겼던 자가 죽어 있는 것을 보니 속이 미끌거렸다. 어느 날엔가는 결국 죽임당할 자였겠지만, 그날을 자은이 정한 것이나 다름없었다. 가볍지가 않았다. 걸음 하나하나가 예전 같지 않았다. 입 안에서 쓸개즙 맛이 난다 싶더니 다음 순간 다 토해버렸다. 옥지기들이 자은을 향해 뛰어오려고 해서 한 손을 들어 말렸다.

"괜찮네."

괜찮지는 않았지만 달리 할 수 있는 말도 없었다. 인곤이 등을 두드려주었다.

"바닥을 더럽힌 것이 미안하지는 않군."

"여긴 산 하나쯤은 파내야 원래 흙 색이 돌아오겠어."

인곤은 용케도 토하지 않았다.

"저기 나오는군."

문이 열리고, 풀려나는 여러 죄수들 사이에 더러워진 군복을 입은 청금서당 병사들이 있었다.

"우리가 따라갈 자는……"

"머리통이 좀 다르게 생긴 저자겠지."

길게 설명하지 않아도 알아듣는 인곤이 마뜩했다. 나머지들도 혹시 모르니 걸마지 형제들과 그 부하들이 미행을 맡기로 했다.

청금서당 병사들은 뭉쳐 걷다가 점차 흩어졌다. 자은과 인곤은 이마가 가파르고 정수리가 뾰족한 자가 걷는 대로 걸었다. 그자는 우물 근처에서 잠시 머뭇거렸으나 물도 마시지 않고 집으로 돌아갔다.

불타 없는 집으로.

처음으로 탔던 집이었다. 아무도 시신을 찾으러 오지 않았던 집이었다.

"찾으러 오는 이가 없었던 것은⋯⋯"

"찾으러 올 수 없었기 때문이지 않을까 했네."

이번엔 인곤의 말을 자은이 마쳤다. 황폐해진 땅에서 금성으로 지나치게 몰려들까 우려되었기에 군인이라 해서 모두 가족을 데리고 올 수 있는 것은 아니었다. 허락 없이 몰래 데리고 온 가족들이라 일부러 자주 찾지 않고, 이웃에게도 드나드는 모습을 보이지 않았던 게 아닐까? 그렇게라도 가까운 곳에 머물고 싶었던 것일 텐데 일어날 수 있는 가장 나쁜 일이 그들에게 일어났다. 본인은 갇혀 있어 아무것도 할 수 없었던 것 역시 가슴을 찢어놓았으리라. 함께 있었더라도 같이 죽었을 공산이 크기야 했지만⋯⋯ 자은은 청금서당 병사가 검게 남은 집터에서 어떤 모습을 보일지 숨죽이고 지켜보았다. 소식을 전해들었을까? 언제 전해들었을까? 혹시 모르고 있다가 지금 안 것이면 어쩌나?

병사는 무릎을 꿇었다가, 꿇고 있을 힘도 없다는 듯 뒤로 주저앉았다. 그러고 있다 곁에 있던 돌을 하나 주워 던졌다. 돌이 힘없이 날아간 것은 어디를 향해 던져야 할지 몰라서였을 것이다. 병사는 두번째 돌을 찾아 쥐었지만 던지지 않고 내려놓았다. 우는 소리를 내는데 눈물은 나오지 않았다. 인곤이 숨을 몰아쉬고는 물을 뜨러 갔다.

자은이 다가가 병사의 어깨에 손을 짚었다. 놀랄 법도 한데 놀라지 않았다.

"재를 주겠다."

너무 많이 잃은 자들이 짓는, 눈도 귀도 닫힌 표정이 돌아올 뿐이었다.

"보관해두었어. 식구들의 재를."

병사는 불탄 곳을 보았다가 다시 자은을 올려다보았다. 재가 저기 있지 않느냐고 묻는 얼굴이었다. 자은은 고개를 저었다.

"아니, 따로 온전히 담아두었다."

그래도 자은의 말이 병사에게 닿지 않는 듯했다. 물바가지를 들고 온 인곤이 웅크린 자세로 병사에게 다가갔다. 일단 물을 먹이며 자은은 잘 모르는 말로 그를 달랬다. 어감으로 보아 천천히 움직이고 싶을 때 움직이라는 뜻 같았다. 백제에서 쓰던 말이었을 테고, 새삼 다른 나라였구나 싶었다.

물을 다 마신 병사가 울기 시작했다. 이번엔 눈물이 흘렀다. 삼킨 물이 얼마 만에 눈물이 되는지 잴 수 있을 것만 같았다.

며칠쯤 먹이고 입히고 재우고 울고 싶은 만큼 울게 두고 싶었지만, 그럴 수 없는 상황이었다. 그날 밤 재가 든 독들을 껴안은 병사에게 확인해야 할 것들이 있었다. 다섯번째 불이 타오르는 걸 막는 게 우선이었다.

병사의 이름은 국요균. 병부에서 얻은 명단에서 그가 흑금서당의 탈영병들을 쫓았던 청금서당 열 명 중 한 사람이라는 것을 알 수 있었다. 요균에게 말을 많이 시키고 싶지 않아, 생우숙에게 들은 이야기를 먼저 펼쳤다.

"예, 그런 일이 있었습니다."

요균은 황망함을 지우지 못하고 대답했다.

"하지만……"

"더할 부분이 있다면 얼마든지 더하게."

망설이는 것을 인곤이 북돋아주었다.

"돌아오는 길이 길었지요. 유람이라도 하듯 북쪽을 휘돌았으니까요. 틈이 있을 때마다 사과했습니다."

"흑금서당의 병사들에게?"

요균이 고개를 끄덕였다.

"그게 사과한다고 될 일은 아니지마는, 그렇게라도 하지 않으면 돌아버릴 것 같아서…… 한 명 한 명을 붙잡고 미안하다고 했는데…… 그러니 그 열 명은 제 얼굴을 똑똑히 알고 있었는데…… 왜 저를 죽이지 않고 죄도 없는 제 피붙이들을 죽였을까요? 갇혀 있다 해도 기다렸다 죽이면 될 것을."

"청금서당의 다른 이들도 흑금서당에 용서를 구했는가?"

이번엔 고개를 저었다.

"래업이 어떻게든 다리를 놓아보려 했지만 실패했습니다. 그 친구를 죽인 것도 이해할 수가 없습니다. 우리 쪽 열 명 중 원망을 사지 않을 한 사람이라면 그 친구 아닙니까? 복수를 뭐 이리 엉망으로 한답니까?"

"자네 식구들의 복수는? 그 복수를 대신 할 만한 사람이 있나? 식구들을 금성에 데려온 걸 누구에게 말했나?"

"아무에게도 말하지 않았습니다. 설핏 알아챈 이가 있을지 몰라도 복수를 해줄 만큼 가까운 이는 없습니다. 게다가 누굴 죽였다고요? 늙은 추장? 전 만난 적도 없는 이입니다."

"탈영병 중 한 사람이 추장의 손자였네."

"그래서 그 추장이 제 피붙이들을 죽였답니까?"

요균은 퍼뜩 놀라 되물었다.

"그건…… 아닐 걸세."

자은이 번복할 일이 없길 바라며 대답해주었다.

"그렇다면 더더욱…… 말을 훔쳤던 애들, 불쌍하기가 그지없었는데 그 할아비를요? 제 주변에 그리 잔인무도한 자는 없습니다."

142

무도함이, 잔인함이 가까이 도사리고 있다 해서 늘 짚어낼
수 있는가? 자은은 점점 끔찍한 것들일수록 빛깔도 냄새도 없
어 경계하기 어려운 게 아닐까 여기게 되었다. 요균이 다시 몸
을 벌벌 떨어서 뜨거운 국을 한 사발 주어 쉬게 했다.

　요균에게 내어준 방에서 멀어져, 자은은 인곤에게 부탁했
다.

　"나를 위해 두 가지를 확인해줄 수 있겠는가?"

　"뭐든지."

　"걸마지 삼형제를 명활산성에 보내 고래기름을 보관한 적
있었는지 알아봐주게. 꼭 고래기름이 아니라도 들고 난 기름
이 상시와 같지 않았을 때가 있었는지 확인해야 하네."

　"알았네. 또?"

　"며칠 노름판에서 질펀하게 놀며, 곡식과 천 말고 또 뭘 거
는지 봐주게."

　그 말에 인곤이 환히 웃었다. 인곤도 자은과 같은 것을 궁금
해하고 있던 모양이었다.

　"자네는 어디에 가게?"

　"나는 왕께 가네."

　걸머쥔 답을 진상해야 할 때였다.

　구름이 짙어 낮인데도 밤과 같은 날이었다. 시위부 삼백이

오십여 명을 이끌어 조원전 앞에 섰다. 불려온 사람들이 복판에 서고 시위부가 둘러싼 형태였다. 무장을 했던 자들은 조원전에 다다르기 전에 해제당했다. 시위부를 제외하고 유일하게 칼을 차는 게 허락된 자는 설자은이었다. 허리가 묵직하게 느껴졌다.

불을 지른 자들을 은밀히 잡을 수도 있었던 왕은, 그 길을 택하지 않았다. 관련된 자들을 모두 모아 시비를 가리는 쪽을 택했다. 이 자리에 불려온 것이 목 밑에 닿은 날붙이보다 버거울 기름가게 주인과 소금가게 주인이 희게 질려 있는 것이 보였다. 그 모습에 미안한 마음이 들고 말았다.

"대사 설자은."

붉은 실과 금실로 수놓은 옷을 입은 왕은, 빛깔을 모조리 빼앗긴 회색 날에 홀로 불타고 있는 것처럼 보였다.

"대사가 요한 자들을 모아놨으니, 이중에 썩은 낟알을 고르라."

자은의 대답은 웅성거리는 이들의 목소리에 그만 묻히고 말았다. 왕의 흰 절벽 같은 이마에 굴곡이 졌다.

"설대사 말고는 허락 없이 말하지 말라."

자은은 걸어나갔다. 단 아래에서 몸을 돌려 불려온 자들을 마주했다. 왕에게 등을 보이는 게 낯설었지만, 그나마 왕을 보지 않고 말할 수 있어 담을 키울 수 있었다. 인곤과 연습한 대로 어깨는 늘어뜨리고 배에는 힘을 준 채 목소리를 냈다.

"금성에서 네 번의 불이 타올랐다."

몇이 확 얼굴을 구겼다. 자은이 존대를 쓰지 않는 것에 노여움을 느끼는 모양이었다. 앞에 서니 한 명 한 명이 다 보였다. 유사한 경험이 그다지 많지 않은 자은으로서는 신기할 정도였다. 노여움 없는 얼굴에서도 불의 사정을 아는 이와 모르는 이의 차이가 확연히 보였다.

"그 불들은 우연한 것이 아니었으며, 저자를 떠도는 헛소리처럼 불귀신의 소행도 아니었다. 명을 받아 불꽃을 쫓으니 그 근원이 해를 거슬러올라간다는 것을 알게 되었다. 지난여름, 흑금서당의 어린 병사 둘이 자금서당의 말을 훔쳐 달아났다. 완전히 신라를 떠날 셈이었는지, 저지르고 나서 수습할 수 없자 자포자기한 것인지는 본관이 짚어 말할 수 없다. 이후 자금서당과 흑금서당, 청금서당에서 오십 명의 추격대가 선발되었다. 바로 그대들이지."

자은은 북쪽에서 벌어진 일들을 서술하였다. 가시 고문을 두고 따른 자와 따르지 않은 자들이 있었다는 것을, 거기 없었던 사람으로서 모자람도 과함도 없이 그려내고자 했다. 긴 문장을 마치고 숨을 고르자 인곤이 자은을 향해 고개를 작게 끄덕였다. 누락 없이 말하고 있다는 확인일 터였다.

"이 일이 일어나지 않았다고 말할 자가 있는가?"

물음은 곧 발언에 대한 허락이었는데, 그 기회를 이용하려 나서는 이는 없었다. 상황을 더 두고 보려는 심사인지도 몰랐다.

　"첫번째 불로 국요균의 피붙이들이 죽었다. 국요균이 겨울 훈련중의 소요로 옥에 간 사이에 싸울 수 없는 노인과 여자, 아이들이 잔혹하게 당했다. 그런데 불타고 남은 자리에서 묘한 냄새가 났다. 사정을 보아 고기 기름이 남아돌 것처럼은 보이지 않았는데도 냄새가 진동을 했다. 두번째 말갈인 추장의 집에서는 같은 기름이 쓰이지 않았다가, 순을 바꾸어 청금서당의 목래업이 당했을 때는 또 쓰였다. 우리는 어렵지 않게 그 기름이 고래기름이라는 것을 알아냈다."

　어렵지 않았다는 자은의 말에 인곤은 당혹스러웠지만, 저 자리에서 어려웠다고 투덜대는 것도 마땅치 않겠거니 싶어 넘어갔다.

　"그러자 불을 지르는 자들이 하나처럼 보이나 둘이지 않을까 의심하게 되었다. 신라 군인들에 대한 수괴한 세력의 공격처럼 보이던 것이, 청금서당과 흑금서당 사이의 쌍방 복수로 다시금 보였다. 그렇게 큰 불들이 났는데도 고발이 없었던 것은 용인받지 못할 복수 행위라는 것을 양쪽이 알고 묻으려 했기 때문인 것으로 解할 수 있었다. 불이 커지지 않고 세번째까지 점차 줄어들었던 것도 마찬가지다. 불이 번져 일이 커졌다가는 들키지 말아야 할 것들을 들킬 테니까…… 문제는 실마리였던 기름 자체였다."

자은은 기름가게 주인 앞에 가 멈춰 섰다.

"금성에서 고래기름을 구하기 쉬운가?"

바람 새는 소리만 나왔다. 그 심정을 아는 자은이 미동도 않고 기다려주었다.

"법흥왕께서 금하신 이후로는 바싹 말랐다고 보셔야 합니다. 제 가게뿐 아니라 다른 곳들까지 명대로 찾아봤습니다만 나오는 게 없었습니다."

공간을 채울 만큼 크게 말하지 못했으므로, 자은이 한번 더 반복해준 후 기름가게 주인 앞을 떠났다.

"그 말대로 말갈인들조차 고래기름을 쓰지 않은 지 한참이었다. 흑금서당이 내내 주둔하고 있는 명활산성을 살펴도 고래기름은 흔적도 없었다. 신라에 귀속된 지 오래, 남쪽의 기름들을 쓰는 데 익숙할 대로 익숙한데 복수를 하기 위해서만 도드라지게 없는 기름을 구할까? 혹 기름을 숨겨두고 있었던 건 아닌가 하여 장부와 맞추어보았으나 들고 난 단지의 수, 쓰고 비운 단지의 수에 틀림이 없었다."

명활산성에 간 걸마지 삼형제는 믿을 만한 자들을 구했고 그들이 두 번 세 번 세어주고 장부도 베껴주었다.

"여러 종류의 먹고 바르고 태우는 기름들이 금성에 넘쳐흐르는데 굳이 구하기도 힘든 고래기름을 쓴 것은…… 일종의 조롱이었을 것이다. 말갈인들은 불법佛法과 멀고 비천하여 고래기름을 여전히 쓸 거라는 몰이해였을 수도 있으나, 어느 쪽이든 큰 차이는 없을 터이다."

자은은 걸음을 옮겨 생우숙 앞에 섰다.

"붙잡은 탈영병들을 가시 형틀에 가두고 뜨거운 기름을 부었다 했지. 그 기름은 무슨 기름이었나?"

생우숙은 당황해했다.

"그때는 이미 얻어맞고 뒤로 던져졌던 참이라……"

"추격대가 들고 간 기름이었나, 근처에서 징발했나?"

흔들렸던 얼굴이 제자리를 찾았다.

"출발할 땐 말이 가벼워야 했기에 북쪽에서 징발했습니다. 그건 확실히 기억해요."

"징발은 어느 서당이 했나?"

"자금서당이었습니다."

물러설 데가 없어진 자들의 손이 빼앗긴 칼집이 있었을 허공에서 헤매었다. 자은은 말을 멈추지 않으면서도 그것을 포착했다.

"무엇보다 연이어 당한 자들의 면면을 따져보면 정연한 듯 보였던 것이 전연 정연하지 않다는 것을 발견할 수밖에 없다. 흑금서당이 어린 병사들을 잔혹하게 죽인 청금서당에 복수하고자 했다면 열 명 중 국요균과 목래업을 골랐을까? 목래업은 앞서 반대했고 국요균은 뒤늦게라도 안타까움을 표했다. 열 명을 다 죽이고 싶었다 해도 이 둘은 순서가 뒤로 가지 않았을까? 이 둘을 먼저 처리하고 싶어할 만한 쪽은 진정 흑금서당인가?"

"언제까지 이 멀건 육두품의 말을 들어야 합니까? 고결한 자금서당을 이딴 헛소리로 의심치 마십시오!"

자금서당 중 가장 앞줄에 서 있던 자가 왕을 향해 외쳤다. 자은이 뒤로 돌아 왕을 보았다. 왕은 미동도 없었는데 시위부들이 걸어나와 그자의 무릎을 꿇리고 목 앞에 창을 교차시켰다. 다시 일어나려고 하자 거칠게 어깨를 밟았다. 허락받지 않은 자가 말하면 이리 처리하라고 미리 명이 있었던 모양이었다.

"왜 몇 계절이 지나 국요균과 목래업, 탈영병의 할아비였던 추장을 죽였어야 했을까?"

자은은 계속했다.

"이들이 순종하지 않았던 이들이었기 때문이 아닐까?"

이번엔 병부의 제감 앞에 섰다.

"처음 뵈었을 때 병부가 이를 데 없이 바쁜 와중이라 하셨지요?"

제감은 기억을 못하는 듯했다.

"왜 그렇게 바쁘셨습니까?"

"아……"

제감은 슬쩍 단 위를 보았다.

"감찰이 있어 사정부에서 사람이 나올 것을 대비하여 정리 중이었소."

제감이 그날 사정부를 언급했던 것은 계속 염두에 두고 있었기 때문이었던 듯했다. 사정부는 집사부만큼이나 나라의 힘이 모이고 실리는 중이었다. 관서가 늘어난 만큼 비위가 일어날 틈도 늘었기에 감찰의 중차대함이 커져갔다.

"감찰중에 탈영병과 관련된 일들이 불거졌다면, 죽임당한 이들은 그간 삼켰던 말들을 뱉을 가능성이 있었다. 그전에 처리할 셈으로 움직였겠지. 서로를 이간질할 수 있다면 한결 좋을 거라고도 여겼을 테고."

"아니, 잠깐."

생우숙이 어리둥절해하며 목소리를 냈다. 시위부가 움직이려 했으나, 얼른 자은이 그러지 말라고 신호를 주었다. 허락받지 않고 말한 자가 방금 당하는 것을 보고도 입을 여는 우숙은 보통 신경줄이 아니었다.

"그럼 네번째 불은 뭡니까? 그 보초병들은 추격대에 끼지 않았는데요? 왜 죽였답니까?"

그 얘기를 막 하려던 참이었으니, 자은은 기꺼웠다.

"내가 시신들을 거두는 바람에 소문이 났고, 쫓기고 있다는

150

사실을 깨달았을 것이다. 네번째 불은 사정을 아는 자가 보면 보이는 것들을 흐리기 위해 지른 게 아닌가 한다. 소금을 얻고 자 함도 있었을 것이다."

소금가게 주인이 자세를 고쳤다. 제 차례가 왔음을 눈치챈 표정이었다.

"마지막 불은 소금 창고를 태웠는데, 마치 다 녹아 사라진 것처럼 소금이 남아 있지 않았다. 그러나 붉은 불 정도에 소금 은 녹지 않는다. 불이 셌으니 불이 닿은 일부야 녹을 수 있겠 지만 안쪽의 소금까지 눈 녹듯 사라질 수는 없다. 그렇다면 그 소금은 다 어딜 갔단 말인가? 보초를 죽인 후 불이 크게 번지 기 전까지 그 많은 양을 옮길 수 있는 것은 장정들뿐이다."

자은이 소금가게 주인에게 가자, 기름가게 주인이 소금가게 주인의 등을 두드렸다.

"최근 범상치 않은 큰 단위로 소금을 팔러 온 자들이 있었 나?"

"있, 있었습니다."

"여기 있는 자들 중에 알아볼 수 있겠나?"

"……예, 저기 몇이 보입니다."

소금가게 주인이 보복당하지 않도록 신경을 써야겠다고 자 은은 머릿속의 목록에 할일을 추가했다.

"인곤."

자은이 인곤을 부르며 돌아보니, 인곤은 평소보다도 웃는 얼굴이었다. 부적절하기가 그지없었다. 나중에 말을 좀 해야지 싶었다.

"노름판에 소금을 가져와 거는 자가 있던가?"

"있었습니다."

명쾌한 발성에 평소와 달리 존대를 쓰는 인곤이었다.

"여기 있는 자들 중에 짚어낼 수 있겠나?"

"당장이라도 가능합니다."

소금가게 주인과 인곤을 앞으로 불러 소금을 지녔던 자들을 골라내게 했다. 모두 자금서당에 속한 자들이었다.

"왜 소금이었을까? 곡식과 천보다는 널리 쓰이지 않으면서도 어느 정도 귀한 물건이니, 결속을 위해 나눠 갖기 적합했을 터이다. 적은 죽여서 입막음하고, 같은 편은 재물을 나눠 입막음한 것이다."

썩을 놈들, 하고 욕하는 우숙의 목소리가 들렸다. 말처럼 재갈을 물릴 수도 없고 곤란했다. 마무리를 지으려고 할 때 왕이 먼저 입을 열었다.

"같은 이야기를 두 번 들으니 지루하구나."

자은이 왕을 올려다보았다.

"지난밤 나의 물음에는, 답을 찾았느냐?"

"처벌을 어찌할까 하문하셨지요."

자금서당의 서른 명이 술렁였다. 처벌이 아직 정해지지 않았다는 점에 희망을 갖는 듯했다.

"백제인이었던 자도, 말갈인이었던 자도 이제 신라인입니다. 그 점을 부정한다면 삼한일통을 부정하는 것입니다. 신라인의 잃은 목숨만큼 죄인의 목숨을 거둬야 할 것입니다."

자은의 답과 동시에 시위부가 자금서당 서른여 명 모두를 제압했다. 반수는 심하게 몸부림을 쳤다. 골품이 귀한 자일수록 제 목숨값이 천한 것들의 목숨값과 같지 않다고 외쳤으나 자은은 귀를 닫았다.

"열넷을 어떻게 고르겠느냐?"

왕이 일어서서 한 단을 내려왔다.

"위에서부터 열넷을 고르겠습니다."

"이 잡것! 망한 집안의 잡것 주제에!"

그렇게 외친 자는 곧 입이 찢겼다.

"위에서 열넷이라, 합당히 골랐구나. 나머지는?"

"옥이 비었으니 가두어 뉘우치게 하십시오."

그러마고 왕은 고개를 끄덕였다.

"네가 골랐으니 네가 베어라."

뒤에서 인곤이 숨을 삼키는 소리가 들렸다. 자은은 각오하고 있었기에 놀라지 않았다. 왕이 단을 더 내려와 가장 아랫단에 섰다. 가까이 보기 위함이었다.

"신라의 군인과 백성을 죽인 죄. 금성을 불태운 죄. 국고를 도둑질한 죄. 삼한일통을 부정한 죄. 그 죄들의 대가로 목숨을 거두겠다."

자은의 선고는 비명에 가렸지만 그래도 빠뜨릴 수 없었다. 소매를 걷고 칼을 뽑았다. 흐린 날에도 빛을 잃지 않는 게 기이하다는 생각이 들었다. 칼자루가 손바닥에 붙을 만큼 감겼고 매의 부리가 손목 위에서 고개를 내밀었다. 무엇을 미리 베어본들 사람을 베는 것과 같지 않을 것이기에 머릿속으로만 그려보았었다. 시위부의 수많은 손이 한 명씩을 잡아 고정시킨 채였는데도, 실제로 휘두르고 긋자 그려본 것과는 하늘과 땅만큼 차이가 났다. 비명을 지르는 목구멍들. 자은은 그 목구멍들을 죽을 때까지 잊지 못할 것을 알았다. 오만하고 잔혹했던 죄인들을 쫓고 골라내 벤 것에 후회는 없다 해도. 틀린 것을 베지 않았음에도.

자은이 제대로 베지 못하면, 자은의 뒤를 따르는 시위부의 병사가 자은이 벤 것처럼 마무리를 했다. 열네 명을 베는 일은 매끈하지 않았지만 열 걸음만 뒤에서 보면 매끈할 것이었다.

일을 마친 자은은 피에 젖어 있었다. 죄인이 아닌 자들은 해산의 명을 받았다. 인곤과 걸마지 삼형제가 자은을 에워싸 돌아가려 했을 때, 왕이 자은을 불러 세웠다.

"그 꼴로 돌아갈 셈이냐? 옷을 갈아입고 가라."

왕과 함께 조원전에서 멀지 않은 전각으로 갔다. 새 옷뿐 아니라 목욕통에 더운물까지 준비되어 있었다. 그 앞에 망연히 서자 네 방향의 발이 내려왔다. 낯선 곳에서 옷을 벗는 일이 비할 데 없는 두려움이었는데, 어느새 그 정도의 두려움에는 무뎌졌는지 자은은 떨지 않고 씻었다. 새 옷의 비단은 지금껏 자은이 입어본 적 없는 수준의 것이었다. 칼이 자은에게 꼭 맞았던 것처럼 옷도 마찬가지였는데, 사뿐히 떠오르는 바람에 구름을 입은 것 같아서 입은 것 같지가 않았다.

발을 도로 올렸을 때 왕이 손을 내밀었다.

"예?"

"손바닥을 보자."

자은이 자기 손을 왕의 손 위에 올렸다. 닿을 때는 찼는데 곧 열기가 느껴졌다.

"베이지 않았구나. 용하다."

왕은 다른 이가 베게 할 수도 있었을 것이다. 베는 것까지가 자은의 소관은 아니었다. 그럼에도 끝까지 베게 한 것은 왕의 힘이 자은을 통해 흐른다는 것을 천명하기 위해서였고, 자은도 그 뜻을 읽었기에 수행했다.

"다음 열닷새는 쉬어도 좋다."

"그렇다면 지금 한 가지 더 말씀드리겠습니다."

자은이 왕 앞에 무릎을 꿇었다.

"쭉정이들을 일층 가려내심이 어떻습니까?"

왕이 이어 말하라고 손짓했다.

"딱 하루, 신라인이 되어 신라에 머물면서도 불만을 버리지 못하는 자들을 저 가고 싶은 곳으로 놓아 보내시면 추후에 남는 것은 온전한 신라인일 것입니다."

"신라에 있기 싫은 자들을 걸러내라? 공을 치하했더니 위험한 제안을 하는군."

"미욱한 제 계산으로는 몇 되지 않을 것입니다. 밖에서 온 자들이 저와 대등해지는 것을 참을 수 없어하는 자들이 있고, 영영 대등해지지 못할 것에 바닥까지 낙망하는 자들이 있습니다. 둘 사이의 첨벙거림은 앞으로도 불요한 변고를 불러올 것입니다."

"네 말대로라면 누가 남겠는가?"

"제가 원하는 세상이 제 수명 안에 오지 않음을 이해하는 자들은 남을 겁니다. 본디 그런 것 아니겠습니까? 속을 태우는 게 무엇이든 지르밟고, 어차피 태어났으니 허깨비는 되지 않으려 무릅써야지요."

"'어차피'라? '허깨비'라?"

지쳤는지 그만 평소답지 않은 단어들을 쓴 것을 후회했다. 생각에 잠긴 왕이 손을 자은의 얼굴로 뻗었다. 또 목을 쥐려나? 자은은 움츠리지 않았다. 손은 목보다 위로 향했다. 눈썹 위에 미처 닦지 못한 핏방울이 있었던 모양이었다. 단단한 엄지가 훑고 지나갔다.

"다음 그믐, 뜨고 있는 눈들을 감게 하겠다. 이제 내 마음이 바뀌기 전에 돌아가라."

자은이 몸을 일으켰다. 원래 입고 있었던, 피로 물든 옷가지들을 어찌할까 잠시 보았지만 굳이 주워들지는 않았다. 이 궁전 어딘가에서 불탈 것이었다.

신라는 다음 그믐에 눈을 감았을 뿐 아니라 늙은 말들과 낡은 배 한 척도 신라를 빠져나가는 이들에게 내주었다. 자은의 예지처럼 미미한 수만이 떠나기로 한 덕인지, 관대하다면 관대하다고 할 수 있는 처사였다. 구려 출신 몇과 말갈 출신 몇이 안장에 간출한 짐을 실었고, 바다를 건널 백제 출신들은 틈이 벌어진 배를 쓸 만한 물건으로 고쳐냈다.

"그 배에 자리를 구해줄 수 있어."

출항 하루 전, 자은이 인곤의 방에 찾아가 말했다.

"내가 그런 부탁을 했던가?"

인곤은 빙글거리며 웃었다.

"자네의 혈족들이 왜에 몸을 피했을 수도 있는데, 찾아가 상봉하고 싶지 않나?"

"내가 그러고 싶다고 속내를 비쳤던가?"

"말 돌리지 말고. 이것이 이곳을 떠날 수 있는 마지막 기회일 걸세. 나는 자네가 어디에도, 누구에게도 복속되지 않고 활개를 치며 살아갔으면 해."

둘러 말할 시간은 없었다. 자은은 나오는 그대로 말했다.

"활개는 자네나 치게. 나하고는 어울리지 않아. 자네가 마련해준 이 햇빛 잘 드는 방이 매우 흡족하건만, 쫓아내려 그러나? 게다가 큰물을 또 건너라? 떠올리기만 해도 진저리가 나네."

"배는 풍랑을 만날 수 있고 왜에 가도 혈족들이 없을 수 있지. 그래도 그곳 사람들이 여기 사람들보단 자네를 높이 대하지 않겠나? 내 곁에 이렇게 머무는 한, 자네는 온당한 대우를 받지 못할 거야. 나 하나로는 아무리 애써도 자네가 누려야 할 것을 누리게 해주지 못할 거라고. 혹 내가 힘을 잃으면 몽매한 놈들이 자네를 업신여기고 위협할지도 몰라. 그때 가서 분명 오늘을 돌이켜 후회할걸?"

"내 후회는 내 것이지 자네 것이 아니네."

"이 사람, 고집도!"

결국 빽 소리를 내버리는 자은이었다.

"나도 이제 신라인이라며?"

인곤의 빙글거림이 더욱 커졌다.

"신라인인 내가 온당히 살지 못할 거라고 말하는 설대사는, 삼한일통을 믿지 않는 것인가?"

"위험한 소릴!"

자은이 인곤의 입을 급히 막았다. 인곤이 자은의 손가락을 깨물었다. 자은이 보복으로 인곤을 걷어찼다. 인곤이 데굴데굴 구르며 웃었다.

"충직한 신라의 신하로서 삼한일통을 믿는다면, 내가 자네 곁에 살게 내버려두게. 나를 버리지 말고."

"버리려 했더니 버려지지도 않는군. 당장 율포로 가 배를 타지 않을 거라면 서형산성에나 가세."

"거긴 왜?"

"해홍주를 만나러 가는 것이네."

인곤의 채비는 빨랐다. 두 사람은 나리향의 재를 안고 산성을 올랐다. 날씨가 더워지고 있어 숨도 차고 다리도 뻐근해졌다. 해홍주는 자은을 맞으러 나왔다가 인곤을 보고는 아, 하고 작은 탄성을 냈다.

"아, 예, 보시다시피 어디 안 갑니다. 보기당주님도 남으셨군요."

인곤이 너스레를 떨었다. 그것으로 인사를 다 했다고 여겼는지, 해홍주가 자은 품의 뼈단지 쪽으로 시선을 돌렸다.

"말씀주셨던 여인의 재가……"

"목래업의 무덤에 합장할 수 있겠습니까?"

홍주가 손을 내밀기에 단지를 넘겼다. 래업의 무덤은 세 사람이 만난 곳에서 그리 멀지 않았다. 젊다는 말을 무덤에도 붙일 수 있다면 그 무덤은 젊디젊었다. 깊지 않게 헐어 나리향의 재를 묻었다.

"잠깐 깨운다고 화를 낼 이는 아니었지요?"

무덤가에 어울리지 않는 목소리로 인곤이 물었다.

"연인이 왔다고 기뻐했을 이입니다."

홍주가 인곤의 말을 받아주었다. 수십 년도 못 가 잊힐 작은 무덤에 그렇게 둘이 묻혔다. 탁 트여 금성이 잘 내려다보이는 곳이어서 얼마간 위안이 되었다. 어렴풋이 저긴가 싶은 나리향의 집을, 나리향의 혼은 콕 짚을 수 있을 것이었다. 나리향의 집이 불이 번지지 않을 가장자리에 있어 태웠는지, 그저 둘을 함께 죽이고 싶었던 건지 자은은 영영 알고 싶지 않았다.

"가끔 음식과 술을 보내면, 잠깐 올렸다가 병사들에게 나눠주실 수 있겠습니까?"

자은의 말에 홍주가 그러겠다고 답했다. 홍주의 시간을 지나치게 빼앗지 않기 위해 머물지 않고 곧바로 내려오기로 했다.

"어, 그러면 나리향의 집과 밭은?"

인곤이 그제야 물어왔다. 자은은 대답하기 전 산길 앞뒤를 살피고 답했다.

"약야 스님께 가짜 재를 맡겼네."

"뭐어? 사천왕사에?"

"앞으로 삼십 년 동안 더 정성 들여 불공을 올리는 쪽에게 집과 밭을 주도록 해두었지. 약야 스님이 나리향의 집에 가 혼탁한 불의 기운을 몰아내려면 그리 해야 한다고 쩔렁쩔렁 석장을 흔들어주셨어."

"삼십 년이나? 그러면 남는 게 거의 없겠는데?"

"없겠지."

"설대사, 하나 놓치는 게 없구먼."

인곤의 감탄이 듣기 싫지 않았다. 인곤이 묻지 않아 답하지 않았지만 국요균에게도 장례를 치를 수 있게 보탰고, 생우숙에게는 쓸 만한 말들을 보냈다. 그러고 나니 숨이 좀 쉬어졌다. 이제 조심스레 들어야 할 짐이 없어 두 사람은 날듯 내리막길을 걸었다.

집에 도착하니 문간에 있던 걸마지 삼형제가 자은을 맞았다. 그대로 지나치려던 자은은 문득 발길을 멈추고 세쌍둥이를 일견했다. 한 명씩 순서대로 가리키며 이름을 불렀다.

"걸마형, 걸마지, 걸마달…… 맞지?"

형제들의 얼굴에 가벼운 놀라움이 떠올랐다.

"앞으로는 틀리지 않을 거야. 나는 자네들을 덩어리로 보지 않네."

무슨 말인지 바로 이해하는 것 같지는 않았지만, 차차 이해할 것이었다. 말보다는 삶으로 이해시키고자 했다. 몸처럼 부려야 할 몸밖의 수족들이 처음처럼 부담스럽지는 않았다.

자은에게는 자은의 사람들이 늘었지만, 잠이 들었을 때는 홀로였다. 매가 새겨진 칼을 들고 조원전 앞에 서 있을 때의 꿈을 되풀이해 꾸곤 했다. 촉감까지 느껴지는 유난한 꿈들이었다. 칼은 자은의 손안에서 서늘했다가 뜨거웠고, 깃털 같았다가 무거웠다. 비명으로 가득한 꿈을 꾸고도 자은은 언제나 조용히 눈을 떴다. 죽은 자들이 질러대는 소리소리는 밖으로는, 아침으로는 새어나오지 않았다.

"어찌되었든 날을 더해갈 수밖에 없지 않은가?"

입버릇 같은 혼잣말을 거듭했다. 누구나 더이상 새날이 주어지지 않을 때까지 날을 더해가며 산다. 그뿐이다. 야단을 떨구석이라곤 하나도 없고 경망스러운 자들이나 달리 굴 것이다. 일어난 일들, 일으킨 일들 모조리 품고 견디면 된다. 그럴수 있다.

말하다보면 믿기는 날도 더러 있었다.

탑돌이의 밤

누군가 도은의 손목을 덥석 잡아온 것은, 도은이 흥륜사의 탑을 두 바퀴째 돌고 있을 때였다. 초파일을 지나 보름으로 다가가고 있어 달이 등보다도 밝은 밤이었고 주변에 사람이 많아 경계 없이 편한 마음이었는데 마지막 한 바퀴를 남겼을 때 이렇게까지 함부로 잡아오다니, 도은은 발끈해 고개를 돌렸다.

　"이게 무슨…… 어?"

　힘 있는 손의 주인은 산아였다. 환한 반가움을 띠고 도은을 보고 있었다.

　"불러도 못 들으시기에 놓칠까 그러쥐고 말았습니다. 놀라셨나요?"

인사를 나누면서도 뒷사람들을 막지 않기 위해 두 사람은 걸음을 옮겨야 했다. 산아의 손이 도은의 손목에서 손으로 움직였고, 도은도 그 손을 마주잡았다. 겉보기에 고운 손이었지만 아귀힘이 있다는 데에 도은은 어쩐지 안도했다. 산아가 생을 부여잡고 있는 것처럼 느껴졌던 것이다.

"몇 바퀴를 돌고 계신가요?"

"이제 한 바퀴 남았습니다."

"그럼 저기서 기다릴 테니 마저 돌고 오세요."

도은은 산아가 자신과 더 얘기하고 싶어하는 것이 기뻤다. 산아는 탑돌이를 구경하기 좋은 자리를 마련해두고 있었다. 가져온 의자에 겹치마를 펼친 채 앉아 기다리고 있는 것을 보며, 마지막 한 바퀴를 정성을 다해 돌았다. 덜 번잡한 절을 고를 수도 있었는데 소원을 빌려면 역시 흥륜사가 용할 것 같아 부러 발걸음하길 잘했다는 생각이 들었다. 도은은 가슴속 깊이 빌었다. 높으신 분이 제 언니에 대한 총애를 그만 거두고 잊으시기를…… 도은은 피와 어울리지 않는 자은이 피에 젖어 입맛을 잃고 버쩍 말라가는 것이 싫었다. 해골같이 돌아온 자은을 산 사람처럼 윤나게 만드는 데 한참이 걸렸건만, 왕이 험한 불꽃을 쫓게 하는 바람에 도은의 공이 죄 없던 일이 되어버렸다. 타고 남은 심지처럼 자은은 또 꼬챙이 꼴이었고, 그게 싫어 도은은 자은이 미은으로 돌아왔으면 하는 바람까지 들었다. 병약한 집안이니 며칠 앓다 죽었다고 하고 재차 가짜 장례를 치르면 안 될까? 집안에 여자 한 사람이 느는 것 정도는 그럭저럭 꾸며낼 수 있을 듯한데, 그 무서운 왕은 시신을 보자고 하려나? 전쟁에서 공을 세운 자들도 뎅겅뎅겅 멸족시켜버리는 왕이었다. 역시 이쪽에서 다른 뜻을 품기보다는 왕이 다른 자에게 눈이 팔려 자은을 잊기를 바라는 편이 나았다. 수족으로 부릴 재주 있는 자야 이 대단한 금성에 한둘이겠는가? 적당히 하고 놓아주소서, 피비린내가 아닌 먹비린내의 세계로 돌려보내주소서, 그리되게끔 만사가 맞물리게 해주소서, 도은의 소원은 묘한 것이었다.

"무엇을 그리 간절히 비셨나요?"

탑돌이 무리에서 떨어져나와 산아에게로 가니 산아가 물어왔다.

"소박한 소원이었지만 금방 이뤄질 것 같지는 않습니다."

도은이 웃을 듯 말 듯하며 답했다. 산아는 자세히 묻지 않고 작은 상에 놓인 다과를 권했다. 절에 시주하고 적은 양을 남겨둔 모양이었다. 무슨 꿀을 썼는지 향기롭게 달아서, 도은은 하나쯤 자은에게 가져다주고 싶어졌다. 단것이라면 그래도 좀 넘기는 자은이었다. 문득 산아가 도은을 불러 앉힌 것도 자은의 안부를 묻고 싶어서가 아닐지 짐작이 되었고, 어떻게 하면 자연스럽게 전할 수 있으려나 고민이 되었다. 산아에게 먼저 묻게 할 수는 없었다.

"권세가 체질이 아닌 것 같습니다, 제 오라비는요."

푸념의 형태를 택했다. 산아를 보지 않고, 탑돌이를 하는 사람들을 보며 던지듯 말했다.

"아, 요새 대사님이 고되신가요?"

"맞지 않는 일을 하느라 허우적대는데, 옆에서 보기 딱해요."

산아가 잠시 회답이 없어, 그저 잘 지낸다고 할 걸 그랬나 하고 도은은 산아를 살폈다.

"그렇지만 권세가 지나치게 입맛에 맞는 이에게 주어지는 일만큼 무서운 일도 잘 없지요."

가볍게 웃는 산아의 옆모습이 그림 같아 도은은 눈길을 빼앗겼다. 이 사람 곁에서 온전히 사고하기는 쉽지 않겠구나, 잠깐 머리를 흔들었다. 산아의 답에는 신경쓰이는 데가 있었다. 혹 산아의 남편 쪽이 권세를 멋대로 부리는 자가 아닐지? 정확히 무슨 짓을 했는지는 몰라도 인곤이 다쳤을 때와 연관이 있는 걸로 알고 있었다. 그러고는 얼마 전에 뻔뻔스럽게 자은을 위한 환영회를 열어주었다는데, 자은은 거의 도망치다시피 돌아왔다. 자세히 말은 하지 않았지만 불쾌한 환영회였던 모양이었다. 도은은 걱정할 만한 일들에 대해서는 반쯤 털어놓다 마는 자은이 마땅찮았다. 언제까지 어린 동생 취급할 셈인지 답답했다.

그때였다. 주먹보다 조금 작은 돌이 도은의 치마폭으로 날
아든 것은.

"아야!"

정말로 아팠기보다는 놀라 소리를 내고 말았다.

"이게 뭘까요? 누가 이런 짓을?"

"다치지 않으셔서 다행입니다. 하마터면 큰일날 뻔했어요."

도은과 산아가 함께 주변을 둘러보았다. 사람이 워낙 많아
던진 자를 짚어 찾을 수 없었다. 탑을 중심으로 소용돌이처럼
탑돌이를 마친 사람들이 빠져나가고, 새로 시작하는 사람들이
그만큼 또 흘러들고 있어서 온 방향으로 번잡했다.

"가만…… 그냥 돌이 아니네요."

산아가 돌을 살폈다.

"비단으로 감싼 건가? 이렇게 질 좋은 비단을 왜 이렇게?"

손끝에 느껴지는 것만으로도 가는 실로 짠 비단인 걸 알 수
있었다. 도은이 꽉 묶인 비단을 펼쳤다. 그 안에는 글씨가 쓰
여 있었다.

설대사를 데리고 있다. 죽길 바라지 않는다면 계림의 붉
은 천을 묶어둔 회화나무 아래 베 한 수레, 기름 한 수레,
쌀 한 수레를 가져다두어라.

두 여자는 협박문을 읽고 나서 자리를 떨치고 일어났다. 화가 나고 질겁해 도은의 한쪽 이마가 찡 울렸다.

"급히 가봐야겠습니다."

"어디로 가실 건가요?"

"일단 집에 돌아가 오라비의 행처를 확인해야겠어요."

도은이 발걸음을 옮기자 산아도 뒤를 따랐다.

"저도 가겠어요."

"부인께서도요?"

구설수가 나올 수 있는 일이었다. 도은은 지그시 만류의 뜻을 비쳤다.

"지금 저의 평판처럼 중요치 않은 것을 걱정할 때가 아닙니다. 저도 알아야겠어요. 대사님이 안전한지 그렇지 않은지를요. 말을 타고 오셨습니까?"

도은은 고개를 흔들었다. 자랄 때 집안이 기운 터라 말 타는 법을 배울 계제가 아니었다. 산아는 사정을 알아차린 듯했으나 그대로 도은을 마구간으로 이끌었다.

"제 뒤에 타시지요."

산아의 풍성한 옷은 가볍지 않아 보였는데, 놀랍도록 매끄럽게 말에 올랐다. 도은은 산아의 허리를 잡고 뒤에 탔다. 안장이 커 두 사람이 타도 충분했다. 거추장스러운 치마는 대충 벗어두고 싶었지만 그럴 수 없었다. 산아가 말을 달리자 산아의 하인들도 뒤를 따랐다. 상황이 상황이니만큼 도움을 감사히 받을 수밖에 없겠다고 도은은 생각했다.

"자은 오라버니!"

대문을 박차고 들어가며 자은을 불렀다. 자은의 방을 열어보고, 자은이 있을 만한 곳을 다 살펴보았으나 자은은 보이지 않았다. 집을 지키는 식솔들 말고 남아 있는 건 저녁잠에 들어 있던 인곤뿐이었다.

"오라비는 어쩌고 혼자 있어요?"

인곤은 잠들려고 잠든 게 아닌 듯, 외출했다 돌아온 차림 그대로였다.

"자은 공과 약야 스님을 찾아갔는데, 옛날이야기가 길어져서 저만 먼저 돌아왔습니다. 왜요? 무슨 일 있습니까? 부인은…… 간만에 뵈어서 좋습니다만, 웬일이십니까?"

도은 뒤에 서 있는 산아를 발견하고 인곤은 잠이 확 깬 표정이었다.

"그렇게 붙어다니더니, 오늘 같은 날 먼저 돌아왔단 말예요?"

인곤 탓은 아니지만 인곤에게 바락하고 말았다.

"아니, 약야 스님이 전쟁 시절 얘기를 꺼내시는 바람에……

본인 활약상을 펼치고 싶어하시는 것 같아 편히 하시라고 백제인은 자리를 비켜드린 거지요. 제가 거기서 허허 하고 듣고 있으면 서로 거북해지니 말입니다."

"그게 언제입니까?"

"좀전의 낮?"

"그사이 해가 졌는데? 이를 어쩌면 좋아!"

"무슨 일인지 제대로 말해주면 안 됩니까?"

인곤의 요청에 도은이 돌과 돌을 감싸고 있던 비단을 내밀었다. 돌은 버려도 좋을 텐데 굳이 쥐고 왔다. 인곤은 찌푸린 채 협박문을 읽고, 비단을 엄지와 검지 사이에 넣고 비벼보았다.

"오늘 설대사가 입은 옷이 이런 색이긴 했는데, 이렇게 조각난 채로는⋯⋯ 옷이 죄 이런 색이니 원⋯⋯ 이게 자은의 옷이 맞는지 모르겠네요."

"오라비의 옷이 맞습니다."

그렇게 말하며 도은이 털썩 주저앉았다.

"확실합니까? 어찌 압니까?"

"비단옷의 손질이 잘 되었는지는 내가 검수하니까요. 비단옷 한 벌을 망치면 큰 손실이기에 늘 확인한답니다. 오라비의 옷이 맞아요. 얼마 전 궁에서 갈아입고 온 새 옷입니다."

"하필 그 옷입니까?"

인곤이 그날이 떠오르는지 싫은 내색을 했다.

"저기, 설대사님은 오늘 수행하는 인원이 없었던가요?"

산아가 좋은 지적을 했다.

"걸마지 삼형제를 데리고 있습니다. 간단히 당할 자들은 아
닌데…… 혹 삼형제와도 헤어졌다면 또 모르지요."

"덩치 셋을 데리고 있다 해도 수십이 덤비면 별수 있습니
까?"

도은의 머릿속에서 자은은 이미 수십 명에게 습격당한 모양
이었다.

"사람을 풀어 찾을까요?"

인곤이 도은에게 물었다.

"그건 조용히 할 수 있는 일이 아니지 않겠습니까? 이쪽에
서 그랬다는 걸 들켰다가는……"

산아가 고개를 저었다. 도은도 산아에게 동의하며 끄덕였
다.

"무모한 자들을 군이 자극할 필요는 없겠지요. 그건 마지막
방책으로 남겨두고, 일단 몸값을 가져다두기로 해요."

도은이 몸을 일으켜 창고로 향했다.

"자은을 살리는 게 우선이니……"

인곤도 도은을 따랐다. 산아는 남의 집 창고에 들어가는 게
예가 아니라고 여겼는지 있던 자리에서 기다렸다.

도은은 튼튼한 수레를 골라, 수레가 겨우 굴러갈 수 있을 만큼 물건을 채웠다. 적게 실었다고 트집 잡힐 일은 없도록 아끼지 않았다.

"이상해."

다 싣고 나서 저도 모르게 중얼거렸다.

"뭐가 말입니까?"

"베와 쌀은 알겠어요. 그런데 기름이 낀 게 이상하지 않아요? 게다가 쌀보다도 앞에 불렸지요."

인곤도 호오, 하고 입소리를 냈다.

"이건 마치……"

"우리집에 기름이 넘쳐나는 걸 알고 짚은 것 같지 않냐는 거예요."

지난 계절 자은과 인곤은 기름가게를 통째 빌리기 위해 일 년 치가 넘는 기름을 사들였다. 그것이 거의 그대로 남아 있다가 자은의 몸값이 된 셈이었다.

"그런 사정을 알 만큼 가까운 이가 관여되어 있다?"

"내가 지금 우환 때문에 허튼소리를 하는 걸까요?"

도은이 제 입을 가리며 멈칫하자, 인곤이 고개를 흔들었다.

"아닙니다. 이 협박문이 급히 쓰인 거라면, 저쪽의 정체를 저도 모르게 드러낸 것일 수 있지요. 어쨌든……"

"일단은……"

도은은 창고에서 나가 산아를 불렀다.

"수레를 옮기는 데 부인의 사람들을 빌릴 수 있겠습니까?"

깊이 따지지 않아도 누굴 믿을지 쉬이 판별할 수 없는 상황이라 우연히 여기 있게 된 산아의 사람들을 빌리는 게 안전할 성싶었고, 산아도 도은의 셈을 바로 이해해 수레를 끌 만한 인원을 얼른 빌려주었다.

"우리 중 한 사람, 누가 갈까요?"

산아가 도은과 인곤에게 물었다. 그렇게 묻는 산아를 보낼 수는 없었다.

"제가 가는 게 제일 낫지 않겠습니까?"

인곤이 나섰다.

"돌멩이는 나한테 날아왔는데."

도은이 손톱을 잘근거리며 중얼거렸다.

"밤이 깊었으니 제가 가는 게 눈에 덜 띌 테고, 이 집의 기름 단지 수를 아는 자면 제가 자은의 사람이란 것도 충분히 알 테니 괜찮을 겁니다."

인곤이 도은을 다독인 후 수레바퀴들을 간단히 점검했다. 가다가 퍼져서는 곤란했다.

"도은님, 너무 걱정 마십시오. 만약 자은을 잡아간 자가 자은을 죽일 심산이라면 협박문 따위는 보내지 않았을 겁니다. 요즘 자은이 맡았던 중차대한 일들은 피를 흘리지 않을 수 없는 일들이었고, 그에 따른 되갚음이라면 몸값을 요구하기는커녕 백주대로에서 곧바로 자은을 찌르는 형태였을 터……"

"아니, 지금 그걸 위로라고?"

도은은 인곤을 뜨악해하며 바라보았다. 한동안 잊고 있었지만 이 식객도 아주 옳은 정신은 아니었지, 하고 눈을 희게 뜨고 말았다.

"말이 좀 잘못 나온 듯한데, 최악의 자들에게 잡혀간 것은 아닐 거란 뜻이었습니다."

"알았으니, 맡은 일을 잘 마치고 돌아오십시오."

도은은 인곤을 배웅하곤 한숨을 쉬었다.

"이 밤 안에 일이 끝날지 끝나지 않을지 모르겠습니다. 수레가 돌아오길 기다리는 동안 눈을 붙이지 않으시겠어요?"

산아가 거절할 걸 알면서도 물었다.

"잠 같은 걸 잘 수 있을 리가요."

"댁에 기별은요?"

도은은 아직 몇 남아 있는 산아의 아랫사람들을 힐끔 보며 물었다.

"저……"

산아가 난색을 표해 도은은 눈치껏 옷을 갈아입지 않겠느냐고 권했다.

"제 방에 잠깐 드셔서 편한 옷이라도 입으시지요. 변변찮은 것들뿐이지만요."

아주 빈말은 아닌 것이, 산아의 무거워 보이는 옷치레를 잠시 덜어주고 싶기도 했다. 산아는 도은의 방에 들자마자 소곤거리며 상의해왔다.

"도은님, 대사님의 몸값이 심히 낮게 책정되었다는 생각이 안 드십니까?"

"낮다고까지는……"

도은이 흐린 답을 했다.

"높지는 않지요? 대사님께 쏠려 있는 이목을 고려하면, 또 이 가문이 최근 부흥한 걸 고려하면 더 높아야 하는 것 아닐까요?"

도은은 산아가 이야기를 어디로 끌어가는지 가만 듣고 있었다.

"그러니 어쩌면, 진정 납치를 했다기보다는 다소 짓궂은 짓을 벌인 게 아닐까 가늠하게 되는 겁니다. 설대사님을 하룻밤 남짓 곤란하게 만들려는 거지요."

"대체 누가요?"

도은으로서는 도저히 이 사태를 '다소 짓궂은 짓'으로 받아들일 수 없었다.

"부끄럽지만 제 낭군을 의심하고 있습니다. 그럴 이유도 없이 대사님을 깔끄러이 여기고 있기도 하고요."

"아…… 진작 말씀하시지."

"차마 입이 떨어지지 않았습니다."

하기야 남편이 의심스럽다고 당초부터 터놓는 것도 그림이 이상하긴 했을 터였다.

"그럼 부인이 여기서 이러고 계실 게 아니라 제 오라비를 정말 데리고 있는지 어떤지 떠봐주시면 안 되겠습니까?"

도은의 당연하다면 당연한 청에 산아는 한층 얼굴을 붉혔다.

"그게, 낭군은 지금 본가에 있지 않고 여름 별택에 있습니다."

"아직 여름은 멀었는데요?"

반사적으로 묻고 나서야 별거중이었나 싶어 도은은 머쓱해졌다.

"친우들과 며칠 시끄럽게 지내고 싶다며, 제 평온을 방해하지 않겠다더군요. 저야 워낙 고요함을 귀히 여기다보니 배려라고 받아들였지요. 며칠이라 했던 게 점점 길어지고 있지마는……"

"혹 자은 오라비가 그 여름 별택에 잡혀 있을까요?"

"그걸 확인하러 같이 가주시겠습니까? 제가 안내하겠습니다."

산아도 살피고 싶었으나 혼자 갈 용기는 없었던 모양으로, 도은에게 부탁해왔다. 도은 또한 마냥 인곤만 기다리고 싶진 않았다.

"부인이나 저나 이렇게 입고는 안 될 것 같습니다. 눈에 띄지 않는 옷들을 챙겨 오겠습니다."

도은은 사라진 자은의 옷 중 자신과 산아가 입을 만한 것을 골라 들고 왔다.

"대사님 옷을 멋대로 입어도 되려나요?"

"오늘은 신경쓰지 않을 겁니다."

도은이 먼저 갈아입었고, 산아가 더 걸렸다. 평소에 입는 것보다 간단한 옷인데 시간이 드는 것이 희한했다. 도은이 도와주겠다 했지만 산아가 바라지 않았으므로, 비는 시간에 인곤에게 남기는 서한을 썼다. 진오룡의 여름 별택을 확인하고 오겠으니 길이 엇갈리지 않게 조심하자고.

별택을 백 보 남기고는 아랫사람들에게 말들을 지키게 했다.

"부인과 아가씨만 가시겠다고요? 위험해서 안 됩니다."

노회해 보이는 자가 말하자 산아는 선녀가 그려준 듯한 눈썹을 찌푸렸다.

"지금 내 낭군을 내가 찾아가는 일이 위험하다는 것이냐?"

타당한 반박이었으므로 산아의 뜻은 관철되었다. 도은은 내심 부하들이 몇 있었으면 했지만 산아가 자신에게 찌푸리는 것만큼은 견딜 수 없을 것 같아 말을 아꼈다.

여름 별택은 지을 때부터 여름만을 고려했는지 벽이 얇고 기둥이 가늘어 날아오를 듯한 형세였다. 진오룡과 예닐곱 남짓 친우들은 마당을 통째로 쓰며 악사들과 무용수들을 불러 놀고 있었다.

"진심으로 부인을 이런 요란함에 끌어들이기 싫으셨나봅니다."

"어른답게 굴 나이가 넘었는데도 유락이 부족하면 답답한지…… 주변의 이들이 비슷비슷해서가 크겠지요."

집 뒤 대나무숲에 숨어 산아가 한숨을 쉬었다. 도은은 진오룡을 처음 제대로 보았는데, 이마에서 콧대로 내려오는 선이 밤에 보아도 진해 오라비들을 곁에 세워두면 흐린 먹으로 그린 것처럼 보이겠다고 생각했다. 세상을 다 가진 듯 구는 귀한 집 자제들의 과장스러운 유흥은 구경할 만했으나, 그들이 어느 방에 자은을 가둬두지 않았나 찾아보는 게 우선이었다.

"취하고 둔해진 것 같으니, 방들을 확인할까요?"

밟는 데마다 삐거덕거려서 진땀이 날 때 마침 진오룡의 패가 나팔과 북을 곁들인 사자춤을 즐기기 시작했다. 사자 두 마리가 서로 희롱하는 춤이었는데 한 마리당 두 명의 춤꾼이 들어갔다. 드러난 맨다리로 보아 뒷다리는 남자, 앞다리는 여자였다.

"신선보다도 재밌게들 노십니다그려."

도은은 저도 모르게 뱉은 감탄이 비아냥처럼 들릴까 멈칫했지만 산아는 개의치 않는 눈치였다.

"저런 걸 좋아하면 함께 즐겨줄 수 있을 텐데, 가끔은 미안한 마음이 듭니다."

산아는 도은을 이끌고 방을 하나씩 살폈다. 오룡이 손님들에게 전부 내어준 듯 자물쇠가 채워진 방은 눈에 띄지 않았다. 그래도 몰라 일일이 열어보았다. 방들에 더해 창고와 마루 아래까지 살폈지만 인질로 잡힌 자은 없었다.

"괜한 걸음이었나봐요."

"아닙니다. 오지 않을 수 없었지요."

두 사람이 조용히 물러나려고 할 때, 음악소리가 뚝 그쳤다. 사자들이 힘껏 마루로 뛰어올랐다.

"나리들, 밤은 이제 시작입니다."

"어서 안으로 드시지요!"

사자탈을 양쪽에서 벗는데, 안쪽의 네 명 모두 알몸이었다. 산아가 당황해 소리를 낼 뻔해 도은이 얼른 입을 막았다.

"사자를 잡아볼까?"

"목덜미를 물고 흔들 테다!"

오룡의 친우들이 훌렁훌렁 옷을 벗어젖히며 그들을 따랐다. 오룡이 마지막으로 목을 축이더니 앞자락을 풀고 방으로 들었다. 그 와중에 악사들은 아까보다 관능적인 곡조를 연주하기 시작했다. 분위기를 고조시키고 살 부딪는 소리를 가리기에 적당했다.

도은은 산아의 입을 막았던 손을 천천히 떼었다.

"공연히 막았습니다. 저 문을 활짝 열고 소리를 지르시지요. 제가 물을 한 동이 길어 와서 확 뿌리는 것도 좋을 듯합니다."

한번 권해보았다.

"……제가 낭군을 의심해 여기 와놓고 어찌 그러겠습니까? 당장은 혼미할 뿐이니 날이 밝으면 앞으로를 고민해보겠습니다."

"나중에 잡아떼면 어쩌시려고요?"

산아는 고개를 흔들었다. 도은은 산아가 보이는 극한의 절제가 오히려 우려되었다. 모진 일을 만나면 산길에서 짐승을 만난 듯 밀어내고 도망치는 사람이 있고, 굳이 안으로 들여 몸과 마음으로 통과시키는 사람이 있는데 아무래도 산아는 후자처럼 보였다. 안타깝지만 곁에서 어떻게 해줄 수 있는 문제도 아니었다. 도은 입장에서는 인곤을 데리고 오지 않은 것이 은근히 다행이었다. 진오룡과 그 무리를 보았다면 신라인들의 그 유명한 난교 풍습을 드디어 제 눈으로 보았다고 신나하며 관짝이 닫힐 때까지 놀려댔을 것이었다. 원래도 입이 무거운 도은이지만 백제인에게든 누구에게든 뻥끗하지 않으리라 다짐했다.

"그럼 일단 돌아가십시다."

도은이 산아의 팔짱을 끼고 대숲 뒤로 향했다. 산아는 말을 잃은 채 따랐다.

"자은 오라비가 여기 끌려오지 않아 얼마나 안심입니까?"

말을 둔 곳으로 가며 도은이 목소리를 키웠다. 산아의 멍해진 듯한 머리를 깨우려고 그랬다.

"그렇지요. 자은님은 저런 탁한 짓을 견디지 못하시지요."

도은은 산아의 대구에 고개를 끄덕이면서, 멀리 서 있는 산아의 사람들과의 거리를 헤아렸다.

"부인, 아무도 없으니까 늘 묻고 싶었던 것을 물어도 될까요?"

"어떤 것을요?"

"저희 오라비와는 어떻게 만나셨던 겁니까?"

"듣지 못하셨습니까? 가까워 보여 들으셨을 줄 알았습니다."

산아가 약간 놀라며 도은을 바라보았다. 원래의 자은이 죽었을 때 도은은 너무 어렸다. 사랑 이야기 같은 걸 들을 새는 없었다. 도은이 보기에 지금의 자은도 잘 모르는 것 같았다. 이 기회에 들어두면 나중에 말이 맞지 않는 걸 막을 수 있지 않을까 싶었다.

"말해줄 사람이 아니잖아요."

"대사님의 그런 면이 참 묵직하시니……"

산아의 얼굴에 웃음기가 떠올라서 도은은 안도했다. 산아는 옷에 붙은 댓잎을 떼어내며 어린 시절 이야기를 들려주었다.

"어머니가 돌아가시고 그다음 해 여름이었을 겁니다. 뭇 부인들을 따라 계곡에서 더위를 피하고 있는데, 옷에 자두 물이 들었지 뭡니까? 얼른 씻어두지 않으면 영영 지워지지 않는 걸 아시지요? 여울을 골라 성급히 옷을 빨았습니다. 그런데 지나치게 성급했는지 그만 끼고 있던 팔찌를 잃어버렸습니다. 아차 하는 순간에 휩쓸려 사라지더군요. 어머니 것이라 제게 좀 컸던 탓에…… 엉엉 울고 말았지요."

그걸 오라비가 찾아준 걸까, 도은은 궁금해하며 들었다.

"부인들과 저는 계곡 윗물에 있었고 좀 떨어진 아랫물에는 어린 낭도들이 수련중이었는데, 말이 수련이지 자맥질을 하고 있었습니다. 낭도들이 저마다 팔찌를 찾아주겠다고 이리 풍덩 저리 풍덩 했어요. 그 기세에 물이 흐려져 찾기가 더 곤란해지고 말았습니다."

"아이고, 저희 오라비는 자맥질도 잘 못하는 편이었을 텐데요."

집안에 그런 재주는 흐르지 않았다.

"맞습니다. 자은 공은 그때도 요즈음과 꼭 같아서…… 다른 낭도들이 설칠 때 침착히 물길의 흐름을 읽더니 물이 모이는 곳마다 그물을 쳤습니다. 낭도들이 유랑 수련중에 쓰는 그물 여럿을 활용한 것이지요. 저는 팔찌를 포기하고 돌아가려는데, 어릴 때도 다르지 않았던 잠잠한 얼굴로 사는 곳과 이름을 묻더니 팔찌를 꼭 찾아다 주겠다 했습니다."

도은은 무척 닮았었다는 자은과 미은을 동시에 본 기억이 가물가물했지만 알겠다는 듯 끄덕였다.

"나흘 후, 정말로 자은 공이 팔찌를 들고 저희 집 문 앞에 왔습니다. 제가 보답을 하고 싶다 했더니 가끔 서한을 보내도 되겠느냐고 하더라고요. 어른들이 아시면 큰일날 일이었기에 담장에 헐거운 기와 하나를 몰래 알려주었습니다. 그 기와 아래에 종종 서한이 있었고 제가 제때 발견하지 못하면 젖어 못쓰게 되기도 했지만 대개는 늦지 않게 읽을 수 있었습니다. 답장하느라 고심하다가 글이 늘었지요."

사람들 눈 때문에 만나기는 어려웠을 텐데 무슨 수로 이어졌을지 늘 가졌던 의문이 풀렸다.

"더 연모했던 건 제 쪽이 아닌가 합니다. 자은 공이 제게 아무것도 바라시질 않아서 어린 마음에 슬펐습니다. 오늘처럼 함께 탑돌이를 한 적이 몇 번 있습니다. 말없이 나란히 세 바퀴를 돌았지요. 이제 자은 공은 탑돌이 같은 건 하지 않으시는 것 같지만요. 마지막으로 그렇게 만났을 때 당나라로 떠나신

다며 기다리지 말고 잊으라 하셨는데 제가 기다리겠다고, 꼭 기다리겠다고 도리질을 쳐놓고는 혼인한 상대가……"

이 밤 열 명과 한 덩어리로 뒹굴고 있는 진오룡인 것이다. 도은은 이야기가 그렇게 끝나 슬퍼졌다. 산아는 아까 탑돌이를 하면서도 자은을 기다렸을지 모른다. 그저 눈인사를 나누고 예전처럼 함께 돌고 싶었을 텐데, 자은은 예전의 자은이 아니니만큼 나타날 리가 없었다.

"들려주셔서 감사합니다. 오라비에게 물을 수는 없었어요."

도은이 말했고 거짓말은 아니었다.

"풋사랑 얘기일 뿐인걸요."

산아는 지난날을 통과해 다시 지금으로 돌아왔다. 도은은 언젠가 산아가 진실을 알게 되면 좋겠다고 생각했다. 쏟아지지 못한 진실 때문에 괴로운 건 자은도 마찬가지일 것이었다.

집에 돌아오니 인곤이 초조하게 다리를 떨며 도은과 산아를 기다리고 있었다.

"따로 움직이면 어떡합니까?"

"다녀오겠다고 남겨놨으면 됐지, 왜요?"

인곤은 두 사람의 뒤를 살피고는 자은이 없자 낙심했다.

"부인의 낭군께서 데려간 것은 아니었나보군요. 그럴듯하게 들렸는데 말입니다."

"예, 아니었습니다."

"수레를 가져다두며 뭔가 보지는 못했어요? 그 나무는 찾기 쉬웠습니까?"

도은이 인곤에게 물었다.

"계림 한가운데 있을 줄 알았더니 의외로 가장자리여서 찾기 쉬웠습니다. 수월히 찾아 수월히 두고 왔습니다."

무릇 어두운 숲속이리라 예상했는데 놀라웠다.

"어느 방면 가장자리요? 눈에 띄는 곳이었다고요?"

"월성 해자 맞은편이었습니다."

그쪽이라면 도로도 있고 수레를 끌기 좋은 곳이었지만 보는 눈이 한둘이 아닐 터였다. 계림에서 첨성대까지 세워진 건물들에는 관인들의 발걸음이 밤낮을 가리지 않고 이어졌다. 신성한 숲도 금성의 넘실거림에 자리를 내어주고 말았던 것이다.

"누가 그걸 가지러 오지는 않던가요?"

이번엔 산아가 물었다.

"숨어 기다리고 싶었지만 저쪽에서 알아채면 자은을 해할까 우려되어 돌아왔습니다."

트인 곳이니만큼 이쪽도 들킬 가능성이 높았다. 그 판단이 옳았음이 판명난 것은 담 밖에서 빠르게 달리는 말발굽 소리와 함께 두번째 돌이 날아왔을 때였다. 돌은 인곤을 거의 맞힐 뻔했고, 인곤 뒤의 창호를 망가뜨렸다.

"아니, 아무리 협박장이어도 조준을 좀 하고 던져야지, 창호지를 발라줄 것도 아니면서! 무뢰한들이란!"

도은이 들으라는 듯 소리쳤지만 기수는 이미 멀어졌을 터였다.

"거, 사람 다칠 뻔한 걸 먼저 말씀해주시면 안 되겠습니까?"

인곤이 섭섭한 듯 중얼거렸다.

"안 다친 걸 보고 말한 거지요."

도은이 돌을 감싼 천을 벗겼다. 전과 같은 천이었다.

"또 오라비의 옷을 오렸네. 데리고 있는 걸 알겠으니 적당히 다른 천을 쓸 것이지, 사람을 다 벗길 셈인가?"

점차 화와 조바심이 함께 올라 도은의 손길이 거칠어졌다. 그런데 전과는 달리 편지 안쪽에 폭이 한 뼘 좀 넘는 주머니가 하나 들어 있었다.

"이건 또 무슨……?"

"웬 주머니입니까? 이번엔 뭐라 쓰여 있습니까?"

인곤이 서한으로 고개를 기울였고, 산아가 도은에게서 주머니를 건네받아 불빛에 비춰보았다. 튼튼하고 깨끗한 새 주머니였다.

수레가 작고 안에 든 것이 변변찮으니 몸값을 더 내놓아라. 가진 몸 장식 중 귀한 것들로 이 주머니를 채워 바쳐라. 남천 징검돌에 흰 칠을 해둘 테니 그 돌 위에 올려두라. 밤이 깊어가니 걸어서 오라.

도은은 다 읽고 천을 확 구기려 했는데, 하필 최상품의 비단인 탓에 잘 구겨지지도 않았다.

"수레에 든 것이 변변찮아? 웃기고 있네! 그 정도 잘 짠 베를 금성 어느 구석에서 찾을 수 있나 뒤져보라지!"

베 짜기에 큰 자부심이 있는 도은이라 더욱 거슬린 모양이었다.

"그리 받아들이지 마시지요. 부러 책을 잡으려는 것뿐일 테니요. 드디어 대사님의 몸값을 잘못 책정했다는 걸 깨달았나 봅니다."

산아가 도은의 등을 두드렸다.

"그보다는, 이 징검돌은 어느 징검돌을 가리킨단 말입니까? 이 밤에 남천을 다 훑게 생겼습니다."

인곤은 곧 닥칠 문제에 골몰했다.

"저는 느릅나무 다리를 포함하여 남천 건너는 길은 한둘밖에 알지 못하는데……"

산아가 말을 흐렸다.

"제대로 된 다리들이 있고 남천이 가물고 불 때마다 그때그 때 사람들이 쓰는 돌들이 또 있습니다. 말을 탄 자들이나 건너 기 쉬운 천이지 두 발에 의지하는 자들은 바지를 적시기 일쑤 니까요."

말 없이 많이 걸어본 인곤이 일러주었다.

"돌다리는 나중에 고민하기로 하고. 몸을 꾸미는 장식이라 니, 가까스로 먹고살 만해진 이 집에 그런 게 주머니를 채울 만큼 있을 리가……?"

도은이 인곤과 산아 사이 허공 어딘가를 휘젓고는 제 방으 로 뛰어들어갔다. 가진 것들을 바닥에 쭉 내려놓는데 산아나 인곤이 봐도 가짓수가 많지 않았다. 도은은 그 수수함에 한숨 을 쉬고는 인곤에게 물었다.

"거울도 포함일까요?"

인곤이 고개를 저었다.

"몸 장식이라 했잖습니까, 거울은 안 되지요."

"개중에 크고 묵직하니 끼워넣어볼까 했건만……"

도은은 걱정할까 깨우지 않았던 경은의 방에도 들어가 부스 럭거렸다. 경은이 놀라 일어나는 소리가 났다. 인곤과 산아는 따라 들어가지 않았는데 도은이 겨우 찾아 가지고 나온 것이 닳아 윤기가 나는 뿔빗 정도라 함께 멋쩍어졌다.

"이것도 장식이라고 빼앗기는 미안하지만 별수 없지. 어머니가 남기신 것 중 쓸 만한 것이 있던가? 그건 또 어디에 두었더라?"

누구에게랄 것도 없이 중얼거리며 도은이 집을 샅샅이 뒤집었다. 호은의 방에서 모친의 것이었던 반지와 구슬 장식들이 몇 점 나왔다.

"어머니도 자식을 살리는 게 우선이실 테니……"

애틋함에 잠시 쓸어보고는 눈을 질끈 감고 주머니에 넣었다. 요즘 선호되는 빛깔이 아니어서 퇴짜를 맞으면 어쩌나 싶은 물건들이었다. 그래도 주머니가 헐렁했다.

"이것도 넣으십시오."

인곤이 허리띠 장식을 풀어 도은에게 건넸다.

"아니, 그건……"

"제가 자은 없이 허리 장식이나 대롱거리고 다니면 무엇 하겠습니까?"

인곤이 망설이는 도은에게서 주머니를 당겨와 허리 장식을 떨어뜨렸다. 낭창거리는 주머니가 야속했다.

"저도 부디 더하게 해주세요."

산아가 말을 끝내기도 전에 머리 장식들을 뽑았다. 짙고 풍성한 머리카락이 폭포처럼 쏟아져내렸다. 금으로 된 것들과 거북 껍데기에 자개로 장식한 대단한 물건까지 던지듯 보태려는 걸, 도은이 한사코 말렸다.

"부인은 안 됩니다. 이건 저희가 알아서 해야 할 일입니다. 제발 거두어주십시오."

"함께 서 있는데 저만 남인가요? 섭섭합니다."

그렇게 말하며 산아는 팔찌도 뺐다. 설마 아까 이야기해준 그 팔찌인가, 도은은 경악하여 물 맞은 고양이 소리를 냈다.

"돌려받을 수 없는 주머니에 부인의 귀한 꾸미개들을 넣었단 걸 오라비가 알면 그때는 제 목숨이 위태로워질걸요?"

약간 과장이었지만 자은은 도은을 분명 원망할 터였다. 원망받고 싶지 않아 도은은 온 힘을 다해 산아를 말렸다. 꽃 같은 산아는 유별나게 악력이 세 도은이 밀렸다. 그래도 얼굴이 빨개질 때까지 매달렸다. 무인 집안의 딸은 보통이 아니었고 유약한 집안에서 태어난 것이 분통 터졌다.

"이러지 마시고 나무 빗이나 하나 빌려주시지요? 머리를 이대로 둘 수는 없지 않습니까?"

산아는 별로 힘들지도 않은 듯 심상히 나무 빗을 요구했다.

"부인, 제 말을 귓등으로도 듣지 않으십니까? 인곤님, 이 집 식객이면 저에게 힘을 빌려줘야 하지 않습니까?"

"예? 제가요?"

인곤은 곤란한 얼굴로 두 여인의 힘겨루기로부터 뒷걸음질 쳤다.

사천왕사에서 돌아오는 길에 자은은 김노길보를 맞닥뜨렸다. 노길보는 자은을 보더니 한탄하다시피 하며 말을 걸어왔다.

"자네, 얼굴이 그게 뭔가?"

요사이 보는 사람마다 그리 물어오는데 딱히 답할 말이 없어 어물어물 웃어 보였다.

"어제 내가 산삼을 하나 손에 넣었는데 그 주인이 자네인가 싶네. 따라오게나."

거절하기 어려운 호의여서 하찮은 시도도 하지 않고 따랐다. 노길보의 집에 가보니 과연 본 적 없이 굵직한 산삼이 누워 있었다. 산 하나의 정기쯤은 그대로 담고 있을 만큼 길고 보기 좋게 뻗은 산삼에 감탄하며 노길보가 잘라주고 우려주는 대로 얻어먹었다.

"어때? 기운이 도는 듯하나?"

노길보가 물어왔다.

"발끝이 따뜻해지고 숨이 부드러워지는 것 같습니다."

"너스레가 늘었군. 산삼이 아직 자네의 위장에서 녹지도 않았을 걸세."

대충 장단을 맞춘 것이 들통나버려 자은은 얼른 자세를 고쳐 앉아야 했다.

"달포 정도 몸을 살핀 후에 말해주게나. 그때는 번설 없이 솔직히 말해줘야 해."

"그러겠습니다."

"하지만 자네는 몸이 축난 것보다 더 큰 문제가 있지 않나?"

노길보의 말을 얼른 따라가지 못해 자은이 고개를 갸웃했다.

"그렇습니까?"

"서라벌에 자네를 죽이고 싶어하는 이들이 셀 수 없이 늘었으니."

"셀 수 없을 정도인가요?"

자은은 그다지 실감하지 못하는 중이었다.

"적어도 오늘처럼 가벼이 다녀서는 위태로울 만큼은 늘었을 거야."

노길보가 재밌다는 듯 한 단 아래에서 자은을 기다리고 있는 걸마지 삼형제를 턱으로 가리켰다. 자은이 보기에 한껏 무거워 보이는 셋이 노길보의 눈에는 가벼워 보이는 듯싶었다.

"길마다 사람으로 빼곡하니 수십을 데리고 다니기는 어렵습니다. 좁은 길에서 저 셋은 수십이나 매한가지 실력을 보일 테고요."

"저들이 그 싱거운 백제인보다는 나아 보이네만."

그리 충고하는 노길보야말로 항상 혼자 다니는 모습이었다. 자은은 다른 방향으로 또 고개를 기울였다.

"노길보님은 단출히 다니시다가 험한 일을 안 만나십니까?"

"나나 잘하라고?"

짐짓 버럭하는 데에는 눈 하나 깜짝하지 않을 수 있었다.

"젊었을 땐 지금처럼 다닐 수 없었지. 금성이 부글부글하고 차후가 어찌될지 한 치 앞이 보이지 않았으니까. 그럴 땐 나 같은 자 등에도 눈들이 다글다글 달려 있었네. 그 매일같이 징그럽던 날들이 끝나서 청적하군. 이제 아무도 나를 개의하지 않고, 나 역시 당장 흙 위에 엎어져도 후회 없을 나이지. 그렇지만 자네는 아직 엎어져 죽기에 이르지 않나?"

비록 자은이 삶에 발톱을 세게 박아넣고 매달리는 편은 아니라 해도, 흙에 덮이고픈 마음 또한 없었다. 자은은 노길보의 충고를 진중히 새기기로 하고 끝으로 한동안 궁금했던 것을 슬쩍 물었다. 노길보의 입 옆, 웃음 주름처럼 보이는 칼자국에 대해서.

"그 흉터는 어떻게 얻으신 건지 여쭤도 됩니까?"

"이거? 용맹한 전훈의 흔적이라면 좋을 테지만, 어린 시절 형제들이 남긴 표식일 뿐일세. 그때는 시절이 흉흉하다보니 어린 남자애들에게 과히 이르게 칼을 쥐여줬지. 어린것들이 칼을 휘두르는지, 칼이 어린것들을 휘두르는지 모르게 되어버리기 십상이었네. 적군을 베라고 준 칼로 서자의 얼굴에 흉을 남기며 즐거워했으니."

자은이 기대했던 이야기가 아니었다. 그의 형제들이 얼마나
덕이 있는 사람들인지 칭송하는 말들을 들으며 자랐기에 더욱
그랬다. 괜한 것을 물었다는 후회에 씁쓸히 노길보의 얼굴에
서 고개를 돌렸다. 노길보가 산어귀에 홀로 사는 이유를 알 것
만 같았다.

"다가올 날들에 칼은 장식이 될 테지. 보석이 박히고 비단
술이 달릴 거야. 아니, 자네 칼을 이야기하는 게 아니야. 자네
칼도 유려한 물건이긴 하지만 피를 그만큼 적셨으면 장식이라
부를 수 없으니 말이야. 부리 굽은 매가 실컷 목을 축였다고
들었네. 그러고 보니, 오늘은 칼을 차고 오지 않았군?"

"번잡한 거리에 눈에 띄지 않게 섞여들고 싶었습니다."

"옷차림도 수수하군. 어떤 지위에 이르렀는데 애써 수수하
게 다니는 것도 난 일종의 오만이라고 여기네. 혹은 기만이라
고 말이지."

노길보는 웃으며 허를 찌를 줄 아는 이였다.

"거짓되게 수수히 다니지는 않겠습니다."

"자네는 신라에 몇 남지 않을 참된 칼의 주인이니 그 명성
을, 악명까지 감당하게나."

악명이란 말에 자은이 흐리게 신음하자 노길보가 마지막으
로 잔을 채워주었다. 남산을 내려와 남천을 건너는 내내 발걸

음이 가벼웠다. 역시 산삼의 기운이 슬슬 퍼지고 있는 게 아닐지 싶었다. 눈도 밝아졌는지 집에 다다라 문 앞에 묶여 있는 말들이 모르는 말들임을 곧장 알아챘다. 집안이 환히 밝혀진 것은 아니었지만 적지 않은 불들이 그대로 켜져 있는 것도 기이했다. 자은은 뒤돌아 걸마지 삼형제에게 신호를 보냈다. 삼형제는 같은 자세로 엄지를 튕겨 칼을 칼집에서 올렸다.

문틀을 넘기 전 먼저 귀를 기울여보았다. 어수선한 목소리들이 들려왔다. 자은과 부하들은 조용히 발을 옮겼다. 걸마지 삼형제는 체구에 비해 날래 밤 짐승들보다도 소리를 내지 않았다.

불이 모인 곳에 이르렀을 때, 자은은 자신이 맞닥뜨린 광경을 바로 간파하지 못했다. 머리를 풀어헤친 산아가 도은과 실랑이를 벌이고 있는데 둘 다 자은의 옷을 입고 있었다. 인곤은 손에 얼굴을 묻고 괴로워하는 소리를 내는 중이었다. 자은은 도은 곁에 다가가 나직하게 물었다.

"무슨 일이 있어?"

"아니, 부인이 자꾸……"

뭔가 일러바치려던 도은은 자은을 보고 비명을 질렀다. 그 소리에 자은이 몸을 젖혔다.

"귀 아프게 무슨 소리를 그리 지르느냐?"

"왜 여기 있어? 어? 어떻게 여기 있어?"

도은과 산아의 손에서 못 보던 주머니가 떨어졌고 안의 것
들이 쨍그랑거리며 부딪쳤다.

"바로 방으로 들려다가, 뭔가 평소와 다르기에 와봤지."

"자네, 납치된 것 아니었나?"

인곤은 인곤대로 떨리는 목소리로 물어왔다.

"김노길보님을 따라가 산삼을 얻어먹고 왔는데? 갑자기 권
하시긴 했지만 그걸 납치라고까지 불러서야……"

걸마지 삼형제는 납치라는 단어를 듣고 칼을 도로 칼집에
넣어도 될지 망설이며 서 있었다. 도은이 자은을 잠시 안더니,
자은의 팔다리가 제자리에 붙어 있나 만져보았다. 그러는 도
은 뒤로 산아의 얼굴에도 큰 안도의 표정이 떠올라 자은의 의
아함은 커져만 갔다.

"이 늦은 시간에 부인께서는 어이하여……?"

넋이 나간 듯한 도은과 인곤 대신 산아가 그간의 정황을 정
리해주었다. 홍륜사에서 탑돌이를 하다가 도은과 만났는데 협
박문이 날아왔다는 것, 대단하지 않은 몸값을 요구해왔다는
것, 계림 가장자리 회화나무 아래 수레를 두고 왔다는 것, 진
오룡을 의심했으나 진오룡은 아니었다는 것, 두번째 협박문이
막 도착한 차에 주머니를 어떻게 채울지를 두고 도은과 의견
이 맞지 않았다는 것.

"없는 사이 큰 폐를 끼쳤군요. 그래도 도은이 말을 들으셨

어야 하지 않나 싶습니다. 부인께 갚지 못할 빚을 지는 것은 만만부당합니다."

"그리 바로잡아주니 속이 다 시원하다!"

도은은 금방 의기양양해졌다. 산아도 서운해하는 기색이라곤 없었다. 자은이 돌아온 것이 마냥 달가운 듯했다. 자은은 주머니를 뒤적거려 인곤의 허리띠 장식을 도로 꺼냈다.

"마음만 고맙게 받겠네."

인곤이 건네받아 다시 달았다.

"그런데 옷…… 그 옷이 아니네?"

인곤이 뜯겨나간 곳 없이 멀쩡한 자은의 옷을 살폈다. 낮부터 내내 입고 있어 구겨지긴 했어도 온전했다.

"옷만 훔쳐간 건가? 설대사가 늦게 돌아오는 것을 알고 우리를 단단히 속여먹으려 했나보구먼. 깜빡 넘어갈 뻔했네."

인곤이 웃으며 산에서 묻어온 뾰족한 씨앗들을 툭툭 털어주었다.

"아니, 근데 잠깐……"

자은도 인곤처럼 개운히 여기며 쉬러 들어가고 싶은 마음이 굴뚝같았지만 뭔가가 크게 마음에 걸렸다. 산아가 없어야 할 사람인데 있는 것처럼, 누군가 있어야 하는데 없지 않은가 하는 생각이 자은의 머릿속을 바쁘게 스쳤다.

"호은 형님은 어디 계신가?"

그렇게 묻자 세 사람의 얼굴에 당혹감이 차올랐다.

"집에 없기에 어디 노닐러 갔나 했는데……"

"한창 금성의 밤이 흥청거리는 시기이니만큼 걱정은 안 했네만."

도은과 인곤이 연달아 변명처럼 말했다. 자은은 휘적휘적 제 방으로 갔다. 여섯 사람이 그 뒤를 따랐다. 옷장을 살폈는데 왕에게 받은 비단옷이 없을 뿐 아니라 매를 새긴 검도 없었다.

"설호은, 이 무저지옥에서 영원히 구를 멍청하고 또 멍청한……!"

겨우 뒷말을 삼켰다.

"내 옷을 입고 내 칼을 차고 나간 게 틀림없네. 대관절 무슨 생각으로 그런 짓을? 데려간 자들은 이 집에서 그 검을 차고 나오는 이라면 나일 거라 짐작한 거야."

더 없어진 건 없는지 보았지만 딱히 없었다.

"하지만 닮지 않았는데……"

도은이 황망해하며 중얼거렸다.

"물론 닮지 않았지. 언제쯤 자기들이 붙잡아 간 게 내가 아니란 걸 깨달을까? 깨달으면 어떻게 나올까?"

자은은 성을 내며 주머니 입구를 친친 묶었다.

"몸값을 가져다두어야겠군. 호은 공을 돌려받으려면……"

인곤이 한숨을 쉬었다.

"내가 내 몸값을 들고 나서게 되다니, 뭐 이런 일이 있단 말인가?"

산삼을 거절하고 일찍 돌아올 걸 그랬다고 속으로 후회하는 자은이었다. 하룻밤 내키는 대로 행했을 뿐인데 다 그르치고 말았다고 고개를 내저었다.

"지금 이런 말 하기는 좀 그렇지만, 납거자들이 호은 공의 입에 재갈을 물렸어야 하는데."

인곤이 중얼거렸다.

"뭐?"

"자네라면 정치한 혀로 상대를 설득해 묶인 밧줄을 풀고 돌아올 수도 있겠지만, 호은 공의 경우 십중팔구 도리어 부아가 치밀어오르게 만들지 않겠나?"

틀린 말이 아니라 머리카락이 곤두섰다.

"호은 형님이 찢긴 옷처럼 조각조각 돌아오기 전에 움직여야겠어."

자은은 신을 고쳐 매고 직접 남천의 흰 돌을 찾기로 했다.

"기다려."

도은이 나서려는 자은의 팔을 잡았다.

"그대로 가게?"

"눈에 띄지 않는 행색이니 군이 갈아입을 필요는 없잖아?"

"아니, 얼굴. 누가 오라비의 얼굴을 알아보고 사태를 파악하면 어쩌려고?"

여동생의 영리함이 자신보다 낫다고 자은은 탄복했다.

"탈을 써야 할까요?"

산아가 엉뚱한 의견을 보탰다. 자은과 인곤은 의아해했고 도은은 산아가 아까의 일을 계속 곱씹고 있나 싶어 걱정이 되었다.

"그건 더 수상해 보이지 않을까요? 가만있자, 수염을 붙여 줄까? 내 아까 쑤어둔 풀이 있네."

"수염이라…… 괜찮겠군."

인곤은 자은에게 수염을 붙이는 일에 정도 이상으로 신나했다. 이러나저러나 급히 움직여야 하니 자은은 인곤에게 얼굴을 맡겼다.

"그럼 조금 자르겠네."

인곤이 자은의 머리끝을 잘라 어디서 몇 번 해본 게 아닌지 의심되는 솜씨로 풀을 발라둔 코밑과 턱에 올렸다.

"공들이지 말고 대충하게, 대충!"

도은이 웃음을 꾹 누르는 게 보였다.

"수염이 더해지니 떠나시고 한참 지나 제가 떠올려 그렸던 얼굴과 비슷하네요. 어울리십니다."

산아가 말해와 자은은 가슴이 덜컥했다. 그저 꾸벅하고 몸을 일으켰다. 자은은 도은, 산아, 인곤과 앞장서고 혹시 모를 일을 대비해 걸마지 삼형제가 뒤에서 그늘로 따르기로 했다.

남천을 동에서 서로 훑어가다가 희게 칠한 징검돌을 발견했다. 천 한가운데 수면으로부터는 높고 윗부분이 반듯이 넓은 돌이라 고르기도 잘 골랐구나 싶었다. 주변에 수풀도 적은 편이어서 멀리서도 눈에 띌 것 같았다. 호은을 자은인 줄 알고 데려간 자들은 자은 일행을 지켜보고 있을 것이다. 자은과 인곤이 한 칸 더 건너가고, 도은과 산아가 한 칸 전에 멈춰 서서 칠한 돌을 들여다보려 무릎을 굽혔다.

"가루를 칠했군."

인곤이 손끝을 여러 번 맞붙이며 가루의 점도를 확인했다.

"가루라고? 비가 내리면 사라지라고 계획한 걸까?"

오늘밤만 필요한 접선 지점이긴 했으나, 자은은 저편의 의도를 명확히 알 수 없었다. 도은도 가루를 만져봤다.

"이거 백분 아니야? 부인도 만져보시겠어요?"

산아가 만져보더니 도은에게 동의했다.

"화장분이네요. 쌀가루로 만든."

산아는 평소보다 가볍게 앉고 가볍게 일어났다. 자은은 그 활기 있는 모습이 보기 좋다고 생각했다. 인곤은 두 여자의 말에 눈썹을 올렸다.

"두 분 말씀이 맞긴 한 것 같은데 오로지 쌀가루라고 하기에는 점성이 좀 다릅니다. 뭐가 섞였지? 아무래도 납인 것 같은데요."

"점착성을 높인 연분이군요. 쌀가루는 금방 지워지고 마니까요."

산아가 알려주었다.

"귀한 물건이지요?"

자은이 미은으로 주어진 삶을 살았더라면 잘 알았을 영역이지만, 이제는 뭇 남자들이나 다름없어 확인해야 했다.

"예, 귀한 물건입니다."

"부인도 종종 쓰십니까?"

"한두 번 주변에서 권하는 대로 써본 적은 있지만 즐겨 쓰지는 않습니다. 얼룩덜룩 지워지는 게 마땅치 않아서요."

"도은이 너는?"

"얼굴에 바를 쌀가루가 있으면 점점 늘어나는 군식구나 먹여야겠지."

도은이 대답했고, 인곤이 '그 질문에 답이 이리 튀다니?' 하는 얼굴로 입을 벌렸다. 자은은 여전히 석연치 않아하며 돌을 내려다보았다.

"돌을 희게 칠할 방법이 또 뭐가 있을까?"

"회칠? 물감은 분 못지않게 귀할 테니 썩 어울리지 않지."

"회칠이라……"

"자네라면 어떻게 할 텐가?"

"나라면…… 종이죽."

"종이는 종이대로 귀하지 않은가?"

"일단 여기 길게 머물지는 말기로 하지. 지켜보는 눈이 우리를 못마땅해하기 전에 뜨기로 하세."

자은은 긁어모은 귀한 것들이 든 주머니를 돌 가운데에 놓아두었다. 그리고 사방을 둘러보았다. 월성의 불 밝힌 창들이 꼭 노란 눈처럼 느껴져 뒷걸음질치게 했다.

돌아오니 마당에 세번째 돌이 던져져 있었다. 하인들이 불덩이라도 보듯 둘러싸고 있다가 들어서는 자은 일행을 보고 물러났다.

"걸어서 오라 했던 건 이러기 위한 것이었나봐. 우릴 앞서 다녀가면 꼬리를 밟힐 가능성이 적어지니."

도은이 이번에는 화도 내지 않으며 돌을 주워 감싼 천을 펼쳤다.

처음의 나무로 오면 설대사를 돌려주마.

받은 중 제일 짧은 편지였고 짧아서 한층 의심스러웠다.

"함정이면 어쩌지?"

인곤이 난처히 중얼거리며 도은의 손에서 천을 받아 밤하늘로 들어올렸다. 달빛에 비추어 핏방울이 없는지 확인하는 모습에 자은은 속이 뒤틀렸다. 기껏 먹은 산삼을 게워올려서는 못쓴다고 되뇌며 침을 삼켰다.

"금성 한복판에서 또 기습을 할 리는……"

산아는 말하는 대로 믿고 싶은 듯했다. 호은이 자은이 아닌 것을 뒤늦게나마 깨달은 저편이 이번엔 자은을 확실히 잡으려 호은을 미끼로 쓸 수도 있었고, 자은도 그 가능성을 모르는 게 아니었다.

"어떻다 한들 찾으러 가는 수밖에 없겠습니다."

자은은 붙인 수염을 재차 꾹꾹 눌렀다.

"대사님, 몇이나 준비할까요?"

걸마달이 눈치 빠르게 물었다.

"간단한 무장으로 열두엇 정도면 괜찮겠지. 우르르 몰려다니지 말고 서너 패로 나뉘어 멀찍이 따라오게. 그 나무도 월성 근처라 했으니 수상하게 보이다 더 큰 일에 휘말리면 안 될 일이야. 사람을 실어올 만한 튼튼한 널도 하나 챙기게. 호은 형님이 어떤 상태일지 몰라."

삼형제 중 걸마형이 널빤지를 담당하기로 했다. 제일 귀찮을 일일 테지만 내색하지 않았다. 자은은 도은과 산아를 돌아보았다. 두 사람을 두고 가고 싶었다. 이때껏 별일 없어 천행이었으나 인질을 돌려받는 때가 가장 위험할 터였다.

"입을 벌리기 전에 잘 생각하고 말해."

무서운 여동생이었다. 자은의 표정을 흘끗 보고는 속마음을 꿰뚫었다.

"호은 형님과 내가 다 죽으면 네가 어린 동생들을 돌봐야 하지 않겠어?"

"두 사람을 잃으면 이 집안의 패망은 나 하나로 막을 수 없을 테니 어차피 비참한 꼴이 되고 말 거야. 뿔뿔이 흩어져 기댈 데나 있나? 그런 일이 일어나지 않도록 날 데려가. 애초에 저들의 협상 상대는 나였어."

돌은 시초부터 도은의 치마폭으로 날아왔었다. 자은은 그 점을 곱씹었다.

"산아님이라도 여기 계시지 않겠습니까? 곡진히 부탁드린다면 따라주실 건가요?"

산아가 웃으며 고개를 흔들었다. 자은은 산아가 가진 특유의 강인함을 익히 알고 있었지만 이럴 때는 발휘되지 않기를 바랐다. 중히 여기는 이들이 온통 제멋대로인 고집쟁이들뿐이라니 어쩌면 자신이 잘못 산 걸지 모르겠다고도 생각했다. 그런 회한에 길게 잠길 여유는 없었다.

"오늘만은 혼자 남겨져 덩그러니 앉아 있기 싫어서요."

산아가 뜻을 밝혔고, 도은이 산아 말대로 하라고 눈을 부라렸다. 인곤이라도 보탬이 되어줬으면 했으나 인곤은 도은을 이기는 일을 일찍이 포기한 모양이었다. 어정쩡히 외면하는 몸짓에 자은은 혀를 찼다.

"그렇다면 출발하지요."

근처까지 말을 타고 가고 적당한 거리에서부터는 걷기로 했다.

"요란스럽지 않게 달리는 쪽이 좋겠습니다."

자은이 당부하지 않더라도 모두 그럴 셈이었다.

"죽었으면 곤란한데…… 나가 죽으라고 여러 번 소리를 질렀지만 정녕 죽어버렸으면 곤란해……"

가는 내내 도은이 중얼거렸다. 자은은 나가 죽으라고까지는 입 밖으로 해본 적이 없었지만 늘 한 대 세게 치고 싶은 마음은 있었다.

"슬프기보다는 곤란해……"

"설도은, 지나치게 속내를 꺼내놓지 마라."

자은이 동생을 자제시켰다.

"내가 말로 하고 있었나? 속으로만 생각한 줄 알았어. 피곤하긴 피곤한가봐."

도은이 합, 하고 입을 다물었다.

"여기서부턴 걷는 게 좋겠습니다."

인곤이 거리를 재다가 제안했다.

밤의 계림은 검었고, 회화나무에는 아까의 붉은 천 대신 굵은 밧줄에 거꾸로 매달린 설호은이 있었다. 설호은은 머리에 듬성듬성한 베로 만든 주머니를 뒤집어쓴 채 꿈틀거렸다. 너덜너덜해진 옷이 호은이 꿈틀거릴 때마다 부러진 잠자리 날개처럼 흔들렸다.

"다가가도 될까?"

자은이 인곤에게 물었다. 인곤이 납작 엎드려 땅에 귀를 대었다.

"발소리가 들리지는 않아. 어느 쪽이냐면 고요하군."

근거리 공격은 걱정하지 않아도 될 듯했다.

"트인 곳을 얼른 피하시지요. 나무 뒤로 가세요."

산아에게 권하고 도은의 등을 밀었다. 자은이 호은을 향해 앞서 뛰었다. 이름을 부르며 어깨를 잡아 안심시켰다. 호은은 뭉개진 소리로 답했는데 재갈 때문인 듯했다. 먼저 머리의 주머니를 벗겼다. 붉게 변한 호은의 얼굴이 자은을 거꾸로 마주 보았다.

"읍!"

대체로 무사하다는 걸 알자 북받쳐오르는 게 있었지만 자은은 꾹 눌렀다.

"머리를 받쳐주게."

인곤에게 부탁했다. 인곤이 얼른 호은의 머리와 목, 등 윗부분을 받치고 섰다.

"괜찮으십니까?"

"읍!"

자은은 밧줄이 굵은 가지를 한 번 감고 나무 둥치에 묶여 있음을 확인했다. 날붙이로 자르기엔 튼튼하기가 만만치 않았다. 자은은 복잡하게 묶인 부분을 살피며 끙 소리를 냈다.

"뱃사람들의 방식인가?"

자은이 밧줄 한쪽을 당기자 오히려 더 엉키고 말았다.

"읍!"

"재갈을 풀어드릴까?"

인곤의 물음에 답하지 않았다. 재갈 정도는 늦게 풀어주어도 좋을 성싶었다. 자은 대신 당한 곤혹이라기엔 호은의 실책이 컸다.

"칼은 여기 있어!"

도은이 회화나무 반대편에 기대어 세워져 있었다며 자은의 칼을 가져다주었다. 칼을 쥐자 예상했던 것보다 훨씬 깊은 안도를 느꼈다. 호은을 발견했을 때보다도 안도해버려서 다소간 미안해졌다. 자은은 다른 쪽 매듭을 한번 더 당겨보았으나 뜻한 바대로 되지 않았다.

"제가 한번 해봐도 될까요?"

산아가 빙 돌아 자은 곁으로 와 물었다. 자은이 자리를 내주었다.

"어쩌면……"

산아가 손가락을 엉킨 곳 여기저기에 넣자, 요술처럼 한꺼번에 풀렸다. 손쓸 새 없이 요란하게 호은이 땅으로 떨어졌다. 인곤이 목을 받치고는 있었지만 엉덩이부터는 사정없이 떨어진 셈이었다.

"어찌 푸셨습니까?"

"구슬이나 옥을 다는 방식으로 묶였던걸요."

갸웃거리며 산아가 알려주었다. 사람을 구슬 다는 방식으로…… 일종의 모욕이려나 싶었다.

앓는 소리를 내는 호은의 재갈을 드디어 풀어주었다.

"죽을 뻔했다, 죽을 뻔했어!"

호은이 엉엉거렸다.

"네가 나를 구했구나!"

"도은이가 더 애썼고, 구할 일을 만들지 말았어야지."

자은의 목소리가 서늘하게 나왔다.

"뭐? 지금 나를 원망하는 것이냐? 이 고초를 치른 나를?"

괄괄한 걸 보니 중간에 목도 축여주었나보군, 하고 자은은 판단했다.

"일단은 돌아가서 이야기하도록 해. 일어설 수 있겠어?"

"못 일어선다. 여러 군데가 부러진 것 같구나! 아이고, 내
다리, 아이고!"

호은이 울며 말했지만 후에 부러진 곳은 한 군데도 없음이
밝혀졌다. 멀리, 걸마형이 널빤지를 모로 낀 채 뛰어오고 있
었다.

"먼저 집으로 돌아가게. 나는 부인을 모셔다드리고 갈 테니."

어느새 새벽빛이 비추었다.

자은에 대한 염려로 산아는 없어도 될 곳들에 있었다. 자은
은 그 마음이 고마워서 산아를 지키는 이들의 수가 충분한데
도 배웅을 직접 하기로 한 것이었다.

"물론 자은 공이 무사히 돌아오기를 바라 나선 것이었지만,
지난밤이 아니었다면 생이 흐르지 말아야 할 방향으로 한참을
흘렀을 거예요. 아침이 밝으니 어찌해야 할지 가닥이 잡히는
듯합니다."

산아는 긴 밤을 보냈는데도 평소보다 혈색이 좋아 보였다.
화사한 비단을 벗고 자은의 옷 중에서도 낡아 잘 입지 않는 옷
을 골라 입은데다, 직접 대충 틀어올린 머리는 갈래갈래 풀려
가는 중이지만 산아가 품은 생기가 가려지지는 않았다.

"어제 제가 미처 듣지 못한 일들도 있었나봅니다."

자은이 곧바로 이해할 수 없는 산아의 말들을 해석해보려다

실패하고 말했다.

"도은님에게 들으시지요. 제가 사자 두 마리까지 다 말해도 좋다 했다고 전하시면 들려주실 거예요."

"사자……?"

먼 나라의 누구도 본 적 없는 동물까지 등장했던 것인지, 자은은 혼란스러웠지만 산아를 추궁하고 싶은 마음은 한 점도 들지 않았다.

"댁이 보이니 저는 여기서 멈출까 합니다."

자은이 길모퉁이에서 말을 세웠다. 산아는 멈추지 않았다.

"그냥 문까지 바래다주세요. 그래도 됩니다."

"사람들이 오해를 하면……"

산아가 콧등을 찌푸리며 웃었다.

"그런 것은 다 상관이 없어졌습니다. 제가 선 곳이 얼마나 황폐한 터인지 저만 몰랐거든요. 대사님은요, 저를 더 자주 보게 되실 거예요. 그렇다고 질려하시면 서운할 테고요."

"금성에 산아님을 질려할 사람이 한 사람이라도 있다면……"

"있다면?"

"제가 호은 형님이 매달렸던 나무에 사흘 동안 매달려 구경거리가 되지요."

"그런 구경, 한시도 하고 싶지 않은데요."

문이 점점 가까워졌다.

"한 가지만 여쭤도 될까요?"

산아가 자은을 보며 물었다.

"열 가지도, 백 가지도 됩니다."

"흥륜사에 탑돌이를 한 번도 오시지 않은 것은, 저 때문이에요? 저를 피하신 건가요?"

그 답은 죽은 오라비만이 할 수 있을 터였다. 지금의 자은으로서는 답할 수 없었고 답해서도 안 되었다.

"많은 것을 바란 게 아니에요. 어린 시절처럼 같이 소원을 비는 것 정도는 괜찮지 않나 했던 것입니다. 이뤄지지 않을 소원을 빌고 잊고 다시 빌고…… 모두 그렇게 살지 않나요?"

"여태 비셨던 소원이 한 번도 이뤄지지 않았습니까?"

"하나는 이뤄졌지요. 공이 무사히 돌아오신 것, 하나는요."

산아의 눈에 눈물이 고였지만 흐르지는 않았다. 자은은 고개를 돌렸다.

"부인의 소원에 제가 스며서는 안 됩니다."

이번엔 산아가 고개를 돌렸다.

"형님의 일을 잘 마무리하고 나면 그 연유에 대해 제대로 말씀 올리겠습니다."

"뭇사람들이 흔히 드는 연유가 아닌가요?"

"예, 아닙니다."

"공께서는 언제나 제게 뭔가 더 할말이 있어 보이셨어요. 말을 혀뿌리에 누르고 계신 것처럼요."

"틀리시지 않았습니다."

"그럼 기별을 기다리지요."

"예."

"너무 오래 기다리게 하시지는 말고요."

자은은 산아가 문안으로 들어서는 것까지 보고 돌아서서 새벽이슬에 먼지가 깨끗이 가라앉은 길을 힘껏 달렸다.

죽은 사람처럼 저녁까지 잤다. 자는 내내 등이 느껴지지 않았다. 물위에, 공기 위에 뜬 듯한 잠이었다. 그대로 두었다면 다음날까지도 잤을 텐데 설호은이 성화라 그럴 수 없었다.

"험한 일을 치르신 것치고 기운이 쇠하지 않으셨군."

인곤이 깨우러 와 말했다.

"살아 돌아왔으면 감사하며 널브러져 있을 것이지……"

자은은 인곤보다 솔직할 수 있었다.

"온 집안 사람들이 오늘 곱게 자는 꼴을 보고 싶다면 자네가 애써줘야겠네."

"자네는 좀 쉬었나?"

"짧지만 달게 잤네."

자은은 인곤을 앞세워 호은에게로 갔다. 호은은 인곤이 애써 붙여준 약초들을 떼어내며 긁히고 멍든 곳을 보여주었다.

"동생아, 내가 당한 걸 보아라. 응? 이렇게 몸이 상하고 말았다. 어떤 무뢰배들이 이런 짓을 했을까? 알아냈느냐? 복수해줄 테냐? 이렇게 당하고서는 원통해서 살 수가 없다!"

몸 여기저기 흔적이 있었지만 일부러 다치게 했다기보다는 끌어가고 매달 때 생긴 것들로 보였다.

"기억나는 것부터 말해보시지요."

자은은 호은의 엄살에 호응하지 않고 재촉했다.

"집을 나서자마자 풀숲 우거진 곳에서 목뒤를 맞고는 정신을 잃었어. 놈들이 어찌나 호되게 때렸는지 아직도 얼얼한 것이……"

"아니, 그전부터."

"뭐?"

"왜 내 옷을 입고 내 칼을 차고 나갔는지부터."

낭패의 기색이 호은의 얼굴에 떠올랐다.

"아니, 너는 내게 지금 그것을 따지고 싶으냐?"

자은은 대답도 하지 않았다.

"귀한 물건일수록 매일 사람의 손길을 타야 더 반들반들해지고, 엉? 귀한 물건은 뭐가 다른지 나도 알아야 이러저러한 일에 도움이 될 테고, 엉? 치사스럽게 굴지 말고 중요한 것에 집중하여라!"

"그래서 도움이 되었습니까? 옷은 다 찢어지고 칼은 잃을 뻔했는데? 형님이 숙려 없이 어린애처럼 탐을 내 저지른 일이 위험으로 번졌지 않습니까?"

"네가 겪을 고초를 내가 겪었으면 좀 미안해해야 하지 않느냐? 한 점 미안함 없이 따지기나 하면, 그게 사람이야?"

"다시 제 칼에 손을 대시면, 위험한 것은 울타리 밖의 무뢰배들이 아니라 저일 겁니다."

자은의 기세에 궤변을 늘어놓던 호은이 끙, 하고 말을 멈추었다.

"그러니까, 어느 방향으로 얼마나 끌려갔는지는 모르시겠단 거군요?"

인곤이 두 사람을 누그러뜨리며 끼어들었다.

"정신을 잃었다니까. 깨어나니 입엔 재갈이, 머리엔 주머니가 씌었고 웬 상자 안이더군."

"상자라면 눈에 띄지 않게 옮길 수 있었겠네요. 외진 곳이 아니더라도요. 깨어나서 들은 것은 없습니까? 몇이나 되는 자들이었습니까?"

자은은 호은이 금성 중앙부에서 벗어나지 않았으리라 여기고 있었다.

"말을 하지 않았다."

"내내 아무도?"

"한꺼번에 느껴지는 기척으로는 그래도 십수 명은 되지 않았을까? 우당탕 몸을 움직이는 자들은 아니었다. 조심스러웠어."

"기척? 형님의 눈구멍도 귓구멍도 기척을 알아챌 만큼 단련되지 않았습니다."

"칫."

자은이 쏘아붙였고, 호은은 자신이 없는지 우기지 않았다.

"말이 없었던 건 매우 이상하지 않아?"

인곤이 짚었다. 자은 역시 납거자들이 아무것도 캐묻거나 따지지 않았다는 것을 믿기 어려웠다.

"원한이 있다면 원망이라도 하는 게 자연스럽지."

"대체 목적이 무엇이었던 거야?"

고작 그 정도의 재물을 빼앗으려는 셈이었다면 자은보다 나은 목표물은 얼마든지 있었다.

"그래도 도착한 곳이 크고 어두운 전각이었다는 건 봤다. 불이 내 곁에만 밝혀져 있어 그 건물이 어디서 시작해서 어디서 끝나는지는……"

"주머니를 벗겨줬습니까?"

호은이 고개를 끄덕였다.

"뒤에서 누군가 주머니를 벗기더니 눈가리개를 씌웠어. 그때 잠시 눈을 떴었지. 이후에도 한번 더…… 재갈은 거의 내

218

내 벗겨주지 않았고."

"냄새 같은 것은요?"

인곤이 큰 기대 없이 물었다.

"글쎄, 먹냄새는 확실히 났어."

"그야 옷을 찢어 협박서를 써 보냈으니……"

당연한 이야기에 실망스러울 뿐이었는데 호은이 눈썹 사이
를 좁혔다.

"그러고 보니 줄곧 먹을 썼다. 마를 만하면 새로 가는 소리
가 들리고 냄새도 진해졌어. 협박서가 그리 길었느냐?"

"착각하신 거 아닙니까? 긴지 짧은지 물으신다면 짧았는데
요."

자은은 호은이 못미더웠다.

"그 협박서들을 좀 보자."

"도은이 가지고 있겠지요. 그 아이는 왜 안 부르셨습니까?
어젯밤 일을 논의하려면 처음부터 있었던 도은이를 불러야
지요."

못미더움과 더불어 못마땅함을 숨기지 않는 자은이었다. 멍
청한 표정을 짓는 호은을 쓱 보더니, 인곤이 일어나 도은을 부
르러 갔다. 도은은 잘 싸둔 협박장 세 장을 들고 호은의 방으
로 건너왔다.

"명필이라고 부르긴 어렵겠지만 제법 글월을 아는 듯한데,

이 세 장을 먹이 마르도록 썼다고?"

호은은 납득하지 못했다. 네 사람은 세 장을 나란히 늘어놓고 들여다보았다. 내용을 파악하느라 급급해서 발견하지 못했던 부분을 발견하고자 했다.

"같은 사람이 썼다고 보나?"

자은이 인곤의 눈썰미를 빌리려 물었다. 인곤은 성할 때는 자은의 귀한 옷이었던 천조각들을 제 무릎 앞으로 가져갔다.

"다 다른 사람이 쓴 것 같은데."

인곤은 천을 겹쳤다 떼었다 여러 번 확인하며 대답했다.

"들키지 않으려고 그랬나?"

도은이 습관적으로 손거스러미를 뜯으려 해서 자은이 못하게 잡았다.

"이 정도 흐리고 흔한 글씨가 대단한 단서가 될 법하지도 않은데 그렇게까지?"

"붓도 다 다른 붓이지 않을까 싶어."

인곤이 허리춤에 달아두었던 집게로 천을 조심히 긁더니 등잔 위로 붓에서 빠진 털을 보여주었다. 이 천에서 하나, 저 천에서 또 하나. 확실히 다른 동물의 털이었다.

"붓이 여러 개, 붓을 다룰 줄 아는 자들도 여러 명. 어떻게 받아들여야 할지 모르겠군."

잠깐 말이 끊겼다. 잠이 모자란 자은이 등을 벽에 기댔을 때였다. 호은이 제 무릎을 치며 외쳤다.

"그림을 그렸나?"

뜬금없기가 그지없었다.

"사람을 잡아다놓고 그림을요?"

"나를 그린 건가?"

자은이 소스라쳐하며 등을 세웠다.

"초상을 그렸단 말입니까? 왜 그런 생각이 든 겁니까?"

"재갈을 잠시 풀어줬었다."

그러고 보니 호은이 아까 '거의 내내'라는 말을 썼다.

"물을 주었어. 내가 물을 다 마시고도 재갈을 바로 물리지
않았다. 그래서 풀어달라고 한참을 호소했지. 고래고래 소리를
질렀다면 나왔을까? 내가 떠들건 말건 아무도 답하지 않았다.
할말이 떨어졌을 때쯤 재갈을 물리고는 그다음엔 눈을 풀어줘
서 몹시 이상하다고 여겼어. 가리개를 풀어준 이가 뒤에서 내
머리를 꽉 잡고 똑바로 앞을 보게 했다. 고개를 돌려 돌아볼 수
없었어. 그렇게 허공을 잠깐 보며 있었다. 다시 묶일 때까지."

"번갈아 입과 눈을 드러내게 했다?"

인곤이 흥미로워했다.

"옳은 모양을 그리기 위해서라면 말이 되긴 되는군."

자은은 호은이 또 별난 소리를 하는 줄 알았는데, 듣다보니
그럴싸했다.

"굳이 불을 호은님 곁에 두었다는 것도 그렇다면 이해가 되지 않나? 화공은 보지 못하셨다는 거지요?"

인곤이 호은 근처가 다른 곳보다 밝았다는 점을 짚어 자은도 고개를 끄덕였다.

"감고 있던 눈을 갑자기 뜨면 뵈는 게 없지 않으냐? 나를 그리던 자는 장막 뒤에 숨어 있었을 테고."

괴상했던 납거가 따지면 따질수록 더욱 괴상해지고 있었다. 드리운 침묵을 깬 것은 도은이었다.

"그릴 것도 별로 없지 않나?"

호은을 바라보며 심드렁히 말했던 것이다.

"뭣이라?"

호은이 발끈했다.

"일견하면 한 손으로 쓱 그릴 수 있는 얼굴인데 그리 오래 시간과 공을 들였다는 게 이상해서 그럽니다."

도은은 눈 한번 깜빡하지 않았다.

"살아 돌아온 오라비를 놀리는 것이냐?"

"지난밤에도 말했지만, 속내를 말할 때는 조금 거르는 것이 좋겠다."

자은이 도은에게 소용없을 충고를 다시금 건넸다. 도은은 대꾸하지 않고 이번엔 인곤에게 물었다.

"어떻게 봅니까? 눈 코 입은 흔한 모양이지 않습니까? 저

평범한 눈 코 입이 모여 서라벌 여자들이 치를 떠는 얼굴이 된다는 게 신기할 정도인데요."

"설도은!"

"형님, 진정하고 일단 들어봅시다."

인곤은 도은의 물음을 곱씹더니, 존재하지 않는 붓을 허공에 들고 설호은을 그리는 시늉을 했다.

"이리 자세히 보니 미도 추도 두드러지지 않는 얼굴이라 밤새도록 걸렸다는 게 기이하긴 합니다. 화공의 솜씨가 심히 나빠서는 아니었을까요?"

"이것들…… 이 몹쓸 것들……!"

호은은 자리를 박차고 나가고 싶은 듯했으나 기력이 없는지, 심기가 거슬려도 도움은 받아야 해서인지 그대로 있었다. 자은은 미도 추도 두드러지지 않는다는 말이 우스웠으나 웃지 않기 위해 숨을 골랐다.

"그린 것은 얼굴뿐이었습니까?"

자은이 호은에게 확인했다.

"아?"

호은은 얼른 따라오지 못했다.

"몸은 그리지 않았느냐는 말입니다."

그제야 호은의 얼굴이 사색이 되었다.

"그러고 보니 옷을 한 번 벗겨 몸을 간단히 닦고 도로 입혀

주었다. 긴장한 내가 땀을 많이 흘려 냄새가 좋지 않은가 했는
데…… 네 생각엔 그러는 동안에 몸도 그린 것 같으냐?"

"좋지 않은걸."

인곤도 사색이 되었다. 그들이 노린 건 자은이었으니, 말없
이 행한 것들이 뜻하는 바가 분명했다.

"이 문제는 낮에도 밤처럼 들여다보겠습니다. 일단 형님은
아무 일도 없었던 듯이 계시지요."

자은의 제안에 호은이 고개를 끄덕였다.

"데려가 그린 게 호은 오라비인 걸 깨닫고 거듭 수를 꾸미
면 어쩌려고?"

도은이 불안해하며 물었다.

"그럴 틈을 주지 말아야겠지."

자은이 가라앉은 목소리로 답했다. 김노길보의 충고처럼 세
명이 아니라 서른 명을 데리고 다닐 수밖에 없게 되었다. 가뿐
한 발걸음으로 좁은 길을 누빌 수 있었던 날들이 끝났다는 것
을, 자은은 삽삽한 마음으로 받아들였다.

자은과 인곤은 수하들을 거느리고 매일 나갔다 들어왔다.
귀가할 때마다 호은이 그날의 소득을 물었으나 자은의 대답은
노상 알아보고 있다는 것이었다. 이내 자은은 호은이 기다리
는 시간을 피해 들어오기 시작했고 어쩌다 마주치면 다음 실

마리를 찾지 못했다는 듯이 말을 흐릴 뿐이었다. 호은은 실망감을 감추지 않았다.

"너도 소용없구나. 내가 자랑하고 돌아다닌 만큼 똑똑하지는 않아. 사지 멀쩡히 돌아왔으니 도깨비에게 홀린 셈 쳐야겠다. 역운을 내가 대신한 만큼, 너는 한층 몸 바쳐 이 집안에 갚아야 할 것이야."

자은은 근엄한 척하는 호은에게 반의를 내비치지 않고 주억거렸다. 인곤이 뭔가 부루퉁한 소리를 내었으나 그 밖에는 더 물고 늘어지는 이가 없었다.

도은만 빼면.

자은이 간만에 깊이 잠든 밤이었다. 조그만 손가락이 자은의 이마를 쿡 눌러 깨웠다. 하마터면 칼집으로 손을 뻗을 뻔했다. 도은은 잠기운이라고는 전혀 없는 얼굴로 급히 몸을 일으킨 자은을 마주보았다.

"너……! 내가 실수로 네 손목을 베어버렸다면 어쩔 뻔했어?"

자은은 기가 막혀 여동생을 힐책했다.

"답을 알면서 모르는 척하고 있지?"

도은은 힐책에 힐책으로 맞섰다.

"너라면 같은 답에 이를 거라고 생각은 했다."

자은은 무용하게 잡아떼지 않기로 했다.

"내가 이르지 못하면 영원히 말해주지 않으려고 했고?"

"시험하고 싶은 마음이 없지 않았다."

자은이 부정하지 않아서, 자매 사이가 팽팽해졌다.

"월성이 중심이었어."

도은이 말했다.

"계림의 나무도 남천의 징검돌도 모두 월성 안에서 살피기 좋은 곳에 있었지. 우리의 모습은 드러나고 지켜보는 쪽은 드러나지 않게 말이야. 만약 그 나무가 해자 쪽이 아니라 계림 안쪽에 있었다면, 징검돌이 남천의 가운데가 아니라 어디 먼 지점에 있었다면 다른 이야기였을 거야. 하지만 이번엔 월성이 언제나 지척이었어."

"그래."

자은이 끄덕였다.

"붓을 쓸 수 있는 자가 적어도 셋. 호은 오라비의 파악이 옳다면 열 명 이상의 집단이야. 몰려다니면 누구의 눈에라도 띄었을 거야. 하지만 월성 안에서 밖으로 필요할 때만 나왔던 거라면 그다지 두드러지지 않았을지도 몰라."

"그래."

"이 밤 내내 '그래'만 할 셈이야?"

"그럴지도."

자은이 웃었다. 더 이어가보라고 손짓했다.

"언니의 얼굴을 알고자 했어. 심지어는 몸도. 누군가 언니에 대해 궁금증을 가지게 된 거야. 월성의 누군가가. 만약 중간에 호은 오라비가 언니가 아니라는 걸 깨달았다면 금방 돌려보냈을 거야. 목숨을 뺏는 게, 재물을 뺏는 게 목적이 아니었으니까."

"그랬겠지."

둘만 있으니 도은의 호칭을 그냥 넘기기로 했다. 엄히 굴지 않아도 도은은 실수하지 않을 터였다.

"그런데 언니는 월성을 여러 번 드나들었어. 언니가 월성 어디어디에 가보았는지 나는 모르지만, 왕께서 언니를 부르는 곳이 날마다 달라진다 하지 않았어? 월성의 사람이 설자은 대사의 얼굴을 모를 리 없어. 본 적 없다 해도 인내심만 있다면 언니를 보는 일은 쉬워. 언젠가는 보게 돼 있어."

"내가 보고 싶다면 적당한 핑계를 만들어 보러 오면 되지, 하고 나도 생각했다."

"그러니 이런 일을 벌일 정도면, 도무지 보러 올 수 없는 거야. 언니가 가보지 못한 월성 모처에 있는 그 사람. 그리고 그곳은……"

"서란전瑞蘭殿."

"상서로울 서에 난초 난? 왕후의 처소에 어울리는 이름이네."

자매는 잠시 말을 잃었다.

"이상하다고 생각했어."

도은이 고개를 모로 기울이고 중얼거렸다.

"협상의 대상을 나로 삼은 것이, 이상하다고."

자은도 그 점을 일찍이 깨달았다. 협상의 대상은 호은이어야 했다. 호은이 대신 잡혔다는 것을 모르는 입장에서는 호은이 자리를 비운 게 문제였을 테니, 그다음날 다시 찾아서 협박서를 보내는 게 자연스러웠다. 그런데 호은이 없자 도은을 골랐다. 대뜸 치마폭에 돌을 던졌다.

"여자라서, 아무렇지 않게 여자를 상대로 삼고는 다음 수, 또 다음 수를 던진 거야."

"서툰 부분이 있는 분 같다. 몸값을 어이없이 낮게 잡은 것도 그렇고, 남천의 돌을 하필 연분으로 칠한 것도 그렇고. 너는 뵌 적 있지? 길쌈 대회의 마지막날에."

"그렇게 언뜻 뵌 것도 뵌 걸로 친다면 뵈었지."

왕후는 처음부터 왕후였던 것이 아니었다. 첫번째 왕후는 그 아비가 왕의 즉위 직후 난을 일으키는 바람에 폐후되었고 지금의 왕후는 두번째였다. 자은은 그때 금성에 없었지만, 반란의 진압도 현 왕후의 혼례도 어마어마했다고 들었다. 휘몰아치는 나날들이었을 것이다. 왕후는 왕의 가까운 혈족이긴 해도 부친이 수십 년 전에 전사한데다 이부형제 한 사람을 제외하고는 형제도 없었다. 부러 그런 배경에서 간택된 것일 터였다. 더하여 태자 책봉도 무슨 이유에서인지 늦어지고 있었다. 왕의 심중은 알 길이 없었고 말들이 무성했다.

"우리로서는 헤아릴 수 없을 여러 시름을 안고 계시겠지만 그렇다고 나 같은 것을 굳이 확인해야 했나?"

자은은 이해할 수 있을 것도 없을 것도 같았다. 그 말에 도은이 어둠 속에서 웃었다. 그 웃는 표정이 전보다 어른스럽게 느껴져 자은은 놀랐다.

"총애를 받고 있고, 총애의 상징을 매일 들고 금성을 누비는데 신경 쓰이시겠지."

"내 칼을 말하는 거야?"

"호은 오라비가 한번 차보고 싶어할 만큼 굉장한 물건이잖아. 누가 만들었겠어? 왕실의 장인들 여럿이 여러 날에 걸쳐 만들었을 테니 왕후께서는 그 칼이 만들어질 때부터 설자은의 존재를 알고 계셨다고 봐야 해. 게다가 최근에 옷까지 하사받았잖아? 그건 또 누가 짰겠어? 왕실 장인들이지."

"거듭 주목을 끌고 말았나…… 그런데 내가 여인인 것을 어찌 아셨을까?"

그 말에는 도은이 고개를 저었다.

"여인이든 아니든 옷은 벗기셨을걸. 얼굴도 몸도 탐할 만한지 확인하신 걸 거야."

"뭐?"

대수롭지 않게 위험한 말을 하는 도은 때문에 자은의 귀가 뜨거워졌다. 도은은 알아채지 못하고 계속 말했다.

"그 밤에 내가 사자춤을 보다가 깨달았는데, 신라 사람들은 탐할 만하다면 뭐가 달렸든 개의치 않고 어우렁더우렁 몸을 맞대니 나라도 그랬을 거야."

"사자춤? 그러고 보니 산아님이 사자를 언급하며 네게 자세한 이야기를 들으라 하셨다."

"아아."

도은은 한숨을 쉬었다.

"그 이야기는 물론이고 원래의 자은 오라비와 산아님이 어떻게 만나 가까워졌는지도 들려줄게. 하나도 모르지? 내가 들었어."

자은은 넙죽 엎드리고 싶어졌다. 그 사연을 모르는 상태로는 산아와의 대화가 항상 겉돌 수밖에 없었다. 꼭 필요한 조각을 찾아온 동생이 장하고 고맙기 그지없었다. 도은은 목을 다듬은 후 소년 소녀의 첫 만남은 아름답게, 진오룡의 그날 밤 행적에 대해서는 적나라하게 들려주었다.

"많이 상심하신 것 같더냐?"

"드러내지 않으시려 했지만 아무래도……"

"합당한 명분을 얻어 그자를 베고 싶구나."

"사사로이 베는 것은 반대하는 입장이지만 진오룡만큼은 반대하지 않을게. 기회가 오면 망설이지 마."

일단은 진오룡에게 갖은 불운을 빌었다.

"호은 오라비에겐 영영 말하지 않을 거야? 이유는 짐작이 가지만……"

"설호은에게는 재갈이 필요하다."

냉정하게 들리지만, 호은은 남들이 아무렇지 않게 둘러 가는 구덩이에 스스로 걸어들어가는 편이었다. 자은이 돌아오고 집안 사정이 나아지자 들뜨는 바람에 그런 기질이 더욱 강해진 것도 사실이었다.

"아."

도은이 작게 신음했다.

"정체불명의 악의가 이쪽을 노리고 있다고 여기면 호은 오라비가 한결 처신을 조심하리라는 계산이야?"

자은이 끄덕였다.

"아는 적보다 모르는 적이 한층 두려우니 말이다. 형님이라면 머릿속이 엉뚱하기로는 제일가니 총애받는 신하를 한번 벗겨보고 싶은 왕실 여인보다 훨씬 크고 무서운 상대를 떠올리겠지. 그런 두려움이 어느 정도 필요하지 싶다."

"그렇다면 나도 말하지 않을게. 호은 오라비는 기분이 가라앉았을 때 그나마 현명히 굴긴 해."

"하나 해결하지 못한 게 있어."

"뭐?"

"우리집 창고에 기름이 넘쳐난다는 게 어떻게 알려진 걸까?"

"아, 그거. 나는 알지."

자은은 모르고 도은은 아는 게 더 있었다.

"아랫사람들만 있을 때 좋은 옷을 입은 이들이 찾아와서는 가을에 궁에서 하사품을 내릴 거라고, 요긴한 품목이 무엇일지 조사를 왔다고 했대. 뭐가 부족하고 넘치는지 심상히 묻고는 나중에 집주인들이 기뻐하도록 말하지 말라고 당부까지…… 심지어는 우리가 어느 절에 탑돌이를 가는지도 물었더라고. 실제로 간 건 나 하나였고 그렇게 그 밤 나를 찾았겠지."

"낯선 이들이 와 중요치 않아 보이는 걸 물어도 짐짓 다르게 대답하라고 지시해두어야 할까?"

"내가 말해둘게. 그렇지만 언니, 모든 일을 다 막을 수는 없어. 그건 알지?"

도은은 가뿐하게 일어나 물러났다. 자은은 다시 누웠지만 이마에 동생의 손가락이 계속 느껴지는 것만 같았다. 집안에 우환을 불러들이지 말라는 경고처럼. 도은은 그후 호은에게 전보다 살갑게 대했다. 면박을 줄 만할 때 그러지 않고 그윽하게 보아서 호은이 도리어 거북해했다. 그 모습을 보다가 자은도 가끔 속내가 따끔거렸지만 위하는 마음으로 침묵을 지속했다.

계절이 바뀌고 나서 왕후가 하사품을 내리는 집안 목록에 자은의 집안이 처음으로 들었다. 몸값으로 가져다바친 것을 크게 상회할 만큼 풍족한 양이 도착했으므로, 설호은의 풍채가 그다지 경계를 기울이지 않아도 되는 범주에 들었다는 것이 밝혀진 셈이었다. 역시 호은은 모르는 게 나았다.

자은은 서란전과의 일을 몇 번인가 왕에게 고할까 고민했지만 하지 않았다. 왕이 알고 있으면서 내비치지 않았다면 말하고 싶지 않다는 뜻일 테고, 모르고 있다면 굳이 알릴 필요 없을 듯했다. 거미 두 마리가 겹쳐 친 거미줄에 굳이 걸려들고프지 않았다. 고하지 않았던 게 드러나면 경칠 일인지 따져보았지만 모진 일을 겪은 것은 이쪽이니만큼 괜찮지 싶었다. 대신 월성에 들 때 서란전을 크게 둘러 가려 노력했고, 낡아 호은이 입지 않는 관복을 부러 입었으며, 흰 매가 새겨진 칼이 보통의 물건처럼 보이도록 수수한 천을 감았다.

왕의 눈길이 몇 번 가려진 매에 머물더니 결국 물어온 것은 겨울이 깊었을 때였다.

"칼을 가리고 다니는 연유라도 있는가?"

"그저 손이 시려서입니다."

"더운 계절에도 마찬가지던데?"

왕의 날카로움을 얕본 탓에 말이 막혔다.

"쓰이기 좋아 쓰이는 자일 뿐인데 총애를 받는다는 오해가 있어 눈에 띄는 부분이라도 누그러뜨리면 어떨까 했습니다."

총애라고 말하고 나니 민망했다. 한결 밋밋한 표현을 찾았어야 했는데 늦었다. 왕의 눈이 슬쩍 커졌다 가늘어졌다. 그 눈가에 웃음기가 두드러졌다.

"너는 지금 나의 총애가 문제가 아닐 텐데?"

"예?"

"진오룡의 처를 빼앗았다는 소문이 자자하던데, 무슨 재주로 빼앗았느냐?"

자은은 울고 싶어졌다.

"그것 또한 오해입니다. 오해 다음 오해로 첨벙첨벙 걸어가는 형국입니다."

"오룡을 불러다 너를 죽이지는 말라 타이를까?"

그래주십사 하는 마음과 자존심이 안쪽에서 싸워 후자가 이겼다. 자은은 알아서 해결하겠노라 왕의 제안을 거절했다. 진오룡이 도리를 티끌만큼이라도 아는 자라면 산아와 파경을 맞은 울분을 자은에게 풀지는 않을 것이다.

"쓰이는 자라는 자각이 있다면 우스운 일로 목을 잃지 말라."

자은은 고개를 숙였지만, 왕에게나 우습지 자신에게는 전혀
우스운 일이 아니라고 속으로 투덜거렸다.

산아는 여름이 끝나기 전에 별택을 다시 찾았다고 했다. 그
밤에도 그리 다르지 않은 일들이 벌어지고 있었고, 음악이 뚝
그쳤을 때 진오룡은 산아를 영영 잃었다는 것을 깨달았을 터
였다. 산아는 오룡에게 따로 지낼 집을 지어달라 요구했는데,
그 새집이 자은의 집 바로 곁의 빈터에 지어지자 소문이 들끓
었다. 그러거나 말거나 산아는 주춧돌이 놓이고 기둥이 세워
질 때마다 행차해 확인했다.

"부인, 기와의 질이 영 눈에 차지 않습니다."

목인곤이 내내 안절부절하다가 집 짓기에 난입한 것은 어쩌
면 예상된 일이었을지도 모른다. 자은은 식객의 눈치 없음에
한탄했다.

"기가 막힌 녹회빛이 나왔어. 기와의 빛을 두고는 각자 높
이 치는 빛이 다르지만, 나는 역시 녹회빛이 좋아."

"그럼 우리집은 다음번엔 구려인들처럼 붉은 기와를 써야
겠군."

"뭐? 진심은 아니지?"

물론 그런 튀는 행각이 가능할 리 없었다. 자은은 산아를 닮
아 우아한 산아의 집이 두 계절에 걸쳐 완성되는 것을 지켜보

왔다. 종국에는 산아의 방이 자은의 방과 마주보는 위치에 놓인데다 두 방 사이에 아주 낮은 담만이 존재한다는 것을 알아차리게 되었다.

"이건 넘으라는 담이네."

도은이 제 허리도 겨우 오는 담에 기대어 말했다.

"늦기 전에, 늦은 소식을 전해야겠구나."

그간 어떻게든 따로 산아를 만나려 했으나 방해가 많아 겨를을 얻지 못한 채였다. 자은은 산아가 새집에 들기를 기다려 그믐 즈음에 담을 넘어갔다. 손바닥으로 짚고 가벼이 넘었다. 발이 떨어지는 곳에는 푹신한 풀이 있어 소리조차 나지 않았다. 산아의 방 문을 두드렸을 때 산아는 놀라지 않고 자은을 들였다.

무릎을 꿇자, 그때는 놀라는 듯했다.

"제가 그동안 드리지 못한 말씀이 있습니다……"

자은은 부러진 가지를 접붙인 것과 같은 제 인생을 산아에게 그대로 털어놓았다. 죽어 버려진 쪽이 어느 쪽인지 혼란스러웠다고 토로했다. 길게 말해야 할 곳은 길게 말하고 짧게 말해야 할 곳은 짧게 말했다. 산아는 내내 맑은 눈으로 들었다. 산아가 울음을 터뜨리리라 여기고 가져간 부드러운 수건은 계속 자은의 소매 안에 들어 있었다.

"선이 굵어지시지 않아서 희한하다고는 생각했습니다

만…… 그렇다 해도 이렇게 같은 얼굴인데, 믿기지가 않습니다."

산아의 손이 자은의 얼굴 옆과 턱을 부드럽게 쓸었다. 자은은 믿지 못하는 산아를 위해 앞섶을 풀었다. 턱에 있던 손을 끌어 목으로 가슴으로 내려갔다. 산아는 자은이 이끄는 대로 이끌렸다.

"한 사람을 향한 마음을 품고 있다 여겼는데, 두 사람에 대한 마음이었군요."

"부인을 속이고 싶지 않았습니다."

"속이신 건 아니지요. 명운이 달린 비밀을 가지고 돌아오셨는데 제가 착각하고 다가갔으니 말예요. 그런데도 내내 저를 위해 애써주셨군요. 오늘도 믿고 말해주셨고요."

산아가 울지 않아, 자은 쪽이 참기 어려워졌다.

"공도 심려가 보통 깊지 않으셨겠어요."

산아가 부드러이 자은의 목을 끌어당겨 안고 등을 두드려주었다. 무너진 것은 자은이었다. 소리내어 울며 산아를 마주 안았는데 그 팔은 꼭 죽은 자은의 것만 같았다. 더 길고 더 힘이 실렸을 테지, 산아를 지탱해주었을 테지, 하고 서러워졌다.

"앞으로 어찌하실 생각입니까? 집을 다른 곳에 다시 지으실 생각이라면 제가 이 집을……"

"지금은 거기까지 생각이 닿질 않습니다. 이 복잡함이 가시고 나면 그때 상의드리지요."

"알겠습니다."

자은이 일어서려 할 때 산아가 자은의 손을 붙잡았다.

"급한 용무로 가시는 게 아니라면, 이 김에 그간의 일을 맞춰보면 어떨지요?"

나아가려는 의지가 깃든 제안이었다. 지난날을 갈무리하지 않고는 나아갈 수 없다는 걸 알기에 권해오는 게 분명했다. 자은은 무릎을 풀어 앉았고, 산아도 자리를 더 가까이 옮겼다. 이내 밝히지 못했던 속내와 어찌할 수 없는 후회와 잃어버린 사람들에 대해 치레 없는 말들이 쏟아져나왔다. 위로하고 놀라고 웃고 탄복했다.

새벽이 되었을 때, 두 사람은 산아가 그 집에 계속 머물 것을 알았다. 추운 계절과 더운 계절을 여러 번 겪으며 기둥과 보가 붙은 듯 단단히 물릴 때까지. 녹회빛 기와가 색을 잃다가 더 깊은 색을 찾을 때까지. 금성의 소문이 진실에 가까워졌다가 멀어질 때까지.

자은은 오지 않은 날들이 기다려졌다. 마침내 삶이 제 것 같았다.

용왕의 아들들

"무리한 부탁을 받아 골치가 아팠구나."

오랜만의 씨족 모임에서 돌아온 호은이 자은을 불러 푸념을 늘어놓았다. 자은은 그날이 모임 날이었던 것도 잊고 있었기에 미안한 마음이 들었다.

"방계의 집안 하나가 서원소경으로 이주를 명령받은 모양이야. 그런데 가기가 싫었는지 너에게 부탁해 명이 거둬지게 해줄 수 없겠느냐고 하더라. 집사부에 속했다고 뭐든 할 수 있는 줄 아는지…… 너는 어디 있느냐고 왜 오지 않았느냐고 찾아대더구나. 언제부터 그렇게 가까웠다고? 두 번은 본 사이던가?"

"형님 선에서 잘 거절하셨지요?"

따로 자은을 만나러 온다거나 하면 곤란할 것이었다.

"바로 거절했지. 설자은은 엄하고 냉하여 내 부탁도 잘 들어주지 않는다고 했다."

자은은 대놓고 하는 험담을 흘려버렸다.

"서원소경이라면 제가 가고 싶은 곳인데 말입니다."

"서라벌을 두고 왜? 나는 나고 자란 이곳을 뜨고 싶지 않은 그 마음을 잘 알겠던데. 막막하고 억울하겠다 싶던걸."

"당항진으로 가는 길목이고, 지금 서원소경의 사신은 아찬 김원태 아닙니까? 그 정도의 인물을 보내놨다는 것은 앞으로 그곳에서 할일이 많으리라는 뜻입니다. 모든 것이 새로운 땅에서 재주를 펼칠 수 있다면 참으로 좋지 않겠습니까?"

"글쎄, 명을 받은 집안에 재주가 넘치는 인물이 과연 있을지 모르겠다."

친척들에 대한 평이 야박한 호은이었다.

"요즘 생각하기에 나라를 지탱하는 것은 뛰어난 인물이 세우는 큰 공이 아니라 예사로운 인물들의 촘촘한 일들이 아닌가 싶습니다. 이를테면 호두를 흐르게 하는 것이지요."

"호두?"

"어느 마을에 호두나무와 잣나무가 몇 그루 있는지 알고, 그 열매를 이 넓어진 땅에서 필요한 곳곳으로 옮기는 일이 중요하다는 말입니다."

"평화로운 시절에는 네 말이 맞을지도."

의외로 호은은 반박하지 않았다.

"그러니 오소경으로 가라 하면 기꺼워하며 갈 일입니다. 그런 청탁은 속속 단칼에 자르시지요."

"알겠다. 허나 명심해라. 호두나 잣을 세라고 너를 그 멀리 보냈던 것은 아니다."

자은은 그렇게 말하는 호은의 콧구멍에 잣을 몇 개 쑤셔넣고 싶다고 생각했다. 그때였다.

"설대사! 설대사!"

급히 문을 두드리는 인곤의 목소리에는 평소의 느긋함이 없었다.

"무슨 일인가?"

"궁에서 부름이 왔네."

"그럴 리가. 아직 며칠 남았는데?"

여간일이 아닌 듯해 자리를 떨치고 일어났다. 인곤은 아예 관복을 껴안고 있었다. 자은을 원통 돌리듯 돌려가며 입힌 다음 채비해둔 말들까지 끌어왔다. 그대로 달리려 했는데, 대문을 나서자마자 산아의 집 앞에 자리를 깔고 앉아 있는 진오룡과 맞닥뜨리고 말았다.

"여어, 설자은. 입궁하시나? 이 밤에?"

상쾌하기 그지없는 태도라서 이쪽이 떨떠름해졌다. 오룡은 색실을 넣어 짠 고급스러운 자리에 앉아 작은 상까지 차려두고 술을 마시고 있었다.

"길에서 뭐하시는 겁니까?"

"바빠 보이니 함께 앉자 하지 않겠네. 나는 그저 부인이 문을 열어주길 기다리고 있지."

자은은 열릴 기미가 없는 산아의 대문을 바라보았다.

"이러고 계시는 걸 부인께서 좋아하실 리가 없잖습니까?"

"알지, 알지."

오룡이 크게 고개를 끄덕였다.

"내 부인이 뭘 좋아하고 뭘 싫어하는지 알아서 배려를 아끼지 않고 살았는데, 그 마음을 영 이해받지 못했으니 즉금부터는 그러지 않으려고 하네."

자은은 치밀어오르는 말들이 많았으나 말에서 내릴 시간도 없었다.

"다망하여 한 가지만 분명히 말씀드리겠습니다. 만약 공께서 부인과 저 사이에 모종의 일이 있었다 여겨 그걸 빌미삼아 부인의 뜻을 굽히시려는 것이라면…… 소용없을 겁니다."

"지지 않는 모란 같은 내 부인은 자네에게라면 저 문을 시원히 열어주겠지. 한가한 밤에 함께 들어가는 것은 어떠한가? 나는 흥미가 있는데."

그 순간 인곤은 물론 호위들이 일제히 자은을 향해 고개를 돌렸다. 모두 '때릴까?' 하고 표정으로 묻고 있어서 오히려 마음이 차분해졌다. 모욕을 당하고 머리끝까지 화가 나도 뒷수습 못할 짓을 저지를 수는 없었다.

"마음이 못과 같다면 전대등님의 못엔 흙탕물만 가득해 그림자도 비치지 않을 것 같습니다."

쏘아붙인 다음 대답을 듣지 않고 박차를 가했다.

"평소보다 늦었군."

크게 지체되지도 않았는데 왕은 알아챘다.

"게다가 오늘 보니 네 얼굴이 나이에 비해 지나치게……"

"예? 늙었습니까?"

설자은은 깜짝 놀라 되물었다. 소매 밖으로 손을 꺼내 얼굴을 더듬을 뻔했다.

"많은 것을 겪은 티가 나는구나. 언뜻 보면 매끈하지만 눈빛이 노회해졌군."

첫 부름을 받은 이후로 겪은 일들을 떠올리면, 얼굴이든 눈빛이든 그리된 것은 누구보다도 눈앞의 어려운 존재 때문이었다.

"혹 오다가 무슨 일이 있었느냐?"

"아무 일도 없었습니다. 등잔들은 고요히 타고 거리는 정갈했습니다. 다들 부른 배를 안고 잠들어 있을 터입니다. 더할나위 없이 좋은 밤이니 직접 거닐어보시면 어떨지요?"

"하나 마나 한 소리를 하고 있구나."

시킬 일을 시키면 시답잖은 말로 허공을 채우지 않아도 될 텐데, 생각하며 자은은 고개를 들었다.

"산적들이 기승이다. 소경으로 떠나는 이들을 습격한다는 군."

"어느 소경 말씀이십니까?"

자은은 당연한 것을 물었다.

"그게 희한하다. 오소경 중 어디로 가는 길목이건 가진 게 어느 정도 있는 자들이 지나면 귀신같이 알고 막아선다고 한 다."

"한낱 산적들이 그리 넓은 지역을 장악했을 리가 없습니 다."

그러나 왕이 허술한 이야기를 자은에게 할 리도 없었다.

"산적인 척하지만 산적이 아닌 것입니까?"

"필시 그럴 것이다. 그들을 처벌해달라는 청은 거듭 올라오는데 그 청들을 읽자니 기이하게 여겨지는 부분이 있다."

왕이 탁자 위의 두루마리들을 자은에게 건네며 불 아래로 오라고 손짓했다. 자은은 다소간 엉거주춤하게 다가가 그것들을 펴보았다. 대각선으로 급히 읽고 줄줄이 반복하여 읽었다.

"만약에 제가 이것을 썼더라면, 다치고 죽은 인명과 잃은 재산에 대해 더 절절히 썼을 것입니다. 분통함이 앞섰을 테고 사

246

태의 비경함을 전하기 위해서라도 그랬을 테지요. 이 청들은 하나같이 무엇을 빼앗겼는지가 빠져 있습니다. 어째서일까요?"

"네가 알아내야지."

예상했던 바여서 자은은 고개를 숙이며 뒤로 물러섰다.

"가장 빠른 말들이 필요합니다."

"필요한 만큼 주마."

그 말에 자은은 멈칫했다.

"많은 말을 먹일 수 없으니 쓰고 돌려드리겠습니다."

일이 끝나고 준마들이 덩그러니 남아서는 곤란해 확실히 해두어야 했다. 왕이 웃었다.

"다 너처럼만 내게 가리지 않고 말한다면 고심할 일들이 반은 날아갈 텐데 말이다."

신하들이 솔직하길 원했으면 목을 덜 잘랐어야 했던 게 아닌가, 자은은 품은 의문을 들키지 않으려 눈을 내리감았다.

"오소경 중 어디를 가장 먼저 갈 텐가?"

"으뜸으로 가까운 금관소경부터 크게 휘돌아 남원소경, 서원소경, 중원소경, 북원소경으로 가야겠지."

"옛 가야 땅부터인가? 늘 가보고 싶었는데 이런 기회가!"

인곤이 길 떠날 채비를 어찌나 신이 나 하던지 자은은 일의 위험함을 재차 설명해야 하나 싶어졌다. 게다가 지켜보다보니 먹고 지내기 용이한 물건들만 잔뜩 챙긴 다음, 무기는 간단한 몽둥이밖에 차지 않아서 당황스러웠다.

"아, 무기? 내가 싸워야 할 계제에 다다르면 어차피 죽은 목숨이네. 걸마지가 지켜주겠지."

지척에 서 있던 걸마지가 '제가요?' 하듯이 돌아보았다.

"걸마지는 바쁠 거야. 삼형제 중 한 사람과 병사의 삼 분의 일은 여길 방비하도록 두고 갈 테니까."

남아 있을 병사들에게는 자은의 집뿐 아니라 산아의 집도 살피게 했다. 혹 자은이 없는 새 진오룡이 못된 수를 쓰려고 하면 막아서도록 지시해두었다. 막아서기는 서되 피는 보지 말라고…… 당부하면서도 무리한 당부라는 걸 알았다. 병사가 보다 넉넉히 있으면 좋겠다고 바라게 될 줄은 몰랐는데, 두 배 세 배는 있었으면 했다. 있는 놈이 더 원한다더니 이런 것이었구나, 부끄러워졌다.

"걸마지가 같이 가면, 나머지 한 사람은 둘 중 누구?"

자은이 정하려 했으나 걸마형과 걸마달은 기다리지 않고 팔씨름으로 승부를 보았다. 수십 명이 둘러싸고 환호하며 내기까지 걸었는데, 말리기엔 늦어서 자은도 인곤도 함께 구경했다. 똑 닮은 얼굴이 벌겋게 달아오르고 어디가 부러질까 걱정될 만큼 팽팽히 씨름하다가 걸마달이 아슬아슬하게 이겼다. 이긴 쪽이 가는 것이었다. 자은이라면 남고 싶을 텐데 가는 쪽에 그렇게 온 힘을 다하다니 놀라웠다. 말을 잘 못 타는 걸마달, 괜찮으려나 얕은 걱정이 들기도 했다. 기동성이 가장 중요할 것이기에 한 사람도 빠짐없이 말을 타야 했다.

도은은 자은 일행이 떠나기 전날까지 저울을 끌고 다니며 말마다 실을 짐들을 분배하느라 고심했다.

"내가 해야 할 일들인데 네게 너무 의지하고 있네. 중간중간 역에 들러 보급을 받을 테니 적당히 하여도 좋다."

자은이 겸연쩍어 말했다.

"내가 더 능한 일이니 내가 할 뿐이야. 어느 한 사람이 처지면 전체가 처지게 되니."

생색도 없이 동생이 답했다. 위험한 길이지만 도은을 데려가고 싶다는 충동이 들었다. 그런 자은을 알아챘는지 도은이 먼저 말했다.

"혹 내가 필요하면 기별해."

"우리 둘 다 자리를 비우면 호은 형님이 날뛰어서 안 될 일이지만."

그 말에 도은이 웃고 난 다음 몸서리를 쳤다. 구체적으로 떠올려버린 듯했다.

떠나는 날에는 대문 앞에서 온 집안 사람들과, 은근슬쩍 거기 낀 진오룡의 배웅을 받았다.

"먼길 떠나는 모습이 늠름한걸? 자네는 여기보다 저 바깥에서 소명을 찾을 수도 있겠어. 아무쪼록 강건히 다녀오게."

거슬리는 말을 하는 오룡을 설호은이 슬쩍 노려보기에, 말 위의 자은은 자신이 없는 동안 둘이 서로를 한껏 괴롭히기를 기원했다.

바짝 긴장하여 달렸지만 산적 패가 막아서는 일은 없이 금관소경에 도착했다. 금관소경에는 수로왕의 무덤이 그대로 남아 있었는데, 가야의 피는 신라의 피로 섞여들었다 하여 선왕 때부터는 종묘로 합해 제사를 지냈으므로 잘 가꾸어져 고즈넉했다. 그 밖에 훨씬 오래된 무덤들도 흉흉함과는 거리가 있었다. 강이 바다와 만나는 땅의 비옥함 덕에 스러진 나라도 그림자를 오래 남기지 않은 게 아닐지 짐작이 갔다.

미리 간찰을 보내두었기에 산적에게 해를 당했다는 집으로 안내받을 수 있었다. 얼마 전 이주했다는 게 티가 날 정도로 막 깎은 나무 냄새가 나는 집이었다. 가주는 어두운 얼굴로 자은을 맞았다. 자은은 인곤과 함께 안으로 들었다.

"본디 계시던 곳은……"

"사량부 최씨입니다."

아는 것을 한번 더 물었다.

"가야와는 연고가 없으신 거지요?"

"예, 전혀요. 가야 출신들은 중원소경으로 옮겨졌다고 들었습니다. 구려인들은 남원소경으로 갔다 하고요. 묵은 연을 끊고 새 사람들로 채우는 게 목적일 테니까요."

그렇게 답하는 최씨 가주는 먼저 말을 꺼낼 생각이 없어 보였다. 산적들을 벌해달라 청해놓고 왜 망설이는 것일까?

"집을 아주 튼튼하게 세우셨습니다. 백 년은 거뜬하겠는데요?"

인곤이 대들보를 올려다보고 기둥을 두드리며 부러 감탄했다.

"돌아가지 못할 것 같으니 사는 것처럼 살아야겠지요."

아닌 게 아니라 살림살이가 풍족해 보였다. 산적에게 화를 당했으니 부족한 부분이 클 줄 알았는데 그렇지 않아 의아해졌다.

"무엇을 잃으셨습니까?"

자은이 에두르지 않고 물었다. 최씨 가주는 볼 것도 없는 벽을 한동안 쳐다보았다. 영 말이 나오지 않는 듯했다.

"알지 말아야 할 이들이 아는 일은 없을 겁니다. 그러니 여기까지 온 제게 말씀해주시지요."

"아예 함구할까도 고민했습니다."

"그러지 않으셔서 이리 오지 않았습니까? 마저 알려주십시오."

자은의 설득에 최씨 가주가 자세를 고쳐 앉고 이야기를 시작했다.

"소홀히 대비했던 것은 아닙니다. 가솔과 가진 것들을 지키기 위해 장정들을 빌렸습니다. 믿을 만한 자들로요. 그런데도 그들이 나타났을 때 꼼짝없이 당하겠구나 싶었습니다."

"수가 그리 많았습니까?"

"수도 많았고, 무기도 보통 무기가 아닌데다가 골짜기를 이용한 급습이라 순식간에 포위되고 말았습니다."

"보통 무기가 아니었다니요?"

인곤이 그냥 넘어가지 않고 짚었다.

"언뜻 보기에도 좋은 철을 잘 벼린 무기였습니다."

철은 본디 나라의 것이라 철저히 다뤄지곤 했지만, 지난 전쟁 때 무수히 많은 무기가 만들어졌기에 산적들도 손에 넣으려면 넣을 수 있었다. 회수하지 못한 무기들이 최악의 구석에서 등장한 셈이었다.

"그리고 전부…… 탈을 쓰고 있었습니다."

전혀 예상치 못했던 말에 자은과 인곤이 짧게 서로를 바라보았다.

"어떤 탈을요?"

산적이 굳이 얼굴을 가릴 이유가 있나? 가려도 천으로 둘둘 감싸면 될 것을 탈을 깎아 썼다니 불요한 짓이었다.

"그게……"

최씨 가주가 괴로운 듯 수염을 비틀었다.

"도깨비였습니까? 귀신이었습니까? 더 요상한 것이었던가요?"

인곤이 도우려는 듯 끼어들었다.

"입에 담기도 그렇지만…… 용이었습니다."

듣자마자 자은의 뒷골이 서늘해졌다. 백 년 전이었다면 용의 탈을 써도 크게 상관없었을 것이다. 그러나 선왕이 죽어 동해의 용이 되겠다 선포한 이후로 용은 전과 달리 특별한 의미를 갖게 되었다. 자은도 일전 광인을 설득하느라 용을 입에 담은 적이 있지만 용이나 용왕을 곧바로 부르지 않고 그 부하들을 불렀다. 신라인들은 그런 식의 에두르기를 자연스레 익혔는데, 구태여 용의 탈을 깎아 썼다면 그 산적들이 노리는 것이 단순한 약탈일 리 없었다. 용 탈 이야기가 금성까지 다다르지 못한 것은 그 상서롭지 못함에 모두 혀가 굳었기 때문이었으리라.

"그래서 무엇을 잃으셨습니까? 대답하시지요."

자은은 목소리에서 온후함을 거두었다.

"……딸을."

최씨 가주가 뱉듯 대답했다.

"막내딸을 데려갔습니다."

"막내딸을…… 다른 이들은요? 더하여 잃은 보화는 없습니까?"

"없습니다."

"산적들이, 용 탈을 쓰고 흉흉한 무기를 든 채 온 재산을 지닌 가주님 식구들을 둘러싼 다음 오로지 여자아이 하나만 잡아갔다고요? 도적질을 그리 망측하게 하는 경우는 듣도 보도 못했습니다. 말씀하시지 않은 부분을 말씀하시지요."

"다 말씀드렸습니다. 일어난 대로 말씀드렸으니 제 몫은 한 것 같습니다."

가주는 그것을 끝으로 입을 꾹 다물었다. 더는 요한 말을 할 것 같지 않았다. 인곤이 어떻게든 끌어내보려고 했지만 소용 없었다. 자은은 그자를 읽기 위해 진득이 바라보았다. 자은의 눈길을 받는 게 불편했는지 말이 멎은 방에서 가주의 숨소리만 점점 거칠어졌다. 그걸로 충분하다 싶어 미련을 갖지 않고 자리에서 일어났다.

"대관절 무슨 일이 있었기에?"

묵는 방으로 물러나 인곤이 곤혹스러워했다.

"저 정도 입을 다물게 하는 것은…… 수치지."

자은이 말했다.

"수치?"

"어째서 빼앗긴 쪽이 억울함이 아닌 수치를 느끼는 걸까? 우리는 그것을 알아내야 하네."

최씨 집안 사람들은 도우려 하나 기억하는 게 없거나 기억하는 게 있음에도 얼버무려서 넉살 좋은 인곤조차 파고들지 못하고 겉돌았다. 그나마 한 가지 소득은 눈썰미 좋은 하인 하나가 산적들이 쓰고 있었다는 용 탈을 그려준 것이었다. 이마에서 코밑까지 가리는 탈에는 들은 대로 사슴의 뿔을 닮은 뿔이 두 개 솟아 있었다.

"그런데 이렇게 봐서는 용인지 기린인지 전연 다른 무엇인지 잘 모르겠는데?"

자은이 그리하면 뭐라도 더 알아낼 수 있을 것처럼 그림을 이리저리 돌려보며 말했다.

"기린은 보통 뿔이 하나니까."

인곤도 확신 없이 말했다.

"이 탈을 보고 바로 용이 떠오르나? 손가락만한 뿔, 떨어져서 보면 대단치도 않을 것 같은데."

"작게 비늘이 표현되어 있고 색도 푸르고 하여 용이라 여긴 게 아닐까?"

"비늘 역시 몇 걸음만 떨어져도 보이지 않을 것 같아."

자은은 탈에 대한 찜찜함을 쉽사리 버리지 못했다. 자은의 무리는 금관소경에서 그 이상 지체하지 않고 길을 떠났다.

금관소경에서 남원소경으로 가는 도중에는 잘 닦인 도로도 있었지만 험한 길이 더 많았는데, 자은이 거느린 병사들은 번잡한 금성을 떠나 코에 바람을 넣는 것만으로 좋은지 지친 기색이 없었다. 걸마달도 야영지에서 엎드려 쉬는 걸로 보아 말 타기가 녹록지는 않은 듯했으나 평소보다 기분이 좋아 보였다. 마지막 야영지에서 자은은 모두를 불러모았다.

"남원소경의 정씨 일가에는 손님으로 가지 않을 것이다. 그 집에 다다르면 너희는 무기를 잘 보이게 들고 집을 둘러싼다."

자은의 말이 떨어지자마자 쉬고 있던 이들 중 몇이 무기를 손질하기 시작했다.

"둘러싸기만 합니까?"

걸마지는 둘러싸는 것만으로 자은이 원하는 결과가 나올지 궁금해하는 듯했다.

"겁은 내가 줄 테니 그것으로 충분하다. 경망히 움직이지 말도록."

걸마지가 끄덕였고, 야영지에서 못 들은 사람은 없었다.

"그렇게까지 해야겠나? 그렇게까지 할 수 있겠나?"

오로지 인곤만이 근심스러워했다.

"금관소경의 최씨를 괴롭히던 수치를 남원소경의 정씨도 느끼고 있다면, 그걸 이길 수 있는 것은 공포뿐이네. 이미 겁박을 당한 자를 다시 겁박하는 일이 나라고 내키는 것은 아니야. 내키지 않는 일도 진상을 밝히기 위해 저지를 뿐. 나중에 내가 갈 지옥에 자네가 밧줄을 좀 내려주게."

자은이 속내를 털어놓았다.

"그러고야 싶지만 내가 자네와 다른 지옥에 갈 성싶지는 않군."

인곤의 대답에 어디까지 따라오려고 그러나 자은은 웃었다. 옛 백제 땅에 들어서는 감회라고는 없이 자은을 걱정하기만 하는 인곤이 고마웠다. 오히려 남원소경에 다다라 낯선 평야의 풍경에 아름다움과 슬픔을 동시에 느낀 것은 자은 쪽이었다. 아름다움도 슬픔도 깊이 느끼는 편이면서, 남의 집 문을 차고 들어갔다.

이번엔 가주만 독대하지 않았다. 온 식솔을 한 방에 다 앉히고 자은은 앉지 않고 섰다. 인곤과 걸마지, 걸마달이 자은의 뒤를 병풍처럼 지켰다. 놀라고 겁에 질린 얼굴들이 안타까우면서도 자은은 눈을 내리깔았다.

"용 탈을 쓴 자가 이 집 딸을 데리고 간 경위를 샅샅이 고하라. 하나라도 숨기면 용서치 않을 것이다."

잘못 짚었으면 어쩌나, 속이 메슥거리면서도 자은은 망설이지 않았다. 자은은 가주의 얼굴에 떠오른 수치를 확인했다. 가주는 말을 삼켰지만 가주의 부인은 그러지 않았다.

"도적들이 간악하기가 이를 데 없어 차라리 죄 앗아가면 나을 것을, 먼저 우리에게 물어 고르게 했나이다. 재물을 전부 내놓거나, 부인을 내어주고 반 내놓거나, 딸을 내어주고 다 지닌 채 지나가라고요. 그래서……"

수치의 근원을 찾은 자은은 한숨을 쉬었다. 그 세 가지 중 마지막을 고르지 않을 이가 없을 듯했다.

"일단 재물을 내놓고 후에 구휼을 청하는 쪽은 고려하지 않았나?"

"구휼이 끝내 오기야 왔겠지만 도읍도 아닌 소경에는 더디 올 것이 걱정되었습니다. 여기 이 사람들이 기다리다 모조리 굶어죽을 수도 있는 문제니까요. 하나를 버려 나머지가 산 것을 벌하실 겁니까? 흉년중에, 진쟁중에 자식을 팔아먹고 잡아 먹은 부모들과 우리가 뭐가 그리 다릅니까? 벌하려면 전부 벌하시고 하나라도 놓치실 것 같으면 나머지도 놓아주시지요."

피를 토하듯 말하는 가주의 부인에게 자은은 고약한 질문을 던졌다.

"네 배로 낳은 딸이었나? 다른 자식에 비해 정이 덜 갔던 것은 아니고?"

"……피부에 윤이 나고, 손톱 밑이 깨끗했습니다."

"뭐?"

"그자들이요. 내 딸을 잡아간 자들의 행색이 보통이 아니었 단 말입니다. 산적을 따로 본 적은 없지만, 그런 게 산적이라면 딸을 출가시킨 셈 칠 수 있을 것 같았습니다. 심지어 간단하게 나마 혼례도 치렀는걸요. 예를 아는 자들이었습니다. 용왕지

자龍王之子에게 딸을 맡겼으니 광영인 줄 알고 살라 합디다."

"용왕의 아들이라 직접 칭하던가?"

"목에 칼을 겨누고 자기들이 용왕의 아들이라 하면 아 그러십니까, 하고 믿어야지 별수 있습니까?"

"사슴뿔에 비늘을 새겼을 뿐인 탈이 곧바로 용으로 받아들여진 것은 그래서였군. 아예 떵떵거리고 외친 거야."

인곤이 몸을 돌리고서 말했다. 자은은 인곤에게 보일 정도로만 고개를 끄덕이고 정씨의 아들들에게로 발걸음을 옮겼다.

"너희 누이가 순순히 따라가더냐?"

"예?"

"본 대로 대답하렸다."

"그럴 리가 없잖습니까? 겁에 질려 울었습니다."

"처음부터 끝까지? 억지 혼례를 치르는 중에도?"

"성품이 얌전하여 큰 소리를 낸 것은 아니지만 울고 또 울었습니다. 그 원통함을 풀어주시려 오신 줄 알았는데 어찌하여 이쪽을 타박하십니까?"

"험한 꼴을 당한 것만으로도 서러우니 나라에서 되갚아주셔야지요!"

자은은 따지는 말을 들은 체도 하지 않았다. 온몸이 성하고 잘 먹은 티가 나는 정씨 집안 아들들을 싸늘하게 내려다보며 재차 물었을 뿐이었다.

"금성에 너희 여동생을 눈여겨보던 자가 있었느냐? 너희가 별생각 없이 집에 데려와 먹이고 놀렸던 자들 중에 말이다."

따박따박 따지던 형제가 벙한 얼굴을 했다.

"금성의 친우들이 이런 짓을 했을 거라고요?"

"아뇨, 그럴 리가요. 산적들의 얼굴을 보진 못했지만 목소리가 굵직한 것이 저희보다 연배가 위였습니다. 탈을 썼다곤 해도 형체의 익숙함을 다 가릴 수 있는 것은 아니잖습니까? 눈에 익은 자는 없었습니다."

"맞습니다. 적어도 열 살에서 스무 살까지 많지 않았나 합니다. 그리고 누이는 제 친우들이 올 때면 미리 방문을 닫아걸고 갈 때까지 나오지도 않았습니다. 정결하기가 샘물 같던 아입니다."

"가엽고 가여운 것……"

둘은 바닥을 두드리며 울음을 터뜨렸다.

"이애들, 잘 우네요."

걸마지가 낮게 말했는데 크게 들렸다.

"이제 와 찬미하며 울어봤자 너희 누이에게 무슨 소용이 있을까?"

자은은 길게 들어줄 의사가 없었다. 인곤에게 금성에서 남원소경까지의 길을 그리게 한 후 그 집 사람들에게 습격당한 지점을 짚게 했다. 뿔이 달린 탈에 대해서도 캐물었는데 한 사람이 아무래도 종이 탈이었던 것 같다고 쓸모 있는 얘기를 했다. 일가 전원의 기억을 거듭 확인하고 나서야 담장 밖의 포위를 풀도록 명했다.

"여기 묵지 않으시고요?"

진심도 아니면서 정씨 가주가 섬돌로 내려서는 자은을 붙잡았다.

"딸을 팔아 지킨 재산을 나와 이 병사들이 축내서야 되겠나? 백성의 살을 뜯으려 먼길을 온 게 아니네."

자신이 도은을 잃었더라면 온 산야를 다 태우고 다녔으리라 생각했지만, 그럴 힘이 없는 자의 마음도 모르는 바는 아니라 돌아서 누그러진 인사를 했다.

"산적들을 벌하며 잃은 여인들의 행방을 찾으면 또 기별하지."

더 솔직히는 여인들을 찾으면 가족들에게 돌려보내지 않고 별도로 집을 마련해주고 싶었지만 그랬다간 미치광이 설대사가 축첩을 한다는 소리를 들을 게 뻔했다.

"아직 해가 남아 있으니 바로 서원소경으로 길을 잡을까?"

적당히 멀어지자 인곤이 상의해왔다.

"아니, 중원소경으로 잡지."

"서원소경은 뛰어넘는다고?"

"얼마 안 있어 금성에서 서원소경으로 출발하는 친척이 있네. 서원소경은 일단 남겨두기로 해."

그 말에 인곤이 눈썹을 올렸다.

"핏줄을 이용하겠다? 오랜만에 신라인다운 계획을 세우나
보아?"

"쓸 수 있는 건 다 쓰는 거지, 뭘."

전날 잘 쉰 덕인지 병사들은 가뿐히 말 등에 올랐다. 자은은
일부를 금성으로 돌려보내 최씨 일가와 정씨 일가의 주변인들
을 들여다보게 하고 싶은 마음이 없지 않았지만 섣불리 패를
갈랐다가는 습격을 받을 수 있어 그러지 않기로 했다.

"종이 탈이라니, 그런 건 추적할 수도 없어. 애들도 만든다
고."

인곤이 투덜거렸다. 나무 탈이었더라면 깎은 이를 어렵게
찾아낼 수 있을지 몰랐으나 종이 탈은 턱도 없었다.

"뿔이 잘 부러지겠군."

자은이 말하며 고삐를 당겼다. 인곤은 심에 무언가 질기고
단단한 걸 넣지 않았을지 궁리했다. 만약 자신이 만들었다면
무엇을 넣었을까 머릿속을 더듬으며 달리니 풍경이 흔하고 평
이한 산수화처럼 지나갔다.

중원소경에서 산적들에 대해 소를 올린 집안은 두 곳이었
다. 한기부 배씨와 양부 이씨 집안이었는데, 어떻게 둘러싸야

할지 골머리가 아팠다. 한쪽만 압박하는 모양도 이상하고 그렇다고 나누어 둘러싸자니 압박감이 덜할 것 같았다. 하지만 곧 자은은 쓸모없는 고민이었음을 알게 되었다. 자은의 일행이 중원소경에 도착하자마자 양쪽 집안 식솔들이 우르르 환영하러 나왔던 것이다.

"우릴 반기는데?"

인곤이 얼떨떨해하며 자은에게 속삭였다.

"예상대로 되는 게 아무것도 없군."

자은이 뒤를 돌아보고 창을 낮추라는 손짓을 했다. 부러 험악한 인상을 했던 병사들의 턱이 슬쩍 풀어졌다.

"저희 때문에 멀리도 오셨지요? 서한이나 몇 통 더디 오갈 줄 알았지, 집사부에서 직접 오실 줄은 꿈에도 생각지 못했습니다. 왕경의 광휘가 이 구석진 곳까지 미치니 몸 둘 바를 모르겠사옵고……"

배씨의 말이 끊이지 않는 데에 비해 한 발짝 어슷하게 뒤에 선 이씨는 과묵한 편인 듯했다. 원래 과묵했는지 배씨에게 눌려 과묵해졌는지는 바로 알 수 없었다.

"산적을 만났다고 들었습니다만."

자은이 말을 꺼내자 배씨가 도리질을 했다.

"식사부터 하시고 살피시지요. 여기까지 행차하시게 한 것만으로도 죄송스러운데요. 그 유명한 칼을 제 눈으로 보다니

영예를 누립니다그려."

배씨의 눈이 자은의 허리께로 떨어졌다.

"관원이십니까?"

자은이 말에서 내리며 물었다.

"예예, 한미한 자이지만 그렇습니다."

"그대도?"

이씨에게도 물었다.

"마찬가지입니다."

자은과 인곤은 준비된 자리로 발걸음을 옮겼다. 무리해서 준비한 상이면 곤란했겠으나 과하지는 않은 수준이었으므로 편안히 대접받았다. 먹는 내내 배씨가 중원소경이 얼마나 기틀을 잘 다지고 있는지, 새로 지은 집과 새로 받은 땅이 얼마나 큰 기쁨을 주는지, 중원소경의 관료들과 군사들은 물론 백성들까지 얼마나 의기충천한지에 대해 주워섬겼다.

"저 역시 소경의 지방관이 되면 좋겠다 싶었지요."

자못 진심이었지만 배씨는 자은이 농담이라도 한 듯 크게 웃었다. 상을 물리고 등을 곧추세웠다.

"더는 미루지 말기로 하지요. 어떤 놈들이었습니까?"

"정말이지 괴괴망측한 놈들이었습니다."

본격적으로 말을 시작하며 배씨가 목소리를 낮추었다. 눈치가 있는 자였다.

"이 친구와 저는 건너건너 아는 사이로 둘 모두 얼마 전 중원소경으로 향하라는 명을 받았기에 길을 함께 떠나기로 했습니다."

"괴괴한 산적들에 대해서는 미리 들어 알았고요?"

자은의 물음에 이씨가 화들짝했다.

"몰랐습니다. 널리 알려진 이야기였습니까?"

인곤이 이씨가 놀라는 모습을 살폈는데 거짓으로 놀라는 것은 아닌지 가늠하는 듯했다.

"아닙니다. 아는 사람은 매우 적습니다. 혹 오소경으로 이주를 명받은 자들 사이에서는 말이 도나 하여."

자은이 답하자 배씨가 손을 비비며 당시 상황을 그렸다.

"말이 돌았으면 호위를 배는 빌렸을 겁니다. 그럴 깜냥은 또 없었지만요. 어휴, 그놈들이 닥쳤을 때 이 늙은 놈의 손발이 순식간에 차갑게 식는데 땀은 또 뚝뚝 떨어져 흙을 적실 정도였습니다."

"딸을 내놓으라던가요?"

이야기가 빙빙 돌지 않도록 자은이 찌르고 들어갔다.

"어찌 아셨습니까? 설마 저희 말고도……?"

"세세히 답해드릴 수는 없습니다."

"이 사람아, 그놈들이 말도 안 되는 짓을 더 하고 다니나보네! 왕경에 말을 올리길 잘했군그래!"

배씨가 이씨의 어깨를 짚었다.

"그래서, 따님들은?"

자은은 그늘도 비밀도 없어 보이는 배씨와 이씨의 태도에 대답을 예상했지만 묻긴 물었다.

"죽을 각오로 내놓지 않았습니다."

이씨가 이를 악물고 답했다. 배씨가 주억거리며 부연했다.

"저는 일단 나이가 나이다보니 아들딸들이 모두 출가하여 동반하지 않았고 이 친구에게만 어린 딸이 하나 있는데 손이 귀한 집안이라 늦은 나이에 겨우 얻은 아이입니다. 평소엔 말도 없는 이 친구가 산적들에게 노하여 호통을 치는데……"

그때 배씨 입장에서는 이씨를 말리고 싶기도 했을 터였다.

"산적들이 물러서던가요? 재산을 앗아가지는 않았고요?"

이번엔 인곤이 물었다.

"까짓것 다 가져가라 했는데 하급 관리의 가진 것이 별 볼 일 없어서인지 가져가지 않더군요. 외려……"

"외려?"

이씨가 불쾌한 듯 찌푸리며 이어 말했다.

"제가 보기 드문 아비라며 소리 높여 추어올리고는 나중에 딸을 정말로 혼인시킬 때 쓰라며 목걸이를 주었습니다."

"목걸이?"

"가지고 오겠습니다. 꺼림칙하여 따로 두었습니다."

이씨가 얼른 몸을 일으켜 나갔다.

"전부 빼앗겠다고 을러대놓고 빼앗지 않았다? 이해가 안 가는데. 예사로운 산적이라면 수수께끼 같은 짓을 하기보다는 포악하게 굴 테고, 산적인 척하려는 쪽이라 해도 빼앗는 시늉은 할 법한데…… 아니, 물론 피해보신 게 없다니 그건 반길 만한 일입니다만."

인곤이 이씨가 없는 틈을 타 자은과 배씨에게 말했다.

"산적들이 이씨와 이씨의 딸에게만 관심이 있었습니까?"

자은이 배씨에게 물었다. 배씨가 한 손으로 다른 손 손바닥을 꾹꾹 누르며 기억에 잠겼다.

"그러고 보니 대치했던 내내 저 친구 쪽만 향했습니다. 저는 그냥 무리 중 한 사람으로 친 것일까요?"

풍채로는 이씨보다 배씨가 가주처럼 보였으니 딸이 있는 집안을 미리 조사해 습격했다고 간주해야 옳을 것이었다.

"놈들의 근거지가 금성이라는 게 확실해졌군."

인곤이 마찬가지로 중원소경까지의 길을 그려 습격 지점을 짚게 했는데, 자은의 결론처럼 중원소경보다는 금성에 가까운 곳이었다. 그러는 중에 이씨가 돌아와 목걸이를 내밀었다. 유리구슬과 호박을 꿴 목걸이였다.

"어떤 물건으로 보이나?"

"구슬이 꽤 큰데."

인곤이 목걸이를 눈에 넣을 듯이 살폈다.

"삼한 땅에서도 유리구슬을 만들기는 해왔지만…… 금성에 가지고 돌아가 유리장이를 찾아가야 할 것 같아."

"빌려도 되겠습니까?"

자은은 묻지 않고 가져갈 수 있었지만 물었다.

"돌려주시지 않아도 됩니다. 그런 흉한 물건을 딸애의 목에 걸고 싶지 않습니다."

"그럼 적당한 값을 치르겠습니다."

이씨가 내키지 않아해서 자은이 밀어붙였다.

"제게서 받으시는 건 꺼림칙하지 않으실 거 아닙니까?"

"다, 당연한 말씀을……"

이씨처럼 간솔한 사람을 뜻대로 하기는 자은에게 만만한 일이었다. 그게 어쩐지 미안하여 목걸이 값을 후하게 주었다.

"따님을 잠깐 만나봐도 되겠습니까?"

자은과 인곤이 신뢰를 얻긴 얻었는지 이씨가 곧바로 자신의 집으로 안내했다. 아까도 설핏 보았던 부인과 딸이 맞으러 나왔는데 두 사람이 꼭 닮아 있어 문양판으로 찍어낸 것 같았다. 어느 한쪽만 잃고 살 수는 없었을 이씨의 심정이 이해가 갔다. 자은은 겪지 않았어도 될 일을 겪었다며 위로하고는 모녀의 기억을 되살리기 위해 여러 질문을 던졌다.

"금성을 떠나기 전에 낯 모르는 자들이 집 근처를 서성이지는 않았습니까?"

"짐을 싸느라 정신이 없어서…… 처분할 물건도 새로 구할 물건도 워낙에 많았습니다. 그러느라 딸애를 이리저리 데리고 다니긴 했는데요."

"어머니가 잠시 다른 곳에 신경쓸 때 네게 말 걸던 자는 없었니?"

이씨의 딸이 망설이는 듯했다.

"아주 사소한 얘기라도 도움이 될 거야."

그렇게 북돋자 사랑받고 자란 아이답게 숨기지 않고 털어놓았다.

"장미를 한 송이 받은 적 있어요."

"장미?"

"저만 받은 건 아니에요. 시장 근처에서 어떤 귀공자가 여인들이 지날 때마다 나눠줬어요. 주기에 받았을 뿐이에요."

"언제?"

모친의 목소리가 높아졌다.

"엄마가 이불 지을 천을 고르고 있을 때."

"그 장미는 어쨌는데?"

"들고 다니다 시들어 던지고 돌아왔지."

"그런 걸 왜 받았어?"

"높은 사람 같기에 기분을 거스를까 받아버렸어. 무섭잖아."

"무서운 얼굴이었니?"

인곤이 끼어들어 물었다.

"아뇨, 그럭저럭 잘생겼던걸요. 자색 옷이 어울리는 화려한 이목구비였어요. 부인이 받아주지 않아 슬퍼서 나눠준다고 했으니 아주 나쁜 사람처럼은 안 보였는데."

"자색 옷이 잘 어울리는 화려한 이목구비에 부인이 장미를 받아주지 않았다……?"

어쩐지 아는 사람일 것만 같은 예감이 들었다. 인곤의 얼굴이 매서워지기에 자은이 표내지 말라고 헛기침을 했다.

"큰 도움을 얻었구나. 중원소경에 무사히 도착했으니 이제 좋은 날만 만나길 바란다."

자은이 감사를 표하고 일어섰다. 배씨와 이씨는 자은과 인곤을 더 돕고자 했으나 수상하기 그지없는 산적들에 대해 알려지지 않은 것을 알고 있지는 않았다. 그래도 자은은 흡족한 채로 오랜만에 따뜻한 방에서 잠들었다. 안장에 멍든 몸이 하룻밤 만에 나을 것 같은 깊은 잠이었다.

"북원소경으로 간다."

아침을 맞자마자 자은이 말했고 수하들은 그럴 줄 알았다는 듯 수긍했다.

"그곳 사람들도 중원소경 사람들처럼 반겨주면 좋겠지

만……"

인곤이 중원소경을 돌아보며 말했다.

"일이 그렇게 풀릴라고?"

남원소경에서 서원소경을 건너뛰고 중원소경으로 갔던 것이 워낙 먼 길이었기에 중원소경에서 북원소경까지는 지척처럼 느껴졌다. 산도 넘고 물도 건넜지만 헤맴 없이 나아갔다.

"당도하면 집을 둘러쌀까요?"

걸마달이 물어왔다.

"아니다. 우리는 산적들이 어떻게 거동하는지 이미 파악했고 그들은 같은 짓을 반복하니 굳이 그럴 필요 없다."

그렇게 답한 것은 자은의 오만이었다. 북원소경에 도착해서 모량부 출신 손씨를 찾아가 앉자마자 이러저러한 일이 있지 않았는지 묻자 그가 얼빠진 얼굴을 했던 것이다.

"그건…… 제가 겪은 일과는 상당히 다릅니다."

침통하게 털어놓은 이야기는 자은 일행의 예상에서 크게 비껴 있었다.

"같은 산적들을 마주친 듯은 합니다. 뿔 달린 탈을 쓴 수십 명이 용왕의 아들들을 자처했으니까요. 그런데 저희에겐 재산을 내놓겠느냐 부인이나 딸을 내놓겠느냐 묻지 않았습니다."

"묻지 않았다고요?"

"다짜고짜 저희 어머니를 데려가겠다 통보했습니다."

"어머니를?"

"어머니께서는 저희 목숨을 구하기 위해 곧장 따라나서겠다 하셨고요. 저도 제 아내도 매달리려 했지만 길게 설득할 시간 따위 주어질 리가 있겠습니까? 결연하게 뒤도 돌아보지 않고 산적 두목의 말에 오르셨습니다. 두목이 먼저 멀어지고 나머지 놈들이 저희 목에 칼과 창을 겨누고 있다가 쫓지 못할 만큼 거리가 벌어졌다 싶었는지 자신들도 가더군요. 울며불며 북원소경에 다다라 왕경에 신고문을 올렸습니다."

"아니, 이미님을 잃으셨다고 왜 자세히 쓰지 않았습니까?"

자은이 가져온 문서들을 뒤적여 읽으며 추궁했다.

"혹 누군가 이 문제를 들여다봐주신다면 털어놓으려 했지만 여러 사람이 볼 문서에는 무참하여 쓸 수 없었습니다. 다들 돌려보며 뭐라고 했겠습니까? 낳아주시고 길러주신 어머니를 이리 터무니없이, 맥없이 잃는 자가 있나 동정하는 만큼 비웃기도 하지 않았겠습니까?"

머리가 지끈거렸지만 일단 물어야 할 것을 묻기로 했다.

"부인 이야기는 아까 하셨고, 딸은요?"

"예, 둘 있습니다."

"나이가?"

"열넷, 열여섯입니다."

"아직 혼인은 하지 않았고요?"

"예, 혼인하지 않은 딸들이니 데리고 왔지요. 그애들도 할머니를 잃고 겁에 질려 식음을 전폐하다시피 했습니다. 어머니를 다시 뵐 수 있겠습니까? 그놈들을 살멸하고 저희 어머니 좀 구해주십시오."

"어머님에 대해 더 들려주십시오."

"범상한 분이셨는데요. 외조부께서는 왕경 삼궁을 관리하는 내성 소속이셨습니다. 사인舍人이셨으니 말단에 가까웠지요. 그 슬하에서 자라 적당한 나이에 저희 아버지와 혼인하셨고, 두 분 젊어서는 나라가 전쟁이 길어 어려움이 많으셨겠지만 이후 아버지 돌아가시기 전까지는 편안히 지내셨습니다. 말년에 이런 일을 겪으실 분이 아닌데 말입니다. 그자들이 어머니를 해쳤을까요? 데려다 부려먹을 셈이면 젊은 남자, 젊은 여자가 널려 있었는데 왜 어머니를 골랐을까요?"

"해치지 않았길 바라야지요. 범상한 분이셨다고요……"

자은은 손씨가 어머니의 본모습을 제대로 알고 있을지 궁금했다. 가까운 사이일수록 또렷한 상을 보지 못할 때가 있다는 걸 모르지 않았다.

"어머님의 성씨는요?"

옆에서 인곤이 자은이 묻고자 하는 것을 물었다. 두 머리가 이어져 있는 것 같아 편리했다.

"김씨입니다만, 가야계 김씨입니다."

그런 것을 왜 묻는지 이해하지 못한 얼굴로 손씨가 대답했다. 인곤이 뾰족한 무릎으로 자은의 무릎을 지그시 눌러왔다. 자은이 밀리지 않게 마주 힘을 주었다.

"산적들의 탈이나 행색에 대해서 뭐라도 더 기억하시는 게 있을까요?"

"두목 놈만 좀더 큰 탈을 썼더군요. 크다고 이르는 게 맞을지…… 얼굴도 코밑이 아니라 턱까지 가리고 뒤통수로도 넓은 천이 달려 머리카락 한 올 보이지 않았습니다. 알려진 자라 그렇게 싸맨 게 아닐까요?"

여태껏 듣지 못했던 말이었다.

"목소리는요? 나이를 대략이라도 가늠할 수 있을까요?"

"그런 건…… 사람을 많이 부려본 목소리라고는 느꼈습니다. 부하들을 호령하고 있으니 뻔하지요. 송구스럽습니다."

자은은 손씨에게서 알아낼 수 있는 부분을 최대한 알아낸 다음, 손씨를 안위하기 위해 지킬 수 있을 만한 약조를 몇 했다. 무언가 알아낸다면 알리겠다고, 구할 수 있다면 손씨의 어머니를 구하겠다고, 일을 저지른 자들을 잡으면 대가를 치르게 하겠다고.

그 밤 인곤과 북원소경을 걸었다. 소경은 어디나 그렇지만 작게 줄여둔 서라벌 같았는데 새로 지은 것들이 깨끗하고 번듯했다. 더께라고는 없는 맑은 풍경에 마음이 끌리는 한편, 결국에는 그 위로도 오욕칠정이 쌓여가겠구나 싶어 안타깝기도 했다. 호위에게 눈짓을 해 뒤로 물렸다. 소경 안에서는 안전했다.

"아까 손씨 어머니의 성씨를 물었지?"

자은이 물꼬를 텄다.

"그래. 나는 이 산적을 자처하는 자들이 신라 육부의 성씨를 가진 젊은 여자들을 모으고 있다고 생각했네. 아무 여인이나 끌어갔다면 우리에게 알려지지도 않았을 거야. 성씨가 없는, 이름이나 있으면 다행인 여자아이들을 낚아채 해코지하는 일은 통탄스러울 만큼 비일비재한데 누가 알아채기나 했겠는가? 그래서 이곳으로 달리며 손씨의 딸 중 하나가 당했으려니 짐작했는데 갑자기 손씨의 어머니라니…… 내 셈이 틀렸는지도 모르겠어."

인곤이 추론을 내놓았다.

"같은 생각을 했네. 그렇다면 우리가 미루어 헤아린 것이 아예 틀렸거나, 두목이란 자의 욕구가 거느린 무리와 달랐거나…… 어느 쪽일까? 어느 쪽이든 금성에 돌아가 알아내야 할 거야. 이자들은 금성에 있어. 우리가 익히 아는 처마 아래 구렁이처럼 도사리는 중이겠지."

"금성까지 곧바로 내달릴 건가?"

"어물쩍거릴 필요야 없을 터."

"나 이제 궁둥이가 아프다못해 느껴지지 않네. 몸통이 쭉 내려오다 가운데가 없는 것처럼 말이야. 얼얼함을 지나면 이런 상태가 된다는 것을 이 나이에 알게 되었지 뭔가? 다들 비슷할 테지만…… 그래도 집에 간다 하면 좋아하긴 할 거야."

인곤이 고생이 예정된 둔부를 두드리며 말했다. 자은은 북원소경의 공기를 가슴 가득 들이켰다. 문득 태어난 집을 버리고 옮겨 사는 것을 과히 가볍게 여긴 건 아닌지 고민스러워졌다. 멀리 떠났다 돌아왔으니 나라 안에서 이주하는 것쯤은 아무렇지 않을 거라 잘라 판단했던 것이다. 거처가 주는 안정감, 돌아가고 싶은 마음, 이어져내려온 이야기의 일부이고자 하는 바람…… 그 마음이 큰 자가 있고 작은 자가 있겠지만 없는 자는 없으리라.

"떠나올 때보다 빨리 달릴 수 있겠군."

다음날 말을 달릴 때 걸마달이 신음하긴 했으나 자은이 멈추라 하기 전에 멈추자는 말은 나오지 않았다.

"서원소경으로 떠나라는 명을 받았다는 친척을 좀 소개해주시지요."

자은은 금성에 돌아가자마자 호은을 찾았다.

"너 그 아저씨 뭐 평생 두 번은 보았냐? 갑자기 왜?"

"경고해줄 게 있어서요."

호은은 간취가 빨랐다.

"공무와 관련된 것이냐?"

"네."

"보나마나 급한 사정이겠지."

호은이 하던 일을 던져두고 앞장을 섰다. 그대로 대문 밖으로 나가려다가 무르춤하니 자은을 돌아보았다.

"백제인은 안 데려가?"

"안 데려갑니다. 지쳤는지 개를 안고 자고 있더군요."

"어느 개?"

"곱슬곱슬한 녀석을요."

그게 왜 궁금한지 자은은 호은을 쳐다보았다.

"개들이 나를 싫어해. 내가 지나가면 흰자위를 보여. 나는 아무 짓도 하지 않았는데."

호은이 언짢아하며 말했다.

"그럴 리가 있나요?"

대답은 했지만 그럴 리 있겠다고 생각하는 자은이었다. 호은은 휘적휘적 큰길과 골목을 휘돌아 자은에게는 낯설기만 한 집으로 향했다. 걸마형과 그 부하들이 열 걸음쯤 뒤에 따라왔다. 걸마형의 형제들도 뻗어 쉬고 있을 것이었다. 자은은 어째선지 지치지 않았다. 쉬고 싶은 마음이 없으니 몸도 필요를 느끼지 않는 것일지, 모든 일이 끝나고 나면 한꺼번에 피로가 밀려올지 그것도 가늠이 되지 않았다.

"서원소경 일로 드릴 말씀이 있습니다."

쳐들어간 것이나 다름없었으나 친척은 친척이라 안쪽으로 쉬이 들 수 있었다. 자은은 앞으로 떠날 길에 산적이 나타나 딸이나 부인을 요구할지도 모른다고 일러주었다. 아직 설씨 여인이 잡혀간 적은 없으므로 가능성이 상당히 높다고도 했다. 친척은 역시나 무뢰한들에 대해 전혀 몰랐던 모양으로 사색이 되었다.

"우리 딸들을? 넷이나 있는데. 이럴 줄 알았으면 싹 혼인시켜버릴걸. 망아지 같은 것들 다 그대로 있다고. 어쩌면 좋단 말인가?"

"명을 받는데 미루실 수는 없으니 일단 저희 집에 두고 출발하시지요. 안전해지면 서원소경까지 따로 데려다주겠습니다."

자은이 제안했다.

"그래도 되긴 하지만…… 네 말대로 금성 사정을 아는 자들이면 빼돌린 걸 알아채고 난폭하게 굴지 않을까?"

앉은자리에서 대략을 파악한 호은이 우려를 표했다.

"딸이 한 명도 없으면 그럴 수 있겠지요. 그러니 제가 미끼가 되어 대신 가겠습니다."

자은은 심상하게 말했는데 호은도 친척 아저씨도 턱이 떨어졌다.

"너는 무슨 그런 계획을…… 내게 상의도 하지 않고!"

호은은 고함치다시피 했다.

"왜요? 제가 잠깐 치마를 입어선 안 될 이유라도 있습니까?"

자은의 반격에 호은이 이를 악물었다.

"나야 우리 딸들을 지켜준다면 고맙기는 한데 황당한 계획이 아닐 수 없군."

"잘되면 제 공, 망해도 제 탓이니 따라주시지요."

친척 입장에서는 거절할 이유가 없었다. 호은은 머리끝까지 화가 난 듯했지만 자은은 친척의 집에서도, 길에서도, 돌아와서도 길길이 날뛸 기회를 부러 주지 않았다. 끓어넘치기 직전인 호은을 슬쩍 피해 상대하지 않았는데 이용하기만 한 것 같아 찔리기는 했다.

그다음은 도은에게 도움을 요청할 차례였다.

"옷을 바꿔 입혀 한 명씩 데려오라는 거지?"

식솔 중 나이와 체격이 비슷한 이에게 적당한 옷을 입혀 친척 집에 데려간 다음, 해가 진 후 그 집 딸과 옷을 갈아입혀 빼돌리려는 계획이었다. 지켜보는 눈이 붙어 있을까 하여 세운 방책이었다.

"출발 전날엔 언니를 데려다주고. 미리 가져온 그 집 옷을 입혀서. 맞지?"

"그래."

"목인곤도 이 계획을 알아? 찬성했어?"

자은은 도은의 매서운 물음을 외면했다. 자은이 여러 겹의 위험에 빠질 수 있는 계획에 인곤이 찬성할 리 없었고 자은은 털어놓기를 미루는 중이었다.

"내일은 말할 거야."

그런데 말하려던 그날, 남원소경에서 기별이 왔다. 일전의 일로 급히 상의할 게 있으니 다시 와달라는 내용이었다. 서면 에 쓸 수 없는 일이 또 일어난 듯싶어 고심이 깊어졌다.

"나 대신 자네가 가주게."

자은은 인곤을 보내기로 했다. 인곤은 썩 내키지 않아했다.

"내가 자네를 어떻게 대신하겠는가? 무리일세."

"자네 말고 그럼 누가? 우리는 십일면관음의 여러 얼굴 같은 것이네. 다른 곳을 보고 있어도 언제나 이어져 있지. 자네 가 아니면 안 돼."

"내가 남원소경 일을 알아 오는 동안 자네 혼자 금성 일을 하고 있겠다고?"

"금성엔 사람에 따라 열리고 열리지 않는 문들이 많으니 아 무래도 이게 맞지 않겠나?"

자은은 설득의 말이 술술 나오는 자신의 입이 낯설었다. 어 지간히 급하니 청산유수였다.

"내가 남원소경에 군사를 끌고 가면 자네가 위험해지는 게 아닌가? 나뉘면 나뉠수록 불리한데."

인곤은 그 점이 걸렸던 모양이었다.

"그동안 환한 길, 단단한 곳만 밟고 다니겠네. 그러니 맘 편히 다녀오시게."

거짓말 중의 거짓말이었다. 인곤은 지난번에 금성에 남아 있었던 걸마형과 그 부하들을 이끌고 떠나기로 했다. 걸마형을 따로 불러 무르기 짝이 없는 인곤을 병사들이 무시하지 않고 잘 따르도록 가운데에서 애써달라고도 일렀다. 걸마형은 별걱정을 다 한다는 표정이었지만 그러겠다고 답했다. 한번 먼길을 위해 준비를 해봤기에 두번째는 더욱 신속했고 인곤은 바람에 휘말리듯 길을 떠났다.

그 밤에 자은은 산아의 집 담을 재차 넘었다. 이래서야 진오룡에게 두들겨맞아도 변명할 수 없겠다고 머쓱해하면서.

"기다리고 있었습니다."

미리 사람을 보내 알렸기에 산아는 다과상을 크게 차려놓고 있었다. 같은 종류의 떡과 단것도 어째서 산아의 집 것이 월등히 맛있는 걸까, 궁금해하는 사이 입안에 침이 돌았다.

"도움을 청하러 왔습니다."

"드시면서 청하세요, 드시면서."

산아의 나비 같은 손이 상 위로 이리저리 움직였다. 따뜻한 방바닥도, 가루가 날리고 꿀이 입혀진 조그만 음식들도 자은을 녹아내리게 했다. 아직 녹아서는 안 된다고 등에 힘을 주었다. 앞서 일어난 일들을 간추린 후 간곡한 부탁을 더했다.

"사람을 시켜 북원소경 손씨의 어머니 김씨에 대해 알아보았으나 두드러지는 것을 기억하는 이가 없었습니다. 산아님이라면 제가 닿거나 지날 수 없는 부인들만의 경로로 알아봐주실 수 있지 않을까 하여……"

산아가 입가를 톡톡 두드려 자은이 콩가루를 묻힌 걸 알려주었다. 자은이 얼른 닦았다. 산아는 잘 꾸민 방 모서리쯤을 쳐다보며 말했다.

"음, 어쩌면요. 떠오르는 이가 하나 있긴 한데. 아침에 저랑 어딜 좀 가실 여유가 있으세요?"

"있습니다만 그럼 집 앞이 아니라 다른 곳에서 만날까요? 부인의 대문 앞에는……"

진오룡과 굳이 마주칠 필요는 없지 싶었다.

"보란듯이 같이 나서고 싶은데요."

산아가 보기 드물게 짓궂은 표정으로 답했다. 자은은 산아가 부탁을 들어주는 만큼 자신도 산아에게 어떻게든 쓰여야겠다고 고개를 끄덕였다.

"둘이 어디 가는데?"

아침 일찍부터 산아의 집 앞에 찾아온 진오룡은 나란히 나서는 산아와 자은에게 활짝 웃으며 다가왔다. 아침에 맡기에는 부담스러운 향의 향낭을 차고 있어 밤새 노닌 것은 아닐지 의심되었다.

"매온에게 갑니다."

산아가 대답했다.

"중매쟁이? 부인이 중매쟁이가 왜 필요하오? 이 친구는 왜 데려가고?"

한번 대답했으니 되었다는 듯 산아는 그다음 물음들에는 답하지 않고 앞으로 나아갔다.

"제가 아는 이가 없어 부탁드렸습니다."

원한을 덜 사고 싶은 자은이 대신 오룡에게 말해주었다.

"자네가 드디어 여인을 얻기로 했나? 그런 날이 오면 설호은이 움직일 줄 알았는데 직접 움직이다니 어지간히도 몸이 달았나보군. 그래, 여인이 있어야 진짜 남자지. 잘 생각했네. 축하하네."

자기는 최고의 부인을 놓쳐놓고 무슨 허황된 말이람, 자은은 속내가 드러나지 않도록 꾸며낸 웃음을 지었다. 오룡의 오해를 굳이 풀 필요는 없어 보였다.

"자네가 부인을 얻으면 우리 넷이 어디 멀리 유람이라도 가지?"

"아이, 저 같은 게 어찌 귀한 분들과……"

오룡의 어이없는 제안에 미끄럽게 거절의 말이 나왔다.

"고운 여인을 얻길 바라네. 나의 산아를 반이라도 닮은 이가 이 땅에 있을 리 없지만."

"그럼요, 그럼요. 백 년 안에 또 태어날 리 없지요."

정말로 혼사를 치르고 싶어 안달난 것처럼 보이길 바라며 자은이 일부러 종종걸음을 걸었다. 오룡을 방심하게 만들고 떨쳐낼 수만 있다면 걸음걸이를 바꾸는 것 정도야 일도 아니었다.

산아가 데려간 매온의 집은 여자들로 가득했다. 대대로 매온을 맡아와서 누구도 정확히 몇 대째인지 알지 못한다고 했다. 어머니에게서 딸에게로, 또 손녀에게로 자리를 물려주며 서라벌 사람들이 최고로 치는 매온 가계를 이루었다니 낡고 크지 않은 집조차 대단해 보였다.

"산아님도 그러면?"

"아, 저는 아버지가 정하셔서 신세를 지지 않았지만 제 친우들은 몇 명이나 이 매온을 거쳤습니다. 매온은 주선한 매 혼사의 기록을 다 가지고 있지요."

"문서로요?"

자은의 물음에 산아가 고개를 흔들고는 자신의 이마에 천천히 손가락 하나를 올려 보였다. 모조리 기억하고 있단 말인가? 자은은 그게 가능할지 미심쩍었는데 이가 거의 남지 않은 노파에게로 안내를 받고는 보통이 아닌 형형한 눈빛에 신망을 가지게 되었다.

"그래, 내성에서 일하던 김씨 사인의 딸, 모량부 손씨의 아들에게 내가 연결해주었지."

바람 새는 소리가 심했지만 매온의 말은 알아들을 만했다. 맞는 매온을 찾아왔다는 점에서 일단 기뻤다. 자은은 산적들이 김씨 부인을 데려간 일을 나지막하게 고하고는 무엇이든 기억하고 있는 상황을 알려달라고 간청했다.

"그 집이 아들 둘에 딸 하나였는데 첫째 아들은 어릴 때 병으로 죽고 둘째 아들은 전사했지. 하나 남은 딸이 얼마나 애틋했을꼬? 어느 날 김씨가 급히 나를 찾아왔어. 궁에 드나드는 공자들이 딸을 두고 몹쓸 계획을 세웠다는 거야. 꾀어내 으슥한 곳에서 겁탈하겠다고. 그 공자들 중 한 사람이 그 자리에서는 웃으며 찬동하는 척했다가 나중에 사인에게 귀띔해준 거지. 한 놈이라도 옳은 놈이 끼어 있어 얼마나 만만다행이었나? 그런 일이 일어나기 전에 얼른 딸을 보내주어야겠다며 며칠 안에 좋은 자리를 구할 수 있겠느냐고 사정을 했어. 그래, 바로 그 자리에 엎드려서 울다시피 했지."

매온이 자은이 앉은 곳 부근을 가리켰다.

"그 공자들이 누구였는지도 알 수 있겠습니까?"

과거의 악독한 일을 이어 하려고 부인을 데려간 것일지도
몰랐다.

"그중에 한 사람은 알아."

매온의 검고 물기어린 눈이 산아에게로 미끄러졌다.

"부인의 집안 어른일 텐데요."

자은에게는 말을 편히 하고는 산아에게는 말을 높였다. 매
온이 자신을 어디쯤 두는지 알 것 같았다.

"어느 분을 말씀하시는 건지요?"

산아에게는 썩 즐거운 이야기가 아닐 것이었다.

"부군의 숙부. 진유구가 주모자였습니다."

그 이름을 듣고 산아가 긴 탄식을 했다.

"아아아, 그분요."

그 탄식에서 많은 것이 읽혔다. 악명 높은 자인가보았다.

"진유구님 덕분에 이 몸이 얼마나 많은 혼사를 서둘러 주선
해야 했는지 모르실 겁니다. 금성의 소녀들은 열 살이 넘으면
그이의 얼굴을 또렷이 외워야 했습니다. 멀리서도 보고 피할
수 있게요. 비슷한 작자들과 시끄럽게 무리 지어 다닐 때는 피
하기 용이했으나 가끔은 담 아래 이무기처럼 똬리를 틀고 여
자애들을 덮쳤지요. 귀신이 벌했는지 요새는 이 근처에서 보
이지 않는다 들었습니다만……"

"보이지 않는다고요?"

286

자은이 물었다.

"몇 년 전의 사냥 여행에서 사라지셔서."

산아가 답했는데 사라진 것이 그리 애석하지는 않은 표정이었기에 조카며느리인 산아에게도 함부로 굴지 않았을지 근심되었다. 더불어 갑자기 사라진 자라면 산적 두목으로 꽤나 들어맞을 듯했다.

"여동생 둘, 남동생 하나가 있지 않나?"

매온이 할 이야기를 다 했다는 듯 자은에게 물어왔다.

"아 예, 있습니다."

"그 셋에게 맞는 짝이 필요할 때 또 찾아오시게. 내가 금성의 심장이야. 피가 고이지 않게 온 방향으로 고루 밀어내지."

그 자부심에 그만 감탄하고 말았다. 자은은 매온의 집을 나서서야 호은이나 자신은 중매하려고 하지 않았다는 점을 묘하게 곱씹게 되었다.

"진오룡님과 진유구님은 가까웠습니까?"

자은이 산아에게 물었다.

"제가 보기엔 꽤 닮았었는데요. 그래서 그런지 서로를 못 견뎌했습니다. 지아비는 사라진 숙부보다 숙부가 타던 명마를 아쉬워할 정도였어요."

산아의 대답에 사람보다 말을 아까워한 것이 매우 진오룡답다고 자은은 생각했다.

설씨 친척이 금성을 떠나기 전날, 자은은 도은과 함께 여자 옷을 입고 그 집으로 향했다. 호위를 맡은 걸마지가 떨떠름함을 숨기지 않았다.

"걸리는 것이 있으면 그냥 말하도록."

자은이 걸마지를 돌아보며 말했다.

"……치마가 너무 짧습니다."

정확한 지적인 것이 자꾸 발목이 보였다. 자은의 키가 큰 편이라 딱 맞출 수는 없었다.

"짧은 것 자체가 문제라기보다는 그걸 신경쓰시지 않는 걸음걸이가 문젭니다. 제 미련한 눈에도 여자의 걸음걸이로 안 보이니 들킬까 우려됩니다."

뭘 들킨단 말인가? 까볼 테면 까보라지 하는 마음이 잠깐 들었지만 자은은 부하의 충고를 받아들여 치마 허리를 내릴 수 있는 데까지 내렸다.

"원래 어떻게 걸었는지 기억이 안 나네."

무표정하게 놀리는 동생이 얄미웠다. 도은이 자신도 별로 하지 않는 화장을 공들여 해주었으므로 거리에서 마주치는 사람이 자은을 알아볼 거라고는 생각되지 않았지만 머리카락을 묶지 않고 쏟아지게 드리우기도 했다.

"만약 정말로 산적들에게 잡혀가버리면? 일이 다 그르쳐 그렇게 될 수도 있잖아. 그럼 어떡할 거야?"

도은은 불안한 마음을 비쳐왔다.

"그럴 리 없어. 말을 탄 자들이 습격할 수 있는 산길은 정해져 있고 그들은 내내 금성에서 멀지 않은 곳에서만 일을 치러 왔다. 먼저 보내 잠복하게 한 병사들한테 밧줄을 던져 말 다리를 묶는 연습만 기백 번씩 시켰으니 이번에 일망타진할 수 있을 거야."

물론 북원소경으로 가는 손씨네를 공격했을 때처럼 아주 엉뚱하게 굴 가능성을 지울 수는 없긴 했다.

"예감이 나빠. 어제 나쁜 꿈을 꿨어."

도은이 여전히 조마조마해하며 말했다.

"어떤 꿈이었는데?"

"오라비가 검은 물 속에 앉아 죽은 짐승을 안고 우는 꿈이었어. 어찌나 슬피 울던지."

"그리 나쁜 꿈도 아니구나."

매일의 가슴속이 다르지 않았다. 산적들을 잡으면 백 명의 목을 직접 베게 되는 걸까 두려웠다. 강이 되어 흐르는 피를 꿈속의 도은이 잘못 보고 검은 물이라 한 게 아니려나 싶었다.

친척 집에 도착해서는 그 집 식구들이 자은을 둘러싸고 살폈다. 그들의 딸로 속일 수 있을지 심각해하며 들여다보았다. 아저씨의 시선이 자은의 얼굴에 오래 머물러 불편해졌다.

"형편없군. 아무도 믿지 않겠어."

"예?"

자은은 집안 어른의 평가에 당황했다.

"눈빛이 너무 맞서는 눈빛이지 않나? 마주쳤을 때 미끄러지는 맛이 있어야 여자지. 얼굴은 죽은 자네 누이들을 합쳐둔 것 같지만 눈이 틀렸어. 아이고, 이를 어쩌나, 속으면 바보일 거야. 멀리서는 몰라도 가까이서 보면 이거 사내놈이네, 알아채고 칼을 뽑을걸?"

걸음걸이 다음은 눈빛으로 타박인가? 한숨이 나왔다. 도은이 옆에서 입술을 물었다가 아예 돌아섰다. 머리가 아픈 듯 문질렀지만 웃음을 참는 것일 터였다.

"맞서는 눈빛이라고요, 제 눈빛이요?"

자은이 울컥 차오르는 것들을 꾹 누르며 되물었다.

"그래, 그 눈빛. 그 눈빛을 죽이지 못하면 산적이든 해적이든 다 여자로 꾸민 남자란 걸 알 걸세."

거기까지 들으니 어이가 없으면서 안심도 되고 또 호은이 방계 집안에 인물이 없다 했던 것도 떠올랐다.

"눈빛은 오늘밤 연습하겠습니다. 까짓것 미끄러뜨리면 되지요. 그 정도는 할 수 있습니다."

"도와준다니 고맙네만, 무서운 작자들을 한층 도발하지는 말아주게."

안심보다는 포기의 기색을 띠며 사람들이 물러섰다. 도은과 둘만 남자 도은이 자은의 매무새를 한번 더 만져주고 목을 끌어안았다.

"살아 돌아와. 어디 산길에 죽어 엎어지지 마."

자은은 대답 대신 동생의 뒷머리를 쓰다듬어주었다.

다음날, 자은은 서쪽으로 떠났다. 서원소경으로 가는 길은 완만히 북쪽으로 휘어질 것이었다. 행렬은 일부러 적당한 크기로 맞추었다. 호위를 더 쓰겠다는 것을 말리느라 힘들었지만 지나치게 비대해지면 미끼로서 기능할 수 있을 리 없었다. 금성을 벗어나기 전, 장미를 한 아름 들고 바삐 걸음을 옮기는 진오룡과 스쳤고 술병을 쥔 채 비틀거리는 김노길보와도 마주쳤으나 어느 쪽도 자은을 돌아보지 않았다. 눈에 띄지 않는 존재로 돌아간 것이 얼마간은 편했다.

짐말들은 다리가 튼튼했으나 빠르지는 않아서 따라 걸을 만했다. 고개를 하나 넘고 또하나를 넘자 해가 졌다. 친척들은 자은의 자리를 야영지 가운데 마련해주었으나 다가와 말을 걸지는 않았다. 가끔 밧줄을 초조히 쥐고 있는 걸마지와 눈이 마주쳤는데 그때마다 걸마지는 눈을 피했다. 치마를 입고 있는 자은이 계속 불편한 모양이었다. 잠들 수 없을 줄 알았는데 푹 잠이 들었고, 식은 음식도 잘 넘겼다.

두려움이라고는 없이 걷고 또 걸었다. 칼도 두고 왔고 이대로 붙잡혀 가기라도 한다면 자은이 자은이라는 것을 증명할 방도는 하나도 없는데 괜찮았다. 머릿속에 오래전에 읽은 경전의 문구들이 흘러 지나갔다. 군자가 되지 못한 채 죽어도 상관없지 않을까, 안쪽이 느슨히 풀어졌다. 세상이 온갖 비참함으로 가득한데 그 비참함을 자신만이 피할 수 있을 리가 있나? 자은은 풀물이 들어가는 치마를 내려다보며 신발 바닥에 닿는 땅의 느낌에만 주의를 기울였다.

다다음 고개, 그곳에서 산적들을 만나거나 아니면 허탕이다…… 일행에 섞인 부하들의 뒤통수가 점점 뻣뻣해지는 것을 보며 자은은 무뢰한들을 기다렸다.

"저게 뭐지?"

"용, 용이다!"

앞서 가던 사람들의 목소리에 고개를 들자, 용이 떨어지고 있었다. 높은 곳에서 힘을 잃은 채 떨어지는 기다란 그림자를 자은도 똑똑히 보았다. 사람들이 웅성거리기 시작했다.

"조용히."

아무도 자은의 말을 듣지 않아서 소리를 높여야 했다.

"조용히 하시오!"

그제야 다들 입을 다물고 발을 멈추었다. 멀리 말발굽소리들이 들렸다. 자은이 쫏, 하고 혀를 차고는 걸마지에게 명령

했다.

"가서 연을 주워 와라."

산적들은 놀리듯 높이 띄운 용 모양 연을 끊고는 달아나고
있었다. 언제부터 덫이란 걸 알았을까? 잠복한 병사들이 어찌
되었을지가 걱정이었다. 걸마지가 두엇을 데리고 길을 벗어나
뛰었다. 자은은 사람들을 그 자리에서 벗어나지 못하게 했다.

"뭐가 어떻게 된 건가?"

친척이 물어왔다.

"딸들 대신 제가 시늉을 하기로 했다는 걸 또 누가 압니까?"

"어디 가서 그런 말을 하겠나?"

"말이 샜습니다."

"우리집 식구들은 아니야. 제 목숨들이 걸렸는데 그랬을 리
없어."

자은은 가타부타하지 않고 걸마지가 돌아오길 기다렸다. 나
무 그늘 때문에 으슬으슬해졌을 때쯤에야 걸마지가 돌아왔다.
그럭저럭 온전한 모습으로 추락한 용 연을 들고 있었다. 용의
등에는 한 문장이 쓰여 있었다.

뱀에는 올가미를 씌울 수 있어도 용에는 씌울 수 없다.

보기 좋게 당한 셈이었다. 자은이 허탈하게 서 있을 때 걸마

지가 하나를 더 건넸다. 종이죽으로 만든 용 탈이었다.

"흘리고 갔더군요."

자은이 받아 품속에 갈무리했다. 친척이 다가왔다.

"이제 어떻게 하면 좋겠나?"

"서원소경까지 모셔다드리겠습니다. 따님들은…… 산적들이 잡히는 대로 보내드리고요."

"우리 딸들 먹기도 많이 먹는데 괜찮겠나?"

그것은 자은이 해야 할 걱정 중에 가장 하찮은 걱정이었다. 다시 걸음을 옮기기 시작하고 얼마쯤 지나 잠복시켰던 병사들을 끌고 오는 걸마달과 마주쳤다. 죽지 않았구나, 맥이 탁 풀렸다. 걸마지가 걸마달을 보고 달려가기에 반기는 줄 알았는데 냅다 후려갈겨 놀라고 말았다.

"왜 약속된 장소에 있지 않고?"

"아니, 용 탈을 쓴 자들에게 홀려 쫓았는데……"

걸마달이 변명했다. 들어보니 큰 자루를 가진 두 명이 말을 달려 가기에 본거지로 향하는 줄 알고 뒤쫓았다고 했다. 그런데 그들이 중간에 자루를 뒤로 던졌고 얼른 집어 살펴보니 귀한 것은 없이 온통 지푸라기뿐이었단다. 수상함에 계속 쫓으려 했으나 어디선가 화살들이 날아와 부상자가 생긴데다 아무래도 함정인 것 같아 돌아오는데 허공에 기이한 연이 보여 일이 다 꼬였다는 걸 알아챘다는 것이었다. 자은은 힐문할 마음이 들지 않았다. 걸마달이 스스로 생각해 움직인 것을 힐문하면 다음부터는 자은이 시키는 일만을 할 터였다. 자은 대신 걸마지가 버럭버럭 화를 내서 그로 충분하다 싶기도 했다.

자은은 큰 나무 뒤로 걸어들어가 치마를 벗어버리고 자신의 옷을 입었다. 문질러 화장을 지우며 걸어나왔다.

"허탕을 치게 되어 어쩝니까?"

걸마달이 자은의 눈치를 보며 물어왔다.

"남원소경으로 간 인곤 쪽만 허탕을 치지 않으면 된다."

인곤에게 기대를 걸어보는 자은이었다. 서원소경까지 간 것이 오로지 허탕은 아니었던 것이, 산적에게 당한 이주자들이 있나 알아보니 일전에 신고한 집에 더해 두 집이나 더 나왔다. 모두 신라 육부 성씨였다.

금성에 먼저 도착한 쪽은 인곤이었다. 쏜살처럼 갔다가 쏜살처럼 돌아온 인곤은 자은을 기다리고 있다가 팔을 벌리고 뛰쳐나왔다. 자은은 며칠 떨어져 있었다고 저러나 싶어 웃음이 났다. 그런데 뛰어오는 인곤의 얼굴이 심각했다. 방어 자세를 취해야겠다 싶었을 때는 이미 늦어서, 어깨와 허리춤을 잡혀 그대로 던져졌다.

"아."

등으로 떨어져 올려다보는데 인곤이 자은을 올라타 멱살을 잡고 흔들었다.

"어떻게 나와 상의하지 않고 그런 짓을 벌일 수가 있어? 설자은, 이 냉담하고 못돼먹은 자야!"

걸마지가 걸마달을 후려칠 때 자신에게도 비슷한 일이 닥쳐오리라는 것을 깨달았어야 했는데…… 자은은 정신없이 흔들리면서도 인곤이 화를 낼 대로 내는 것이 기꺼웠다. 대등하다고 여기기에 할 수 있는 행동이었다.

"웃어? 지금 웃어? 사람을 속여 보내놓고 웃음이 나와?"

인곤의 이마 한구석에 핏줄이 서 있었다.

"내가 속였나? 남원소경에 갈 사람이 진정으로 필요했는데 그게 왜 속인 건가? 자네는 아무 소득 없이 돌아왔나?"

자은이 인곤의 팔을 잡아 멈추게 하며 물었다.

"그건…… 자네가 사과하기 전에는 말해주지 않겠네. 큰일해야 할 사람이 그따위로 목숨을 걸어? 목숨을 무슨 썩은 감 버리듯이 해? 제때 버릇을 고쳐두지 않으면 내가 화병으로 죽고 말겠어."

자은은 엎드려 하려 했던 사과를 누운 채 했다.

"미안하네. 잘못했네."

"그렇게 쉽게? 그렇게 바로? 진심이라고는 하나도 깃들지 않은 사과구먼."

"아니, 자네 말이 맞아. 내가 나를 함부로 썼네. 무모한 계획이었고 결실도 없었어. 자네와 상의할 걸 그랬다고 내내 후회했다면 믿어주겠나? 허락하지 않고 만류할 것 같아 몰래 저질렀는데 이리 형편없이 돌아왔으니 다시는 비슷한 짓을 꾀하지 않을 거야."

자은이 재차 사과하자 인곤이 물렁한 표정을 했는데, 도은이 달려와 신발을 벗어 그걸로 인곤을 마구 때렸다.

"던졌어? 우리 오라비를 던졌어? 미친 거 아냐? 키만 클 뿐 뼈다귀나 다름없는 걸 던져버리면 어떡해? 당장 나가! 이 은혜도 모르는 놈아!"

"아니, 이번엔 진짜 설자은이 잘못했잖아요?"

인곤이 때리는 대로 맞으면서도 항변했다.

"성정이 원래 저런 걸 모르고 따랐나? 잠잠한 듯 제멋대로인 성정인 걸 모르고 친우가 되었나? 거푸 태어나야 고쳐질 못난 부분은 받아들여주는 게 친우지. 그 나이를 먹고도 몰라?"

편을 들어주는 듯 욕을 하는 도은을 보며 자은이 몸을 일으켰다.

"내가 다 잘못했고, 탓하고 싶을 만큼 하고, 그래도 남원소경에서 어떤 이야기를 들었는지는 말 좀 해주게."

인곤이 손을 내밀어 자은이 일어나는 걸 도와주었다.

"말만 듣고 온 게 아니네. 용의 비늘을 가지고 왔어."

"뭐?"

"방으로 들지."

자은이 들어서자 탁상 위에 작은 상자가 놓여 있었다. 오동나무로 정성스럽게 만든 상자였다. 상자 안에는 비단과 종이로 조심히 싼 물건이 있었다. 손바닥보다 조금 작고 살짝 볼록한 형태였다.

유리로 된 비늘 한 장이었다. 투명하면서도 독특한 푸른빛을 띤 용의 비늘.

"딸이 돌아왔네."

"정씨의 딸이?"

산적에게 바친, 산적이 데려간 딸이 돌아왔다니 예상치 못한 일이었다.

"어찌 달아났다던가?"

그 물음에는 인곤이 고개를 저었다.

"그들이 돌려보냈네. 용의 비늘과 함께. 용아를 품었으니 잘 키워 언젠가 왕경이 무너질 때에 신라를 구할 영웅으로 만들라 했다더군. 신라의 다음 영웅은 신라의 가장자리에서 태어날 거라며."

자은은 손 위의 유리 비늘을 떨어뜨릴 뻔했다.

"왕경을 무너뜨리겠다는 뜻인가?"

"왕경이 무너지길 바라는 염원일 수도 있고, 무너질 거라는 예측일 수도 있지. 어쨌건 비늘이란 건 하나만 만들지는 않는 물건이니 다른 여인들도 돌아오게 될 거야. 배가 부른 채. 전부 몇 명이려나?"

"이번에 서원소경에서 파악한 것까지 하면 다섯. 신라 육부 성씨 중 설씨만 빼고 다 데려갔더군. 여섯을 채우면 그칠 것인가? 왕경이 미우면 왕경을 칠 일이지 왜 여자들을……"

"제 딴에는 대단한 씨앗 뿌리기라도 했다고 여기겠지. 스스로를 용의 아들이라 부르는 자들 아닌가? 그렇게까지 부풀어 오른 머릿속은 범인들이 이해하기 힘들 것이네."

인곤이 말했지만 자은은 그 비틀림을 해석하지 못한 채 그들을 잡을 수 있을 성싶지 않았다.

"강건해 보이던가?"

"돌아온 여인이? 나빠 보이지 않았어. 먹이고 씻기고 입힌 것 같아. 아무리 물어도 어디로 끌려갔었는지는 모르겠다 하던데 정말 모르는 건지 두려워 숨기는 건지 간파할 수 없었어."

"그 가족들은?"

"민망하기 짝이 없겠지. 재산 대신 바쳤던 아이가 돌아왔으니."

"적반하장으로 해코지라도 하면……"

"아, 그럴까봐 돌아온 여인의 처분은 설대사가 할 거라 했어."

인곤이 당당하게 말했다. 자은에게 무거움을 더해놓고 보이

는 그 당당함에 아연했지만 자은 역시 인곤의 판단이 최선이
었으리라 받아들였다.

"다른 여인들이 돌아오지 않았는지 묻고 돌아오면 알리도
록 서한을 띄워야겠군. 그리고 누가 이런 유리 비늘을 만들 수
있을지 당장 알아봐야겠어."

"유리 장인에게 가보지. 마침 아는 사람이 있어."

자은은 금성에서 나고 자란 자신도 모르는 유리 장인을 인
곤이 알고 있는 게 신기했다. 인곤은 자은에게 화를 낸 것을
잊었는지 아니면 잊기로 했는지 가뿐히 앞서 안내했다.

"이런 건 안 만들죠."

유리 장인은 못 만든다고 하지 않고 안 만든다고 했다.

"만들려면 물론 만들지만 남는 게 없으니까요. 장신구의 작
은 구슬 정도까지는 만들 만하고 이득도 있지만, 이렇게 큰 잔
을요? 도기가 훨씬 단단하고 길게 씁니다. 도기가 흔해 싫다
면 동잔, 은잔, 금잔도 널린 곳이 서라벌인데 굳이 유리를 써
만들겠습니까? 그릇 형태로는 작은 사리병 정도를 가끔 만듭
니다. 탑 속에 넣는 손가락만한 것 말입니다."

"그릇을 만드는 일이 특히 어떻게 어렵습니까?"

인곤이 궁금했는지 유리 장인의 심기를 건드리면서까지 물
었다.

"공기 방울을 빼는 것도 일이고 만든 다음 균일하고 투명하게 갈아내는 것도 일이라서…… 그리고 이 푸른빛? 이 색을 낼 재료가 근방에선 안 나요. 서역의 빛깔입니다."

"이게 잔이라고요?"

장인의 말을 듣고 있던 자은이 볼록한 유리 비늘을 눈높이로 들었다.

"얕은 술잔 같은데. 아마 병과 함께 만들어졌겠지요."

그러고 보니 술을 찰랑찰랑 담을 수 있을 것처럼 보였다. 병은 그렇다면 용의 머리 모양이려나? 깊은 밤 유리 용두를 마주보다 틀려먹은 착상을 얻어 포악한 일을 벌이기로 한 걸까?

"목걸이도 하나 있는데 좀 봐주시지요."

중원소경에서 가져온 목걸이도 펼쳐 보였다.

"마찬가지입니다. 이렇게 굵은 알은 타산이 안 맞아서 신라 어디에서도 만들지 않을 겁니다. 서역인들은 유리 제작 기술이 원체 뛰어나죠. 우리가 유리를 귀히 여긴다는 걸 알고 선물로 들고 오고요. 그런데 그 잔도 그렇고 이 목걸이도 그렇고 이런 수준의 물건이라면 그건……"

유리 장인이 월성 쪽을 고개로 가리키며 뒷말을 삼켰다.

"왕가에나 바쳐질 거다?"

자은은 비늘이 눕는 방향이 마음에 들지 않았다. 그렇지만 유리로 만든 것 중 손에 쥔 비늘 잔과 비슷한 맵시는 평생 한

번도 본 적 없으니 유리 장인의 말에 믿음이 갔다.

"알려주어 고맙습니다."

자은은 비늘 잔과 목걸이를 도로 집어넣고 도은과 경은, 산아에게 줄 팔찌를 골라 값을 치렀다. 색색의 유리구슬들 사이에서 각자에게 어울릴 만한 걸 고르느라 자은과 인곤이 잠시 즐거움에 젖었다. 이럴 때인가 싶었지만 그럼 또 어느 때에, 하며 팔찌 셋을 꿰었다.

그다음으로 찾아간 곳은 천존고였다. 혹 안을 볼 수 있을지 인곤이 흥분했으나 자은 쪽은 기대가 없었다. 자은의 예상대로 담당 관리는 매우 방어적인 태도로 두 사람을 막아섰다. 자은은 그럴 때 내밀곤 하는 왕의 재가가 담긴 서한을 꺼냈다. 설자은이 묻는 것에 무엇이든, 다음 명이 있을 때까지 답하라는 서한이었다. 자은의 이름은 천존고에도 알려져 있어 서한의 진위까지 의심받지는 않았다. 내심 며칠 걸리면 어쩌나 졸아들었는데 일이 잘 풀린 셈이었다.

"유리로 된 용 말입니까?"

"예, 병과 잔들이 묶여 한 벌일 것입니다. 그런 물건이 지금 여기 있는지, 없다면 누구에게 있는지 알고 싶습니다."

"본 적은 없는데. 언제쯤 들어온 물건일지는 압니까?"

"그건 잘……"

알 수 있을 리가 없었다.

"아니, 수백 년 치가 있는데 그중에 찾아내란 겁니까?"

"무리한 요청을 드릴 리가요. 목록이 있다면 저희가 찾겠습니다."

잔뜩 주름 잡혔던 관리의 이마가 그 말에는 펴졌다. 아무래도 길게 걸릴 것 같아 따라온 호위들은 먼저 돌려보냈다. 관리가 책상 자리를 마련해준 후 굉장한 양의 문서도 가져다주었다. 낡은 목록에서는 먼지가 풀풀 날렸고 두루마리와 책으로 묶인 것의 형식이 통일되어 있지 않아 자은은 새로 써 정리하고 싶은 욕구를 느꼈다. 붓을 쥘 여유를 어느 세월에 또 만날지 몰랐지만. 손의 굳은살 위치가 다 바뀌어버린 것이 익숙해지지가 않았다.

"보아하니 밤을 새야겠네."

인곤이 생색을 내느라 과장되게 기침을 하며 말했다. 재빠른 손가락과 눈이 벌써 몇 장을 훑은 뒤였다. 자은도 질 수 없었다. 한 글자도 놓치지 않으려 샅샅이 살폈다. 종이와 그 위의 글자를 집어삼키듯이 했다. 토할 것 같아지면 잠깐잠깐 고개를 들었다. 인곤이 허리띠에 매달아둔 주머니에서 말린 음식을 꺼내 자은에게 건넸다.

"이런 걸 다 챙겨왔나?"

자은이 고마워하며 먹었다.

"개들 주려던 건데 우리에게 유용해졌어."

인곤의 대답에 고마움이 살짝 가시긴 했어도 먹는 걸 멈추지는 않았다. 어쩐지 개들이 토실토실하더라니.

날이 밝도록 삼백 년 치 목록을 검토했건만 용의 형태를 한 유리병과 잔은 찾을 수 없었다.

"이보다 더 거슬러올라가야 할까?"

"아니, 그건 아닐 거야."

그렇게 오래된 물건으로는 보이지 않았다.

"용은 아니지만……"

인곤이 긴가민가하며 목록을 내밀었다.

"물고기 모양 병과 잔은 찾았네."

"물고기?"

"쓰인 걸로는 복스럽게 생긴 푸른 잉어 모양이라고 하는군. 서역 사람들은 용을 우리와 같이 그리지 않으니 물고기인 게 좀더 그럴듯하다고 보는데."

자은은 희색을 비쳤다.

"어디 있다고 되어 있나?"

"삼십 년쯤 전, 공을 많이 세운 왕족 무덤에 묻혔다는데? 제법 중요한 무덤이야."

"그 물건이 맞다면 묻혀 있어야 할 게 돌아다니고 있다는 건가? 도굴일까?"

"잉어 비늘을 용 비늘로 꾸며내는 도적놈들이라면 도굴을 못할까?"

자은이 팔짱을 낀 채 팔꿈치를 두드렸다.

"옛 시절보다 능의 크기가 작아졌지만 도굴이 쉬울 리 없어. 고작 삼십 년 된 무덤이면 지켜보는 눈은 또 얼마나 많겠는가? 능이 완성되기 전 빼돌린 쪽이었을지도 모르겠어."

"그 능에 연관된 자들을 찾으려면……"

두 사람은 쓰러져 잠들 것 같았지만 무거운 발을 끌고 예부로 쳐들어갔다. 예부는 예부대로 책들이 여기저기 무너지기 직전의 탑처럼 쌓여 있었고 예부 전사청에서 관련 문서를 찾아냈을 때는 자은도 인곤도 눈꺼풀에 모래가 낀 듯해 감을 때도 아프고 뜰 때도 아팠다. 자은은 그 눈으로도 진유구의 이름을 똑똑히 읽어냈다.

"허, 석산에 새긴 큼지막한 글자처럼 눈에 들어오는군."

물고기 병이 묻혀 있어야 할 무덤을 만든 책임자로 올라 있었다. 자은이 발견한 부분을 손가락으로 짚어 인곤에게 넘겼다.

"잠깐, 이게 누구더라?"

"내가 말해줬잖나. 매온에게서 들은 진오룡의 숙부."

"맞다, 맞아."

평소에는 경전바퀴처럼 핑핑 돌아가는 인곤의 머리도 느려진 모양이었다.

"진유구를 또 맞닥뜨릴 줄이야."

"같은 이름이 두 번 등장하다니 우이偶爾일 리 없을 터."

"설대사, 찾던 걸 찾았소? 우리도 집에 가게 제발 좀 가주시오. 설대사만 나타나면 그 관부 문서고가 뒤집어진다고 소문이 파다하오."

자은을 아는 예부의 관리, 그러나 자은 쪽은 누군지 과로로 멎어버린 머리로는 곧 떠올릴 수 없는 이가 핀잔을 주었다.

"평소에 체계를 갖추어두었으면 내가 뒤집을 일이 없지 않겠소? 다들 당장 바쁜 일이 많은 것은 알지만 나라는 기록으로 지탱되는 것을……"

이렇게까지 말해도 되는 허물없는 사이였던가? 자은은 멍한 상태라 입을 멈추지 못했다. 인곤이 자은의 정강이를 발로 누르며 대신 인사했다.

"아이고, 그래도 꼭 찾아야 할 것을 찾았습니다. 감사합니다."

집으로 돌아가는 길은 지독히 멀게 느껴졌다. 오소경을 다 돌아본 다음인데도 그러했다.

"나 더는 못 가겠어."

자은이 길가에 벌렁 누웠다.

"여기 눕겠다고? 안 돼, 일어나게."

인곤이 자은을 일으켜 업으려고 했지만 다리에 힘이 풀려

자기도 눕고 말았다. 둘 다 까무룩 자고 나서야 일어날 수 있었는데 그동안 금성 사람들은 그 주위를 빙 둘러 걸어갔다.

자은과 인곤은 다음날 아침, 음식을 욱여넣듯이 먹었다. 하루가 어찌 흘러갈지 모르니 먹을 수 있을 때 먹어두는 게 낫겠다는 계산에서였다. 도은이 그 모습을 보다가 자기 그릇의 음식을 덜어주어서 미안해졌다.

"아니, 배가 고파서가 아니라……"

"몇 끼를 몰아 먹는 건지 모르겠지만 먹어, 괜찮아."

끄덕이고는 마저 삼켰다. 곧바로 결기를 다지듯 몸치장을 하고 대문을 나섰다. 찾는 대상은 그날도 옆집 문 앞에 있었다.

"설대사, 아침부터 신수가 피었구먼. 매온이 좋은 아가씨를 찾아주던가?"

자은이 그 물음에는 대답하지 않고 척척 걸어 진오룡 앞에 무릎을 꿇었다. 인곤은 못마땅해하고 있겠지만 무릎 정도는 얼마든지 꿇을 수 있었다.

"도와주십시오."

그 청에 진오룡이 즐거워하는 기색이 두려울 정도였다.

"내가 설대사를 도울 일이 있나? 금성의 흰 매는 홀로 나는 것으로 아는데."

"진유구님을 뵈어야겠습니다. 만약 집안에서 어떤 사정으로 숨기고 계시다면 이번에 부탁드릴 때 내놓아주십시오."

부탁처럼 들리지만 협박으로도 해석할 수 있는 말이었다. 다음에는 부탁하지 않고 쳐들어가겠다는 뜻이었으니. 진오룡이 한층 환하게 웃었다. 잇몸의 붉음이 이른 햇빛 속에서도 요사스러웠다.

"숙부님? 사슴을 잡으러 갔다가 사라졌는데…… 뭐, 나는 숙부가 워낙 원망 살 일을 많이 해서 누가 절벽에서 밀어버렸다고 여기는 편이지만."

"전혀 가깝지는 않으셨나봅니다?"

인곤이 슬쩍 끼어들었다. 오룡은 인곤이 자신에게 말을 붙인 게 신기한 듯 뚫어져라 보았다. 인곤은 그 눈빛에 물러서지 않았다.

"제법 금성 사람처럼 말을 하네?"

"그럭저럭 흉내를 내지요."

"흐음, 백제인 하나 정도 데리고 있으면 재밌을지도. 소문처럼 못 만드는 게 없느냐?"

그대로 두면 인곤을 넘기라고 할 듯했다.

"숙부님과 가깝지 않으셨다고요?"

자은이 오룡의 주의를 인곤에게서 돌리려 다시 한번 물었다.

"부끄럽다 여겼어. 여자를 좋아하면 구슬려 안아야지 풀숲에서 짐승처럼 튀어나가는 꼴이 하품이잖아. 나도 어여쁜 것들을 품길 좋아하지만 한 번도 억지로 그런 적은 없다고."

"전대등님, 혹 이씨 집안 어린 딸에게 장미를 주신 적 있습니까?"

"누구?"

"시장 근처에서 장미를 나눠주신 적 있냐고요."

"아아, 그런 적은 있네. 내 부인이 받아주질 않아 정원에서 애써 기른 것이 무용하게 다 시들까 하여 이리저리 나누어주었지."

자은은 정원의 유행을 익히 알고는 있었는데 먹지 못할 것을 모양내 기른다는 사고 자체를 받아들이기 어려워하는 중이었다. 도은도 매한가지라 빈 땅에 꽃을 심으면 등짝을 때릴 성싶었다. 장미는 팔려면 팔 수도 있기야 하겠지만.

"이후로 그 아가씨를 다시 만난 적은 없고요?"

"이봐!"

정색을 하며 오룡이 자은의 어깨를 짚었다.

"나 많이 반성하고 있어. 부인이 거북하다는 뜻을 내비친 이후로 아주 정갈히 살고 있다네."

그럼 그전에는 산아가 거북함을 비치지 않아서 그렇게 살았단 말인지 의문이 떠올랐지만, 자은은 어깨를 뒤로 돌려 오룡의 손을 미끄러뜨리고는 품에서 이씨의 딸이 산적들에게 받았다는 목걸이를 꺼냈다.

"이 목걸이를 보신 적은 없습니까? 진유구님이 가지고 있었
다든지요."

"아까도 말했다시피 산짐승처럼 구는 편이어서 목걸이를
나눠주며 다니지는 않았을 텐데. 알이 굵은 게 보통 물건은 아
니군."

유리 비늘 잔까지 보여주지는 않았다. 오룡을 완전히 믿을
수는 없었다. 산적들이 출몰했던 시기에도 오룡은 매일 금성
에서 목격되었으나 그들이 금성에 돌아왔을 때 접촉했을지 아
닐지는 알 수 없는 부분이었다.

"설대사, 우리 거래를 하나 할까?"

오룡이 먼저 제안해왔다.

"어떤 거래를요?"

"부인에게 내가 다른 사람이 되었다 말을 잘해주면, 그래서
저 문턱을 넘게 해주면 사라진 숙부에 대해 중요한 사실을 하
나 알려주겠네."

자은이 코웃음을 쳤다. 무릎을 꿇고 있다고 혼까지 숙인 자
세는 아니었다.

"전대등님의 숙부를 영영 못 찾는 한이 있어도 그런 부탁은
들어드릴 수 없습니다. 산아님의 마음은 산아님의 마음, 저 같
은 것이 그 마음을 바꾸기 위해 믿지도 않는 것을 속살거릴 리
가요."

말을 마치곤 숫제 일어나 등을 돌렸다.

"그러면 계속 거기 계십쇼."

인곤도 오룡을 약올렸다.

"잠깐, 잠깐만."

오룡이 두 사람을 붙잡았다.

"거래 내용을 바꾸지. 흥, 자네가 이렇게 커지기 전에 확실히 싹을 잘랐어야 했는데. 호랑이를 키웠군, 호랑이를 키웠어."

꼭 자신이 키운 것처럼, 밟으려 하지 않았던 것처럼 말하는 오룡이었다.

"그냥 자네가 내게 빚을 하나 지는 것으로 하지. 내가 높고 엄하신 분에게 혹 눈총을 받게 된다면 그때 편을 들어주는 것은 어떤가? 딱 한 번이면 족하네."

자은은 짧게 고민했다. 산아에게 말을 좋게 해주는 것은 비위가 상해 할 수 없었다. 왕에게는? 그 정도는 할 수 있을 것 같았다. 산아를 더 귀히 여겨서, 또 왕에게 자은의 말이 가질 힘이 대단치 않을 거라고도 여겨서 고개를 끄덕였다.

"알았습니다. 그렇게 하지요."

붉은 혀로 입술을 적시더니, 오룡이 말을 뱉었다.

"숙부가 타던 말."

고작 말에 대한 이야기였나, 맥이 탁 풀렸다. 산아가 말해준 적 있었다. 진유구가 타던 말을 오룡이 탐냈었다고.

"그 말은 칠흑처럼 검은데 가슴에 흰 무늬가 있네. 그런데 그게 꼭 북두칠성 모양이야."

듣다보니 그건 특이하다 싶었다.

"숙부가 살아 있다면 그 말을 포기했을 리 없어. 무늬만 특이한 게 아니라 명마 중의 명마였네. 신라 산천을 쉬지 않고 내달릴 수 있는 준족이었지."

"말은 죽었을 수도 있고 팔렸을 수도 있지 않습니까?"

인곤이 물었다.

"고작 이 년 전에 사라졌는데 그새 죽었을라고? 어리고 건강한 말이었어. 절대 팔지는 않았을 테고."

오룡은 자신있어했다.

"직접 찾아보시지는 않았습니까?"

자은이 확인했다.

"물론 찾아보았네. 숙부가 마지막으로 목격된 부근에서 말만 돌아다니고 있지는 않나 하고. 나도 그리 한가하지는 않으니 사람을 시켜 찾았던 것인데 헐거운 녀석들이 성의 없이 찾았는지 끝내 발견 못했네. 어때, 도움이 될 것 같나?"

"말을 찾아도 사람은 찾지 못할 수 있으니…… 그다지요. 제가 손해보는 거래이지 싶습니다."

자은은 짐짓 아쉬운 체하며 자리를 떴다. 오룡은 자은의 말을 믿지 않는다는 듯 소리내어 웃었다.

"큰 실마리를 얻었네. 뭘 내준지도 모르고 내준 것일 텐데."

집안 깊숙이 들어서서야 인곤이 말했다.

"북두칠성이 가슴에 있는 말이 그 모습 그대로 금성을 드나들었을까? 나라면 먹칠을 해서 가슴의 무늬를 가렸을 거야."

꼬리를 쉽사리 밟히지 않는 상대를 한 단계 더 의심해보는 자은이었다.

"마구를 좀 화려하게 입혔을 수도 있겠군."

자유로이 출몰하니 군마는 아닐 것이었다. 군마만 빼도 살펴야 할 수가 적잖이 줄어들 터였다. 자은은 걸마지 형제들을 불러 금성을 드나드는 길목마다 인원을 배치하게 했다. 검은 말의 가슴을 조사하라는 것이 명이었다. 검은 말을 탄 사람을 조용히 쫓아 어디에 사는 누구인지 알아보고, 마구간에 말만 남겨졌을 때 벗은 가슴을 닦아 북두칠성이 있는지 확인하라고 했다. 귀찮기 짝이 없을 명인데다 하는 시늉만 해서는 놓칠 게 뻔해 포상도 크게 걸었다. 일이 끝나면 길게 쉬게 해주고 집이 먼 자들은 다녀올 수 있게 여비도 주기로 했다.

"하지만 뭔가 맞아떨어지지 않아."

의도적으로 출입을 삼가며 기다리던 중에, 자은이 말했다.

"진유구가 아닌 것 같다고?"

"손씨의 어머니 김씨 말이야. 아무리 가족의 안위를 위해서

라고 해도 어린 시절 자신을 겁탈하려던 자를 그렇게 따라나
서겠는가? 그 어떤 여자도 그럴 리 없어."

자은의 말에 인곤도 끄덕였다.

"두목은 혼자 얼굴과 머리를 다 가리는 탈을 썼다고 했어.
악명 높은 진유구라면 그런 탈을 쓸 법하고. 김씨는 탈 때문에
누군지 모르고 따라나선 게 아닐까?"

"아는 이여서 순순히 따라나선 줄 알았는데……"

기다림이 지겨워질 즈음이었다. 비가 대차게 쏟아지는 오후
에 걸마달이 달려 돌아와 말에서 내리다가 그만 세게 굴러떨
어졌다. 자은은 걸마달의 궁둥이가 남들보다 뾰족하기라도 해
서 도무지 말 위에 있을 수 없는 것인지 속으로만 한탄했다.

"대사님, 그 말을 찾았습니다!"

찾은 것치고 기뻐하는 얼굴이 아니었다.

"어서 말해보아라."

"장대비 때문에 말 가슴의 북두칠성이 무척 확실히 보였습
니다. 그런데……"

걸마달의 망설이는 얼굴 위로도 비가 쏟아졌다.

"말의 주인이 김노길보님이십니다."

"뭐?"

"어디서 꼬여 그리되었는지는 모르겠습니다만, 그 말이 김
노길보님의 말입니다."

자은은 먹은 것이 올라와 목구멍이 따가웠다. 비파곡의 까마귀, 서라벌 토박이라면 모를 리 없는 얼굴과 유난한 곱슬머리, 입가의 흉터.

"아직 확실한 건 아니니까…… 진유구든 누구든 눈에 띄는 말이 싫어 팔아버렸다면 우연히 사셨을 수도 있지 않나?"

인곤의 목소리에 평소답지 않은 떨림이 있었다.

"지금 비파곡으로 가시겠습니까?"

걸마달이 물었다.

"아니, 김노길보님이 금성을 벗어나면 쫓아 움직인다. 절대 들키지 말고 일거수일투족을 살피도록."

자은의 명에 걸마달이 고개를 끄덕이자 턱을 타고 빗물이 뚝뚝 떨어졌다. 몸을 말리지도 않고 그대로 다시 뛰쳐나가는 걸마달을 불러세우려다 말았다. 닦고 말려도 어차피 젖을 수밖에 없는 날이었다.

비파곡 입구를 지킨 지 엿새째에, 김노길보가 움직였다. 짐수레 몇에 하인들과 개들까지 끌고서였다. 다리가 짧은 개들은 수레에 타고 긴 개들은 따라 달렸다.

"호은 형님에게 알아보니, 노길보님도 금성을 떠나라는 명을 받았다는군. 지금껏 그 명을 받지 않았던 게 신기한 일인지도 모르겠어."

"한때 귀한 신분이었으나 족강族降되어 금성을 떠나게 된 자들이 앙심을 품고 뭉쳐 벌인 일일까?"

"곧 알게 되지 않겠나?"

자은은 알고 싶지 않았다. 모든 오해가 풀리고 노길보에게 이러저러하여 미행을 했었다 털어놓으면 너그러운 용서를 받을 수 있을 터였다. 몇 년 지나면 서로 우스갯소리까지 할 수 있을 것이었다. 시야가 좁았습니다, 어리석었습니다, 하필 단서들이 엉뚱히 얽히고설키어 그런 짓을 저질렀습니다…… 훗날 하고 싶은 말들이 입안을 맴돌았다.

노길보의 일행은 금관소경으로 가는 길로 접어들었다. 그대로 길을 벗어나 사라지라고 외치고 싶었지만 자은은 침묵하며 말을 몰았다. 천천히, 걷는 것보다 조금 빠른 수준으로. 느린 추격이 도리어 괴로웠다. 사이를 넉넉히 벌렸기 때문에 밤에는 노길보가 피운 불이 점처럼 보였다. 자은은 그 불가에 가 앉고 싶었다. 노길보와 단둘이 이야기하고 싶었다. 해명할 기회를 주고 싶었다.

주지 않았다.

노길보가 금관소경의 새집에 들어섰을 때, 노길보와 비슷한 나이로 보이는 여인이 노길보를 맞으러 나왔다. 먼지를 털어주고 머리를 가지런히 넘겨주었다. 자은이 뒤에서 물었다.

"김씨 부인이십니까?"

여인이 반사적으로 고개를 끄덕였고 노길보가 돌아보았다.

거기 선 자은을 보고 노길보가 놀랐더라면 안도했을 것이었다. 노길보는 털끝만큼도 놀라지 않았다. 닥칠 일이 닥쳤다는 것을 아는 자세여서 자은은 고함을 지르고 싶었다. 달려들어 밀고 때리고 울며 매달리고 싶었다. 옳고 싶지 않았는데 옳아버려 비통했다.

"인사를 채 못하고 금성을 떠나왔네. 도리 없었군."

굳어 있던 자은을 대신해 노길보가 입을 열었다. 그 목소리에 몸이 풀린 자은이 칼을 뽑아 노길보의 턱밑에 대었다.

"이자를 묶어라."

김씨 부인은 울면서 노길보를 두둔했다. 자신이 스스로 따라온 것인데 어찌 노길보에게 죄를 묻느냐 하였다. 어린 시절 구해준 은인을 다시 만나 탈 너머로도 알아보았노라고, 그래서 망설임 없이 따랐노라고 했다. 진유구가 김씨를 겁탈하려 했을 때 김씨의 아버지에게 귀띔한 이가 노길보였음을 그렇게 알 수 있었다.

"이 년 전에, 진유구를 죽였습니까?"

자은이 노길보에게 물었다.

"죽였지."

노길보는 발뺌할 생각이 없어 보였다.

"우연히 그리되었습니까, 노리고 쫓았습니까?"

"그게 왜 궁금한가? 무슨 차이가 있다고."

"궁금해하는 것이 제 일이라서요."

노길보가 자은을 볼 때 여전히 아끼는 눈빛이어서 자은은 견딜 수 없었다.

"같은 사슴을 쫓다 마주쳤는데 사냥 오두막으로 초대하더군. 그때까지는 죽일 생각이 없었어. 그런데 그 오두막에 있어서는 안 될 물건들이 잔뜩 있지 무언가?"

자은이 품안에서 유리 비늘을 꺼내 노길보의 눈앞에 내밀었다.

"이런 것들요?"

"그래, 내 아버지의 무덤에 묻혔어야 했던 것들. 나머지 보화들도 또다른 무덤에 들어갔어야 할 물건들이었겠지. 그자는 그걸 그리 공들여 숨기지도 않았더군. 추레한 사냥 오두막, 고약한 냄새가 나는 가죽과 창자들 사이에…… 평생 죽이고 싶었던 자를 죽이고 아버지의 늦은 유산을 받는 일이 그때는 마땅하게 느껴졌네."

"그 재물로 족강되어 금성에서 쫓겨날 처지에 놓인 이들을 규합했습니까?"

"틀렸어. 설자은, 일부러 틀리게 말하는 수는 내게 통하지 않아."

노길보가 고개를 들어 자은을 똑바로 응시했다.

"우리는 재물 따위로 묶인 게 아니야. 재물은 줄곧 관심 밖이었어. 잘려 피 흘리는 뿌리 때문에 모인 것이지. 왕은 모두를 쳐내고 있어. 금성이 몇 무더기의 흙 언덕일 때부터 지금까지 금성을 일구고 지켜낸 천년의 넋과 혼들을 배역하여 쫓는다면 신벌을 받아야지."

금성을 사랑하는 자들, 금성과 하나라고 여겼던 자들이 뽑혀 던져지는 것을 참을 수 없었다고 노길보가 아무리 강변해도 자은은 그 말에서 나약함을 발견했다.

"힘이 고이고 또 고일 뿐 흐르지 않는 신라가 얼마나 버틸 것 같은가?"

노길보가 물어왔다.

"힘은 흐르고 있습니다. 제가 노길보님을 쫓아 여기 이른 것이 그 증참 아닙니까?"

"어떤 것이 한 사람의 눈에는 멎은 것으로 보이고 다른 사람의 눈에는 흐르는 것으로 보이면 누가 맞을까?"

"우리가 죽고 난 뒤의 신라가 말해주겠지요."

"신라가 무너질 때 새로운 영웅들이 필요할 것이네. 우리는 그 핏줄을 남기려던 거야. 오래된 왕들의 피와 금성의 근본이었던 육부 성씨의 바탕을 섞어서."

대단한 원이라도 품은 듯 말하는 노길보가 징그러웠다.

"그게 겁탈과 뭐가 다른지 저는 전혀 모르겠습니다."

"겁탈은…… 아니었네. 혼사도 제대로 치렀어. 여인들을 함부로 대하지 않았고 온전히 돌려보냈지."

"강제하여 데려가 범했으면 그것이 어찌 겁탈이 아닙니까? 요전날 저를 보셨지요?"

김노길보의 입가가 살짝 움직였지만 대답은 나오지 않았다.

"서원소경으로 출발하는 저를 보셨다는 거 압니다. 저는 치마를 입고 행렬에 숨어든 저를 노길보님이 못 보셨다 착각했습니다. 노길보님이 무뢰한들의 두목일 거라고는 차마 연결하지 못했으니까요. 서원소경으로 가는 길에서 제가 친 덫을 피하신 겁니까, 저와 마주하는 것을 피하신 겁니까? 그리 당당하셨다면 탈을 쓴 김에 뜻한 바를 우렁차게 외치지 그러셨어요? 힘없는 용 연이라니 비겁하고 텅 빈 전언이었지요. 거느린 자들과는 달리 육부 성씨가 아닌 김씨 부인을 선택하신 것도 그 모든 일이 껍질을 벗기면 그저 겁탈임을 속으로는 인정하고 계셔서 그랬던 게 아닙니까?"

"나는…… 진유구와 달라."

"다르지요. 그자는 막된놈이었고 노길보님은 용의 아들을 참칭한 역적이니까요. 순순히 다른 역적들의 이름을 대시지요."

노길보는 대지 않았다. 자은도 정말로는 기대하지 않았다. 대신 수하들에게 시켜 짐과 집을 뒤졌다. 뿔이 달린 탈을 찾아낸 후 비늘 잔 하나가 걸려 있고 고리 다섯 개가 빈 물고기 술병도 찾아냈지만 그뿐이었다. 결사의 문서 같은 것은 없었다.

"죄인을 압송한다."

구역질이 날 것 같은 기분으로 대면을 마쳤다. 어딘가의 벼랑으로 달려가 뛰어내리고 싶었는데 발이 쇠 추를 단 듯 무겁게 끌려 다행이었다. 압송 준비는 금세 끝났지만 자은과 인곤은 금관소경을 바로 떠나지 않았다. 그전에 산적들을 신고했던 최씨에게 다시 찾아갔다.

"막내딸이 돌아왔습니까?"

초대를 기다리지 않고 밀듯이 들어가 물었다.

"······예."

최씨 가주가 대답했다.

"알리라고 했는데 왜 알리지 않았습니까? 이것과 같은 것을 받았습니까?"

자은이 유리 비늘을 꺼내 보였다.

"예."

"저에게 그것을 넘기고, 용의 아들들이 전한 말은 완전히 잊도록 하십시오. 딸을 아무도 찾을 수 없는 곳에 숨기시고요."

자은은 간명하게 말했으나 최씨 가주는 혼란에 빠진 듯했다. 똑같은 말을 몇 번 반복하자 그제야 받아들이는 기색이었다.

"나는 돌아온 여인과 복중 태아를 죽일 생각이 없습니다.

그러나 왕경의 누군가는 죽이고 싶어할 겁니다. 용의 아들들이 저지른 불경들이 정리될 때 함께 그리된단 말입니다. 내가 떠난 후 왕경에서 누군가 찾아오면 작은 무덤을 보여주세요. 무덤을 파헤쳐보겠다고 할 수도 있으니 그 안에 적당한 여인의 뼈가 들어 있어야 합니다. 여긴 금관소경이니 순장된 자들의 뼈를 어찌저찌 구할 수 있지 않겠습니까? 장마철에 무너진 곳에서 흘러나온 뼈라든지…… 그 뼈가 이백 년이 되었는지 최근에 묻혔는지 구분할 수 없게 살짝 태워 묻는 것도 마침맞을지도요. 내 말을 잘 알아들은 게지요?"

최씨 가주가 하얗게 질린 채 고개를 끄덕였다.

"빨리 처리하십시오. 더는 수모감에 빠져 있을 시간이 없습니다."

그 집에서 돌아나올 때 인곤이 망설이다 물어왔다.

"자은, 자네는 왕을 믿지 않는 건가? 왕이 여인들과 아기들을 다 죽이리라 여기는 건가? 왕이 그럴 분인가?"

"나의 왕이 어떤 분인지는 중요하지 않네. 어느 왕이든 군열의 싹이라면 여인들과 아기들을 죽여. 읽을 만큼 읽은 나는 고래로부터 그래왔음을 아네. 왕을 위하는 자들도 마찬가지지. 왕이 입을 열어 죽이라 하지 않아도 왕의 이름으로 긴 팔이 뻗어나와 여기까지 미칠 테야. 그러니 우리는 구할 수 있는 대로 뼈를 구해 다른 소경들에도 가야 해. 늦지 않게 신속히."

인곤은 자은의 말을 소화해냈다.

"내가 하지. 자네는 금성으로 돌아가게. 자네가 직접 할 수 있는 일이 아니야."

그 의견이 맞았다. 자은은 금성을 오래 비울 수 없었다.

"어찌 보면 산적질보다도 왕경을 거스르는 일일 텐데 날 위해 그렇게까지 해주겠나?"

자은은 자신의 짙은 그림자가 되려는 인곤에게 쉽게 표현하지 못할 안쓰러움을 느꼈다.

"자넬 위해서가 아닌걸. 겪지 않아도 될 일을 겪은 여인들을 위해서야. 나 보이는 것보다 여인들을 아주 좋아하네."

인곤이 싱글거렸다.

"일을 마치고 돌아오면 매온에게 데려가줄까?"

"이리 훤한 내게 매온의 도움이 필요할까봐?"

인곤이 자은의 어깨에 장난스럽게 부딪쳐왔다.

자은이 아무렇지 않게 금성의 자리를 지키는 동안 인곤은 두 계절에 걸쳐 바쁘게 움직였다. 김씨 부인을 달래 북원소경에 데려다주었고, 설씨 친척 소녀들도 서원소경에 보내주었고, 유리 비늘들을 전부 찾아왔고, 가짜 무덤들을 만들었다. 왕이 빌려준 말들 사이 진유구의 말을 한 마리 더해 돌려보냈다. 그 말을 오룡에게 줬어도 되었겠지만 주지 않은 것은 심술이었다. 심지어 노길보가 키우던 개들까지 잊지 않고 오소경

곳곳에 맡겼다. 그래도 몇은 달아나 들개가 되었을 것이었다.

자은은 인곤이 찾아온 비늘 잔들을 산산이 부수어 남천에 버렸다. 물빛에 유리가 곧바로 가렸다.

김노길보는 삼십구 일의 심문을 버텼다. 단 하나의 이름도 대지 않았다. 자은은 김노길보를 왕경까지 압송한 후에는 관여하지 않았으나 피하려 해도 노길보의 소식은 전해지지 않는 날이 없었다.

왕이 자은을 부른 것은 노길보가 더이상 버틸 수 없다는 게 확실해지고 난 후였다.

"잔도들은 그러면 어찌 찾아내실 겁니까?"

겁탈자들이 그대로 신라를 활보하고 있기에 살이 떨렸다.

"이리 괴괴한 짓을 저지른 자들이면 머지않아 머리를 들 것이다. 우두머리를 잃었으니 보다 치졸한 모습으로 나타날 수도 있고."

왕의 답에 자은은 조급함을 깊은숨으로 눌러야 했다.

"제가 이자의 마음을 돌려보겠습니다."

자은은 노길보에게서 진실을 얻고 싶은지 노길보를 며칠 더 살게 하고 싶은지 스스로도 알지 못했다.

"아니다. 베어라. 네가 잡았으니 네가 베도록 아껴두었다."

왕이 영광을 내린다는 듯 명했기에 자은은 세상이 높이 두는 영광과 자신이 원하는 영광이 어찌 그리 다른지 비탄하였다. 이미 한번 겨눈 적 있는 칼을 꺼냈다. 혼에도 굳은살이 잔뜩 덮인 듯하였다. 모든 것을 느끼면 제정신을 유지할 수 없을 것 같았는지 덜 느끼도록 없던 층이 자라났다.

칼을 치켜든 자은은 노길보의 입술이 달싹거리는 것을 보고 고개를 기울였다. 지켜보는 눈들이 지켜보게 두면서.

"그래…… 그래서 그 산삼은…… 효과가 어떻던가?"

자은 말고는 아무도 듣지 못할 작은 소리였고 하마터면 웃을 뻔했다. 울 뻔했다.

"덕분에 제가 완성되었습니다. 칼이 손안에서 헛도는 일은 영영 없을 겁니다."

역시 노길보에게만 들리게 답했다. 제대로 들었는지는 알 수 없다. 자은은 단번에 노길보의 숨을 거두어주었다. 좀처럼 무뎌지지 않는 은빛 칼이 날듯 가르고 피를 털었다.

자은을 위해주었던 사람, 자은이 따르고 싶었던 사람, 처음부터 어쩐지 좋았던 사람이 한편으로는 겁탈자의 무리를 이끌 수도 있다는 것을 자은은 받아들였다. 어그러짐을, 오염을, 곤죽이 되고 범벅이 된 온갖 것들을 평정하려 들지 않고 그대로 삼켰다. 날뛰는 것들을 삼키고도 태연함을 내보이는 법을 배웠다.

"남산 비파곡에 저자의 집이 있었다지?"

왕이 물었다.

"예, 있습니다."

"주춧돌도 남기지 말고 파하라."

왕이 말을 마치려다 멈칫했다.

"그후에 더러운 기운을 누를 수 있게 작은 탑을 하나 세우는 것까지 맡기마."

자은은 인곤을 바라보았다. 누반박사가 되고 싶었다던 목인곤이 드디어 탑을 지을 수 있게 된 것이다. 인곤은 기쁨이라고는 한 점도 없는 얼굴로 자은을 쳐다보았다.

"딱 맞는 탑을 세우겠습니다."

자은이 대신 대답했다.

당연히 석탑을 만들리라 짐작했는데 인곤은 목탑을 택했다. 검게 옻칠을 한 나무로 김노길보의 키만하게 끼워 쌓은 목탑이었다. 기교를 많이 부리지 않으면서도 고아한 형태가 인곤다웠으나 자은은 못내 아쉬웠다.

"돌을 쓰지. 기껏 탑을 짓는 일을 맡았는데 이렇게 변변하지 못한 것으로 족하겠나?"

"노길보님은 잊혀야 하니까. 여기 탑이 세세만년 남으면 잊히지 못하지."

"다음에는 길한 것을 기리는 돌탑을 꼭 쌓게 해주겠네. 신라에서 제일 좋은 돌들로."

"기대하겠어."

두 사람이 차례로 탑의 상륜을 쓰다듬고 떠났다. 그 손길에
이어 바람이, 비가, 시간이 탑을 닳게 했다. 이끼와 흙이 탑을
천천히 먹어치웠다. 그러는 동안 그 아래 금성의 빛은 기세를
달리하며 명멸했다.

자은은 탑이 있거나 없거나 아무것도 기원하지 않는 사람이
되었다. 그것은 그다음의 이야기.

작가의 말

소설을 쓰기 위해 역사책을 실컷 읽는 시간이 즐거웠습니다. 오천 년 역사 중 유난히 마음을 끄는 십여 년을 골라 여러 경로로 통과중입니다. 어느 시점에 읽기를 멈추고 쓰기 시작해야 할지 가늠하는 일은 늘 어렵습니다만 그 와중에도 낙이 깃들곤 합니다.

「화마의 고삐」는 구서당(작중 시점에는 팔서당이었습니다만)에 대한 궁금증과 지귀 설화에 느꼈던 매료를 담아 썼습니다. 말갈인들은 한반도 안에 그토록 긴 시간 존재해왔는데 줄곧 이방인으로 여겨졌고, 서당을 나타내는 색도 하필 불길한 흑적색을 배정받았습니다. 백제인들과 백제 잔민들을 따로 나누었던 점도 그 당시에 대해 많은 것을 짐작하게 합니다. 복속

시킨 병사들이 부담스러웠다면 왜 골고루 흩지 않고 모아두었을지 이제 와서는 알 수 없을 이유를 지어내보았습니다. 법흥왕 때 고래잡이가 금지되었던 사실과 유채의 북방한계선까지 더해져 서랍 속의 소재가 몸집을 키웠습니다. 목인곤의 과거와 선택 모두를 담고도 싶었습니다.

「탑돌이의 밤」은 월성과 남천의 지형을 가벼이 끌어안은 이야기입니다. 상대적으로 무거운 앞뒤 편 사이에서 편안한 완충이 되길 바랐습니다. 산아와 원래 자은의 사정이 두번째 책에 꼭 들어갔으면 하기도 했습니다. 초등학생, 중학생 독자분들도 많이 읽어주셔서 노파심에 말씀드리면 진오룡의 진씨 집안은 꾸며낸 부분입니다. 다루는 시기의 상대등이 진복이라는 분이었는데 구십구 퍼센트 김진복이셨겠지만 기록에 성이 누락되어 있어 그 누락을 이용했습니다. 혹 시험을 보시다가 혼란을 느끼실까 소설을 절대 믿지 마시라고 강조해둡니다.

「용왕의 아들들」은 오소경과 오소경으로 떠났던 사람들을 그려보고자 썼습니다. 신라 사람들이 길을 닦을 때 크기가 다른 자갈과 종류가 다른 점토로 공을 들였다는 것을 알게 되었습니다. 쉽게 패거나 망가지지 않는 단단한 길들이었겠지요. 막 지어진 오소경은 또 얼마나 새롭고 근사했을까요? 설자은과 목인곤이 다섯 곳을 전부 방문하는 것이 목표였습니다. 장르가 장르이다보니 좋은 일로 보내지는 못했습니다만…… 한

편으로는 설자은이 시련을 겪게 하고 싶었습니다. 적뿐 아니라 아꼈던 내 편도 벨 수 있어야 설자은이 공公의 영역에 들어섰음이 뚜렷해지리라 믿었습니다.

존재한 적 없는 주인공들의 얼굴이 선명히 보일 때가 있습니다. 그들이 있는 곳의 쌀쌀한 밤공기 같은 것이 슬쩍 스칠 때도요. 책 한 권을 쓰는 동안 몇 초 정도 일어나는 현상이지만 그 몇 초를 위해 계속 쓰지 않나 합니다. 읽어주시는 분들께도 그 순간을 전하고 싶을 뿐입니다. 함께해주셔서 감사합니다.

다음 책에서 뵐 때까지 반듯한 징검돌만 이어 만나시길 바랍니다.

2025년 초입
정세랑

• 『거꾸로 보는 고대사』, 박노자 지음, 한겨레출판, 2010
• 『나당전쟁─건곤일척의 승부』, 이상훈 지음, 역사산책, 2023
• 『답사여행의 길잡이 2─경주』, 한국문화유산답사회 엮음, 돌베개, 1997
• 『백제는 일본의 기원인가』, 김현구 지음, 창비, 2002
• 『백제부흥운동 이야기』, 노중국 지음, 주류성, 2005
• 『삼국시대 사람들은 어떻게 살았을까』, 한국역사연구회 지음, 청년사, 1998
• 『삼국유사』, 일연 지음, 김원중 옮김, 민음사, 2007
• 『신라 국가제사와 왕권』, 채미하 지음, 혜안, 2008
• 『신라 왕경의 이해』, 주보돈 지음, 주류성, 2020
• 『신라 중대 율령정치사 연구』, 한준수 지음, 서경문화사, 2012
• 『신라 중대 정치사 연구』, 박해현 지음, 국학자료원, 2003
• 『신라 중대 혼인 정치사』, 조범환 지음, 일조각, 2022
• 『신라 중대의 정치와 권력구조』, 이영호 지음, 지식산업사, 2014
• 『신라는 어떻게 살아남았는가』, 이상훈 지음, 푸른역사, 2015
• 『신라인의 기록과 신라사 복원』, 박남수 외 지음, 한국학중앙

연구원출판부, 2022
- 『역주 삼국사기』, 김부식 지음, 정구복 외 옮김, 한국학중앙
  연구원출판부, 2011
- 『통일신라고고학개론』, 중앙문화재연구원 엮음, 진인진, 2019
- 『통일신라의 북방진출 연구』, 조이옥 지음, 서경문화사, 2001

설자은 시리즈 2

설자은, 불꽃을 쫓다
ⓒ 정세랑 2025

초판 인쇄 2025년 1월 15일
초판 발행 2025년 1월 20일

지은이 정세랑

책임편집 김영수 | 편집 이재현 염현숙
디자인 최윤미 이주영 | 저작권 박지영 형소진 오서영
마케팅 정민호 서지화 한민아 이민경 왕지경 정유진 정경주 김수인 김혜원 김예진
브랜딩 함유지 함근아 박민재 김희숙 이송이 김하연 박다솔 조다현 배진성
제작 강신은 김동욱 이순호 | 제작처 영신사

펴낸곳 (주)문학동네 | 펴낸이 김소영
출판등록 1993년 10월 22일 제2003-000045호
주소 10881 경기도 파주시 회동길 210
전자우편 editor@munhak.com | 대표전화 031) 955-8888 | 팩스 031) 955-8855
문의전화 031) 955-2696(마케팅) 031) 955-2679(편집)
문학동네카페 http://cafe.naver.com/mhdn
인스타그램 @munhakdongne | 트위터 @munhakdongne
북클럽문학동네 http://bookclubmunhak.com

ISBN 979-11-416-0163-8 03810

www.munhak.com